散文中国 精选

SanWen zhongguo

苍天般的额济纳

杨献平 著

天津出版传媒集团

天津人民出版社

图书在版编目(CIP)数据

苍天般的额济纳 / 杨献平著.— —天津:天津人
民出版社, 2013.1(2019.7 重印)
(散文中国精选)
ISBN 978-7-201-07901-1

Ⅰ.①苍… Ⅱ.①杨… Ⅲ.①散文集-中国-当代
Ⅳ.①I267

中国版本图书馆CIP数据核字(2013)第000698号

苍天般的额济纳
CANGTIANBANDEEJINA

出　　版	天津人民出版社	
出 版 人	刘　庆	
地　　址	天津市和平区西康路 35 号康岳大厦	
邮政编码	300051	
邮购电话	(022)23332469	
网　　址	http://www.tjrmcbs.com	
电子信箱	tjrmcbs@126.com	
责任编辑	伍绍东	
装帧设计	汤　磊	
印　　刷	天津兴湘印务有限公司	
经　　销	新华书店	
开　　本	700 毫米×960 毫米　1/16	
印　　张	13.25	
字　　数	150千字	
版次印次	2013年1月第1版　2019年7月第4次印刷	
定　　价	32.00 元	

目录

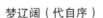

梦辽阔(代自序)

"每一个前往丝绸之路的人,返回时都将始终与众不同。"(〔法〕F.B. 于格和 E·于格,《海市蜃楼中的帝国》)一个人沿着伟大瑰丽的丝绸之路走了一圈儿,穿越黄沙、积雪和河流,前往陌生的国度和部落;很多年后返回,稍事休整,又重新走了一遍丝绸之路——不同的是,第二次回来,他老了,再也没有能力横穿丝绸之路了——几年后,他无可奈何地逝去了。他的灵魂是被越来越脆弱的身体所限制的,他的雄心需要肉体的支撑……很多年后,我从靠近黄河的太行山南麓出发,越长安、穿秦岭、过陇西、走金城,沿着他当年的道路,行走在空阔辽远的丝绸之路上,到河西走廊中部,北向的流沙地带。他当年行走的丝绸之路已不是旧时模样,沿途不见了驼铃叮当、鞭梢响亮的商旅、骑马扬尘的军队和满面疲惫的过客,就连那些满面愁苦的逐臣和横笔赋诗的诗人,也消失在了漫漫黄沙之中。

巍峨的祁连雪山是西北大地唯一可以历经岁月、打败时间的庞大土著。除此之外,什么都是不确定的,狭长的河西走廊就像一根黄色的瘦弱的笔管,一边奔流黄河,一边身披大漠——在酒泉(肃州)、武威(凉州)、张掖(甘州),我见到了明朝修建的鼓楼,四个门洞所指的方向整齐一致。张掖的大佛寺内有早期《西游记》壁画;武威有文庙和雷台,"马踏飞燕"奇巧而壮美;酒泉公园里,有长须横卧的李白,有倾酒与将士共饮的霍去病。在阻断春风和飞雁的嘉峪关城垛上,风吹千里,出关和入关、脚步错落之间,承载了太多的文化和文明。

我所在的巴丹吉林古称"流沙"(涵盖阿拉善高原和甘肃酒泉、张掖以北的大片区域)——古老的流沙地带,传说中黄帝("见大电绕北斗枢星,二十四日,诞黄帝之祁野")另一个诞生地,周穆公朝见西王母的经由地,还有"没入流沙"的老子、日御百女的彭祖的所在地古老的弱水河从《山海经》中流泻而出——内里的路博德修筑的烽燧至今屹立,汉代的肩水金关、西夏的黑城(哈拉浩特)、苏泊淖尔(居延海)……写诗的王维、杜甫、胡曾、岑参、高适、王昌龄,朝圣的晋高僧、唐玄奘和苦修的无名喇嘛,以及后来的左宗棠、林则徐、张大千、常书鸿、高尔泰、彭加木——所有与丝路有关联的人和物,甚至无名者,路过和行走在丝绸之路上的人们,即使一粒沙子,都是有福的。

汹涌的流沙在暗中运作,狂暴的沙尘只是它的一种外在形式。在巴丹吉林沙漠,我时常觉得了一种地域的大、时间的深和历史的丰厚。在已经淹没的黑城——被成吉思汗军队连根拔掉的城堡,无数遗物被来自欧洲的人发掘和掠走:斯坦因、科兹洛夫……还有到过这里并写下游记的马可·波罗。现在只有16000人的额济纳(最后的沿用匈奴语命名的地方)是阿拉善盟最大的一个旗。人口的少和地域的大,植被的稀薄和风沙的狂浪肆虐,一切对比鲜明。

很多夜晚,站在空旷的戈壁上,大野如磐,苍茫宁静,天使眼睛一般的星星发出幽静的光。有月亮的午夜,沙漠真的是人间最好的地方,金黄的光辉和金黄色的沙子,天地浑然一体。有很多相爱的人,能够在这里度过一生。那可真是天堂的生活:可以随意扑打翻滚,任何地方都可以放置肉体和灵魂。有一年夏天,我一个人走出沙漠的营地,背着简单的行李,在额济纳旗首府达来库布镇的外围,穿过一大片年已千百岁的胡杨林。翠绿的叶子在不断的风中奏着尘世的音乐;不动声色的羊只和骆驼像神仙一样,越过堆积的黄沙,总可以找到可食的青草;还有一些枯倒了的胡杨树,黑色的枝干让我看到了骨殖与时光相对抗的顽强姿态。

在秋天的胡杨林中,金色的叶子遮蔽天空,斑驳的光线在白沙上成为层叠的金片。在幽深茂密的红柳丛中,一个人躺下来,第一个想到的是:心中的人儿,为什么不一起来?黄金做帐,绿叶为墙,这里一定是最好的洞房。对于丝绸之路,这些年来,我几乎阅读了所有有关它的书籍:《史记》《海市蜃楼中的帝国》《丝绸之路》《中国的唐古特——西藏边区和中央蒙古》《马可·波罗游记》《戈壁沙漠之谜》《蒙古秘史》《美丽的额济纳》;订阅了《丝绸之路》《中国人文地理》杂志;观看了央视两次拍摄的《丝绸之路》《新丝绸之路》和凤凰卫视拍摄的《穿越风沙线》《西夏》等纪录片;几乎走遍了河西走廊乃至巴丹吉林沙漠的每一处遗迹……

我常常想:记录者,尤其是那些不曾在丝绸之路旅行过的人,如何将博大绵长、神奇凶险的丝绸之路凝结成流传的文字呢?典籍和影像,大致是可以不朽的,尤其是晋高僧、王道士乃至张大千、常书鸿、高尔泰的敦煌,"马踏飞燕"的凉州、消失而后复现的楼兰和高昌古城。从他们身上,我察觉了时间的不可靠——人的独立创造完全可以替代肉体存在。在《山海经》的弱水河沿岸,关于沙漠红狐、白狐的故事深入人心,它们时常幻化成精,与人恋爱婚配,产下的孩子和人一般无二……就连泥沙中的野草,他们说,弱水河畔有一种状似狗尾巴的草,和人身体上的某个部分混合后可以使猝死者起死回生。

诗人们是伟大的,想象构成了他们流传的精神影像,王维在巴丹吉林的居延海写下了"大漠孤烟直,长河落日圆""居延城外猎天骄,白草连天野火烧"；杜牧说："昭君墓前多青草，弱水河畔尽飞舟"……还有很多古代的诗人，现代的诗人海子、阳飏和我，都为巴丹吉林沙漠深处的微缩绿洲——额济纳写过诗歌。还有一位名叫梁东元的作家，写了厚厚的一本《额济纳笔记》。在浩瀚的巴丹吉林，面对流沙、胡杨、日渐稀少的牲畜乃至沙漠的蜥蜴、四脚蛇、狐狸和沙鸡，一个人处身其中，命运、生活、思想、灵魂……所有这些，文字和图片应当是最好的记录。

这些年来，我一直有一个习惯：在游历了河西走廊和丝路上的任何一座城市、遗迹之后，晚上都会做一些稀奇古怪的梦——梦见自己骑着一匹红色的马驹，手持皮鞭或者诗卷，在四处无着的空旷处行走，马儿咴咴嘶鸣；残缺的城墙上站满荷枪持盾、盔甲明亮的将士；尘土飞扬的街道上挂满宰杀的大块的马匹、骆驼、犍牛头骨和红肉；腰挎长刀的人脸上不见一丝笑容，就连红灯暧昧的青楼，也充满铁腥的味道。

梦见自己站在接近天堂的雪峰，拉着一根云层中伸出的绵软修长手指……有一次，我竟然梦见自己一会儿是"执白圭玄璧，以见西王母"的周穆公，一会儿又是丝绸之路的先驱者亚历山大大帝，一会儿又变成率领二十万民众悲壮东归的吐尔扈特蒙古族汗王渥巴锡……最离奇的是，好多次梦见自己披满丝绸，一个人快速穿越漫长的道路，遇到孤独的过客、快马奔驰的朝廷使者、异国的藩王、迷路的罗马军队、成吉思汗遗留在黑海岸边的部落子民、将军帐前跳胡腾舞的异族歌伎……大地博大无疆，一个人的行程，总是充满着心灵和肉体的离奇、新鲜遭际，还有辽阔、丰沛、激情的梦境与幻想。

壹

苍天

　　天空的方式就是额济纳的存在方式，就是在这里死难、过往、久居乃至一切新生人物的一生保持和坚守的生命姿势。这里连绵不断的风就是生命的过程，一种活着的状态。它们惊动尘土、胡杨、骆驼和羊群，惊动一切可以惊动的事物，也惊动自己。

苍天般的额济纳

1

狂风之后,大地安静。这少有的时刻,不可多得的幸福。我迷恋这样的时光:风静就是心静,风停就是生命的一个再生过程。很多的大风之后,我走出帐篷,在某一棵胡杨树下,躺下来,想些心事,看着蓝得经常让我忘记自己是谁的天空。

天空,古朴、大度、沉实、空冥、高远、幽深如井,轻易没有一丝云彩,即使下雪或者下雨,它的颜色虽然苍灰,但作为一种覆盖和笼罩,提升和下沉,它总是高高在上,似乎是博大的帝王。

透过花朵和胡杨枯木熏黑的帐篷顶,我看到天空,以及天空携带的事物,在狂乱的大风和片刻的安静中,我渐渐学会了聆听。这使我的听觉尤其灵敏,可以听到一只落难蚂蚁的呻吟,可以听见一只红狐在午夜的呼吸,甚至羊只和骆驼发出的任何声音,我都可以快速觉察,就像在我身边一样。

不知不觉,在聆听当中,我吃着母亲的奶汁,还有牛羊甚至骆驼的奶汁。我一直把羊只和骆驼当作母亲——另一种意义上的母亲,它们虽然不会生下我这样的生命,但它们养育了我,在长长的时光当中,我一个个地送走它们,它们也将以自己的方式,将我送走——这是一个多么美妙的旅程,在相互迎送的过程之中,我看到了庞大无形的宿命,看到了大风卷起的尘土,看到另一些人在若干年前的身体和内心痕迹。

让我仔细回忆,数算一下这么多年来在额济纳看到的骨头,合起来有100多根,它们是人的,又是牲畜的,是过去的,也是现在和将来的。奇怪的是,每次看到那些白森森的东西,我竟然没有一丝恐惧——也许我早就适应了——在巴丹吉林沙漠,在额济纳,人们或许早就见怪不怪了。

在时光当中,在日复一日的风沙当中,旷日持久的干燥和疼痛让我感到了一个个体生命之于沙漠的不可类比性。后来我才知道,天空的方式就是额济纳的存在方式,就是在这里死难、过往、久居乃至一切新生人物的一生保持和坚守的生命姿势。这里连绵不断的风就是生命的过程,一种活着的状态。它们惊动尘土、胡杨、骆驼和羊群,惊动一切可以惊动的事物,也惊动自己。

3

苍天般的额济纳

2

在我的记忆中,春天的额济纳到处都是光——那种直白而坚硬的光亮,它们就在我的周围,就在存在和非存在的事物之上,甚至几千米之下的沙子和石头之上。那一年春天,我一个人在旁边的戈壁放牧骆驼和羊群,随便挖些苁蓉和锁阳卖些钱财。有一个中午,到处都是火焰,火焰的上面,燃烧和漂浮着一层活动的光亮,像是一群舞蹈,痛苦飞扬;又像是弯曲的箭矢,欲发不发。它们的身上充盈着无数的亮光——是一些细碎的光粒,照耀着人的眼睛,继而在虚无中集结,成为一座庞大的花园,有人,有马匹和羊只,有树木和青草,花朵和楼阁。一些人唱歌,一些人舞蹈,一些人击掌而歌,一些人持续饮酒。舞蹈的女子身体柔软,像我梦想中的蛇。她们的脚脖、手腕和脖子上悬满铃铛——清脆的声音仿佛天堂的音乐,连续的轻盈的舞蹈似乎梦中的幽灵。那些女子,黝黑的脸颊,丰腴的身体,珍珠一样的眼波让我想到了朝霞中的山溪和人类的爱情。

这么多年来,我已成为沙漠的一部分,就像一个移动的、用风作为呼吸的沙丘,在苍天般的额济纳。

而夏天是酷烈的,到处都是它打击和击毙的委顿与死难。就连那些藏在沙窝里的马兰花也不肯放过。很多时候,剧烈的阳光直射下来,它要把我烤干或者蒸发。我自然不会妥协,我在骆驼的肚子或它们的阴影里躲避,在众多的倒嚼声中,像那些深居地下的土拨鼠、蜥蜴和蚂蚁一样,大汗淋漓,苟延

残喘。如果放牧地在西夏的黑城附近，我就有一种说不出来的轻松——破损的城墙、城垣、清真寺，只要是突起的地方，就一定有容纳我的阴影。夜晚，很多的声音从地下和地上泛起，有些是欢笑，有些是呻吟，有些是刀枪的嘶鸣，有些是缠绵的琐碎。我知道，这里住过一些人，活过也死过一些人：将军或者士兵，男人或者女人，英雄或者土匪。有一年夏天，我带了妻子来，在黑城，在这些声音当中，我们用肉体沉醉其间——唯独那一次，我们的声音覆盖了它们的声音，尽管只是一瞬间。

　　总是在日暮雪山的傍晚，太阳慢慢地，再一次失去它对巴丹吉林—额济纳的垄断和照耀。庞大的黑夜爬上来，我时常看到它的笨拙姿势，看到羊群和骆驼在这一时候进入了安静状态。我点燃篝火，干枯的胡杨树枝在焦白的骆驼刺和沙蓬的引领下，迅速燃起，哔哔剥剥的声音响起来——黑夜更黑，这时候的戈壁，就只有我拥有光亮了。也只有我，在黑夜的内心独坐，睡眠，仿佛一只树叶一样的船，在静止的汪洋之上，在无意识或者梦境之中，完成一夜的生命旅行。

3

　　又一棵胡杨树死了，在达来库布镇东南 3 华里，濒临戈壁的地方。它的身边还有许多胡杨——再多的依护也不能够挽救个体的生命。又是一个春天，我从它身边又一次路过，直到其他胡杨叶子满身的时候，我才发现，它死了。这种司空见惯的死亡却在某一时刻让我心惊。我站在它的跟前，仰望着它曾经绿叶蓬勃的树冠，突然间感到了时光和生命的某些不可思议。我再看看它周边的那些同类——风继续摇动并拍打着它们的叶子。厚厚的黄沙依旧堆在脚下。没有一棵树的表情是悲伤的，尽管它们皲裂的皱纹里面爬满了蚂蚁、乘凉的蜥蜴和灰雀。

　　第二天，我把羊只和骆驼送到牧场，返回来，骑着一匹黑色的儿马，沿着达来库布镇走了一圈，我数尽了生长在这里的胡杨，最后的数字令我吃惊，原先以为庞大的胡杨林，竟然只有 1206 棵。我突然感到悲哀，笼统的经验和想象让我感到羞耻。这些胡杨，1206 棵，如果放在偌大的巴丹吉林沙漠，站得稍微远一些，也只是一个黑点。

　　不管别人怎么看待，这简直是对人的一种嘲笑。这一根植久远的树种，在苍茫时光中，竟然也如此脆弱、像人一样，生死只是瞬间。更令我无奈的是，它们当中某一棵死了，其他的却没有一丝的悲恸表情，尽管表情在死亡面前显得多余和虚假。我始终觉得，如果我们还可以悲伤，还可以在同类的死

亡中看到自己的影子,并且在内心掀起同情的波澜,那么,所有的事物都应当是高贵的,都是对自己的一种真实救赎。

而就在这一年的十月,突然有许多人来到了额济纳,他们的车辆、身体和随手丢下的垃圾,陡然使额济纳肥胖起来。那些天,我赶着羊群,除了空无一物的戈壁,到处都可以看到他们。有一天上午,他们在二道桥附近,胡杨最茂盛的地方聚会,一些人坐在主席台上,一些人围观,一些人跳舞,一些人对着麦克风嘶喊。更多的人在胡杨树林深处,照相,拍摄,在枯了的胡杨树上高声说话,发笑。一些人在柔软的沙丘上骑着马匹和骆驼,孩子们大声喊着,追逐玩乐。直到傍晚,胡杨叶子更为灿烂的时候,他们才相继离开。我站在旁边的戈壁上,看见通往阿拉善盟的马路上流动着好多人和好多车——一阵喧闹之后,胡杨林安静得只有风,整个额济纳旗,都在风中,每一棵胡杨,孤独、安静,和我一样心疼。

4

我26岁的时候,有位朋友从远处来,我去接他。我骑着一匹马,又牵了一匹。那是我第一次单身横穿戈壁——路过羊群和骆驼之后,沙漠出现了,戈壁在身后成为一块黑色的化石。从早晨到日落,一个人的沙漠简直就是地狱。一个人的行走就是自己对自己的放逐和拯救。我遇见了黄羊、沙鸡、短蛇、藏黑色的兔子,还有偶尔在白昼出现的白狐,还有少量的沙蓬和马兰,风化的石山横披流沙,碎了的石子不断自行滑下。夜里,我在挡金山露营,两匹马在夜里吃着我携带的草料,我坐在逐渐变凉的沙子上吃着羊肉,我手中的刀子不断刮着羊骨,嚓嚓的声音在无风的夜晚传得很远。

沙子逐渐失去了温度,冰凉的后半夜大风骤起。众多的兽蹄轰踏着这荒凉的世界。它们搬运沙子,甩动沙丘,我在其中,也像沙丘一样。随意的处置让我恼怒,丰厚的沙子布匹一样一层接着一层。我知道,它们想把我埋葬,就像那些在风暴中死难的人们一样,不留一点痕迹。更为残酷的是,它们的埋葬是不动声色的,连伤口都不肯留下。

我和马匹在风中挣扎和行进,黎明到了,风停了。我看看自己,再看看马匹,我哑然失笑:尘土的单调颜色将一个人和两个畜生混淆了。而更重要的是,我还活着,和两匹马一起,经历了一场风暴——虽然在额济纳,风暴就是命运,但直接置身于风暴我还是第一次。

第二天下午,张掖车站到了,而我的朋友却不见踪影。我举着一张写着他名字的白纸,在人流的车站四处招摇。我多想他即刻出现呀,而一天过去

了,那么多人,仍旧没有他。晚上的候车室里,蚊子和汗臭,小偷和妓女,我睡不着,站在进站口,看着远去又复来的火车,进来或者远去的人们,直到第二天上午,仍旧不见朋友的踪影。我只好原路返回,回到额济纳,妻子告诉我,朋友来了,带了一些东西,吃了一顿饭,说要去阿拉善盟,就起身告辞了。

这使我感到伤悲,朋友来了,就不该走的,更不要在还没有见面的情况下离开。我在额济纳孤独惯了,渴望朋友,已经成为心病。虽然有妻子,有父母和兄弟。但血缘和礼仪让我无法把他们当成纯粹意义上的朋友,事实上,我们也不会成为纯粹的朋友。需要说起的是,朋友走后,我没有去放牧,那些羊只和骆驼交由弟弟代放。我整天把自己泡在青稞酒中,在羊肉和大蒜,油炸的果子和似睡似醒的状态中,泪流满面,甚至哭出声音,或者无由大笑,无法自制。这样持续了将近半个月时间。

<h2 style="text-align:center">5</h2>

在巴丹吉林,在额济纳,我只是也只能在它的身体上转悠,和羊群和相好的牧人一起。除此之外,我不会走得太远,最远的好像就是甘肃的张掖了,还有附近的对外口岸。我知道,不管走多远,我总有一天要回来的。这是一个宿命,也是一个必然。对外口岸每年4月份开关,那边的蒙古族众会带些他们的特产来卖,我们也会拿自己的货物去卖。我十分喜欢外蒙的刀子,锋利、寒冷,有一种特别的光泽,锃亮的刀刃像雪。用来吃羊肉,宰杀羊只和骆驼,甚至做一些其他的事情,都是极其称手并且具有别样意味的。还有他们的羊皮大氅,纯种的羊毛,再热的夏天也不会生虫子,更不会脱毛,冬天时候,在朔风呼啸、零下40多摄氏度的戈壁上,穿上它,就像围着一只火炉。

我还去过三百公里之外的阿拉善盟,那是一个不怎么繁华的城市。那一次,我不知道为什么去,去做什么。我就是要去,不要理由。前些天,心里总有一个愿望,它在我内心里像刀刃那样折磨我,切割和惊扰我。直到上车之后,那种感觉才有所缓和。到了之后,我又茫然和沮丧,在行人众多的街道上,我还是不知道自己该去哪儿,做些什么。一个人在更多的人当中,孤独更为沉重。傍晚,我在一个酒馆里独自喝酒、叹息、看着夜色中的灯光,偶尔的车辆和行人。

那一夜,我在街边的树沟里醉倒,伏在泥土和青草上睡了一夜。早上的车鸣把我惊醒。我站起来,掸掉灰土。我又茫然起来,想回去,又心有不甘。不回去,我又没有目的。中午时候,我再次喝酒,直到翌日。回来的路上,我是醉着的,因此,我没有悲伤。

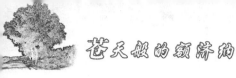

尽管悲伤还会袭来,但躲过一次就是一次。远在呼和浩特的妹妹给我寄来一副羊毛挂毯:青草上面,是一只扭头怅望的绵羊。我看到它眼睛的时候,猛然停住,好像有一个什么东西击中了我。我把它挂在墙上,每次喝酒,都面对着它,从那儿到现在,我再也没有喝醉过。

我时常感觉到,在沙漠,在胡杨的额济纳旗,一个人一生的路程中不可以没有水泊,也不可以没有一只可以在内心划动的船只。所有不经意的变迁都是徒劳的。它不可能带走某些根深蒂固的东西,比如习惯这里的人、牲畜、草木和持续暴躁的干燥和风暴。

6

前些天,我醒来,在一棵胡杨树下。睁开眼睛,静静躺着,粗糙的手掌在脑后,狮子一样的长发里钻满了草芥和沙子。我懒得清理——即使清理了,它们还会回来。就像风暴,一次一次,在巴丹吉林沙漠,在胡杨、苁蓉、西夏和刀锋的额济纳,不舍昼夜,重复行进。我的羊只经常出没在不远的戈壁滩上,在荒凉中移动,它们干瘦的蹄子不断溅起白色的尘土,牙齿咬断草茎,眼睛看不到更远的地方。多少年来,在放牧与被放牧,在羊只和骆驼的吃和走之间,我渐渐变老,季节一层一层地,像是我的皮肤。身边的胡杨叶子落了又长,长了又落,其间的颜色变换年年如此,但年年令我感觉新鲜。

秋天开始的几天,上游的人打开他们的水库,雪水再一次汹涌而来,沿着旧年的阔大河道,曲折向前。我总是感觉,沙漠当中的河流就是一把刀刃,它切开并不缝合,它一意孤行,全神贯注。到达乌蒙其格的时候,这条原名为弱水的河流,就被胡杨和黄沙,石头和一触即成齑粉的马骨,强行更名为额济纳河。我时常看到这条河流:浑浊的大水裹着沙子、携带枯草、上游的垃圾和它们在路上发掘的轻浮事物——断了的胡杨枯枝、死难的沙鸡和羊羔的尸体漂浮其上。

这是来自远处的水——救命的水,刹那间的雷霆和命运,在额济纳,在胡杨林里,它们在奔走中下沉,前进中消失。这不仅使我兴奋,干裂已久的心头充满水分,我的羊只也再次感到振奋——干旱过去了,这又是一个滋润的季节,对于生存在沙漠当中的动物、泥土和植物来说,没有什么比这种方式的安慰更能深入心灵了。这些羊们,就暂时忘记了好吃而又可以使它们膘肥体壮的胡杨枝叶,醉心于一年一度的大水。这时候,它们咩咩的叫声都吐着响亮的水声,就连被骆驼刺刮开的伤口,痊愈得也比往常快了许多。

昨天下午突然落雨了,在额济纳,一年之间,落在额济纳的雨滴比上帝更

为决绝和隐秘。偶尔的下落,也只是一个形式。但不要紧,它落下,我就站在它们中间,这样一来,肯定有一些雨珠不会落在地上——落在我身上的那些,令我欣慰——这么多年来,抑或上天注定,我已经成为沙漠的一部分,就像一个移动的、用风作为呼吸的沙丘,在旷古荒凉的巴丹吉林沙漠,苍天般的额济纳。

周 围

　　天空应当是这个世界上一个最大的秘密,在我们头顶,颜色变换,风云际会,偶尔飞过的钢铁之物鸣声响亮,似乎犁开天空的一把利刃。我在这儿——巴丹吉林沙漠边缘,北望的内蒙古在更大的黄沙之后,额济纳旗的一点胡杨绿色、一点弱水河水只不过上帝偶尔掉落的一滴眼泪。背后也是坚硬的黄沙、匍匐的黄沙,戈壁上的白草在四季当中萎缩成长。更多的风暴从北边来,烟尘、沙砾、寒冷和灼热。每年春天,向北不远,在枯干了的原始森林里,可以挖到苁蓉,这种深入地下的药材,传说中的野马精再生,滋阴壮阳,这多少有些暧昧,很多人,包括我提起来和想起来,身体某处不觉一阵沸腾。

　　向南的祁连,大多时候看不到,戈壁的平坦也是一种隐藏和遮蔽。那么高的山,怎么被匍匐的戈壁遮掩了呢?时常在戈壁上看到来自祁连的黑鹰,它们聚集在某处,在空中出现和消失。透过稀疏的杨树叶片和树枝,我想起一些刚劲和豪放的词汇,想起诗歌。——最高贵的灵魂。有些时候,我去祁连山,看到夏天的大雪、青草、松树和金露梅、银露梅,看见大批的牦牛、马匹和羊只,逃跑的旱獭在湿润的草地上像是滚动的黑球,骑马的少女让我想起最美的爱情和最简单的生存。然而,事实并不是这样,我的朋友站在唯美的角度写诗、在酒醉中唱歌,舞蹈的身体里面没有性欲,干净的内心托扶着干净的灵魂。我不一样,我想到的是:一双脚步在青草上、岩石、牛粪和大雪中行走的艰难和疼痛,梦想遇见传说的九色鹿、雪豹和弯角倒挂的羚羊。

　　回来时候,面对的仍旧是干燥的沙漠戈壁,最小的绿洲在其中不过是浩瀚大海中的一滴色彩斑驳的水珠。我时常感到口渴,大量饮水。半夜醒来,身体的热让我感到自己就是一片沙漠。坐在二楼或者三楼的房间里,看见绿洲外围更多的废弃的建筑——残破、孤独、悲怆,我突然想到,再过多少年之后,我现在的位置、所居的房屋和设施是不是也会成为废墟呢?在距离绿洲200余里的黑城——哈拉浩特——西夏人和蒙古人的旧址,风中的城垣、夯土版筑、千疮百孔,有一部分肯定是刀枪所致,但更多的是风,连续的吹袭是在无声当中打开在人们眼中自以为坚硬的东西。我想到了曾经居住在那里的先民——当时没有什么感觉,再一次想起先民,突然有一种东西击中了我,我感到它是沉重的,锐利的,也是直接向内、毫不妥协的——我也会成为先民,在后来的人眼中,我们的痕迹也是先民的痕迹。

　　这使我时常感到悲凉,出生和成长,终极的归宿,这个方向让我感到人的无奈和沮丧。一周几次路过的肩水金关(汉代行营所在地),夏天时候,它在灼热的沙漠气浪中摇动,有如一面黄色的旗帜,破损的、单调的、昔日斗大的字迹和龙旗竟然褪色到如此模样。忍不住想起纵横的霍去病、卫青和李广,想起那个手持弯刀、残暴的单于王和来去无踪的盗马贼。某些时候,我特别想去那里坐坐,在高台上,戈壁突起的人为建筑上,摸摸它上面的天空,身下的黄土和连续路过的大风。甚至还想:和一个人,心爱的女子,站在高高的废墟上说话、拥抱、接吻、做爱,让风传阅,让天上的神灵看到。这样一种场景,我觉得是在沙漠当中最为生动的——活着的和死去的,生动的和死寂的,我们的和他们的,交相辉映。

　　没有人像我这样想,好多外地的人来了,乘坐飞机或者火车,他们看到了就询问:那是什么?我说那是汉代、西夏和蒙古的遗址。他们只是哦一声,然后转开目光。很多时候,我觉得,现在的汽车绝对不如古代的马匹,一个人骑着一匹善跑的马匹,或者一个妙龄少女,在马上迅雷驰骋,那种美,绝对不是法拉利、奔驰等等豪华名车可以替代的。更重要的是,再多的车辆,再多的乘客,方向都是一致的——朝向废墟,身体的废墟和建筑的废墟,都是人的和大地的废墟。

　　在额济纳旗北部的沙漠当中,有些海子,干涸的海子,芦苇茂盛,土地湿润,好多迁徙而来的汉民在那里居住,种植西瓜、黄河蜜和白兰瓜。有一次遇到一对从四川来的夫妇,带着两个孩子,一年的工作就是种植瓜类,就要熟了的时候,男的出去寻找买主,抢先了,倒可以卖个好价钱,迟了只能见好就收。他们的孩子像是从尘土中挖出来的一样,浑身的土,结痂和渗透到皮肤的土,眼睛是唯一明亮的地方。他们说,夜晚的沙漠是冷静的,夏天也是,偶尔的红狐是最美丽的客人,还有一些牧民,驱赶羊只,携带尘土,从戈壁来还到戈壁去,走来走去,始终在这里。

　　没有一个人能够好好活着。那一次,我突然这样想,在沙漠的生存是最单调的生存,也是最为丰富的。日子就像沙子,像断裂的草茎和沙鸡羽毛,像常年的日照、持续的风。最简单的就是最强劲的。很多年以前,马可·波罗、科兹洛夫等人来到这里,表示了对沙漠,对沙漠中人文建筑的惊奇和赞叹,后者从黑城遗址当中挖掘了不少西夏文物,前者的几百个文字证实了当时看到的一切。每次,从遗址回来,我总是有个感觉,怀疑自己的脚下有人,他们的呼吸均匀、细致、有节奏,一点点地缠绕我。我想他们一定还在,那么多的人,我相信死无所觉,但不相信死无对证。

　　一个牧人曾经在风暴中沉埋,大风之后,大地静寂,安静当中,这一个人

11

从厚厚的沙子当中爬了起来,我一直把这样的生命奇迹当作一种传奇,非凡的传奇,让我感觉到大地的公正和上帝的仁慈。我的朋友嘟嘟,是个热爱行走的女孩,她说,不在于你能走多远,关键能走多久。这个平凡的行走者,一语惊人,她黝黑的脸色让我觉到了一种太阳的光芒,时常的快步行走让我发现了行走的秘密。

附近的鼎新绿洲,在弱水河畔散落的村庄扎在戈壁当中,众多的田地和杨树使得它的夏天格外妖娆,红柳树丛当中飞出斑鸠,沙枣树黄色的小花招引了不知来自何处的蜜蜂,驴子和马匹在草滩吃草,鱼儿在阔大的水库中跳跃水面。有一年春天,我一个人去焦家湾水库,中午,七月流火,而水面飘着蓝色的凉爽,一些野鸭在远处的水面游动,停靠的木船被水晃动。中午寂静得可怕。幽深的、明亮的中午,是比黑夜更深的陷阱,是灵魂和身体最容易失控和蒸发的时候。我在水库的大坝上,看着水面,突然有了一种想跳下去,不再出来的想法。那时候,心里空空的,只有那么一个想法。我想移开目光,但很不情愿,内心里有个手掌使劲按着一样。

水库的周围,是泥淖里的杨树,扭曲的沙枣树中堆满了鸟雀,远处的公路上车辆往来,呼啸的声音划开正午的静寂。有一些人骑着摩托,在戈壁上拖出一条白烟。再看水面,突然发现,那些涟漪也是安静的,一圈一圈,缓慢的荡漾浑圆而有规则。我想,在水下,在水藻和泥土当中,肯定有个什么东西,它在上升,也在下潜,它拥有和控制了这些水,以及水中所有的事物。

从我所在的位置向西,是阔大的戈壁,骄傲的戈壁,到处都是道路,车辆的道路,也是人的道路。一辆车和一些人落在里面,像是一个甲虫,匆忙而颠簸地奔跑,在上帝眼里,肯定像是一群孩子在玩游戏。而我看到的却是:大地如此结实,再大的重压也纹丝不动。一个人到了一定的年龄,在任何地方都觉得是家了,在这里也是,即使在行走当中,我时常忍不住想:要是在这里搭一顶房屋生活,该是怎样的样子呢?种草可以为生的话,我愿意去种,但首要的一个问题:我必须要有另外一个人,不要求异性,但要求同心。有一次,走到半路,遇到一个喝了酒的蒙族男人,高大,脸黑,上车后酒气醺醺。从他那里,我学到了一句蒙语:沓一赛伯弄(你好)。一连几天,都重复这句话,我觉得,这样的一种学习,让我觉得偶然,路人、陌生人,都是与我们在一起,并且随时都会相遇、始终同行的人。

站在一身赤红的山上,没有草木,坚硬的凝结的泥土,比石头更为坚硬。站在这里,四下都是低矮的平坦,没有风,可以看到更远,那里一片苍茫,突起和低矮的,都在其中隐藏。人的目力能看多远?那里是哪里呢?那里有一些什么样的物质在盛放,什么样的人在那里从事劳作,会不会和我们一个模样?

山下是一个城镇，一个建筑在狭长的区域上，到处都是楼房，一幢一幢，中间的街道上面花红柳绿，商场和超市，地摊和招牌，人在其中穿梭。它的一边是弱水河，河边的公园当中到处都是胡杨，枯了的，葱绿的，芦苇汹涌，这是一个美丽所在，而我却始终没有涉足。我总是觉得，在戈壁当中，建造公园是一种奢侈，也是一个破坏。除了必要的树木和水，什么都不需要，我们需要的是事物的平行和对等，而不是高高在上和挥霍使用。

2003年夏天，炎热的傍晚，有消息说：在那个公园发现了两具无头的女性尸体，身首异处，后来，在旁边的河滩上发掘出了她们的头颅，其中一个女性尸体已经怀孕。由此，我越来越感到自己的想法是对的，不要在沙漠当中做修饰，尤其是隐蔽的修饰，袒露的就让它袒露，不要人为遮蔽。每次路过，都觉得其中的幽怨和凄厉之气氤氲而来，不管晚上还是白天。后来，我去了距离它不远的陵园，巨大的陵园，墓碑的陵园，众多死者存在和集会的地方，安静，深层次的安静，墓碑上的文字让我觉得那些人根本就没有走远——姓名，这是一个最有价值的发明，智者所为，为他人命名，也为自己命名。我也相信，任何的陵园（墓地）内容都不是固定的，而是随时更新的。相比那两个女孩的死亡，这些人是真正死了的人。

向南是酒泉和金塔。金塔是个县城，类似于内地的一个镇子，它的街道少而短。附近的村庄在尘土当中，附近的民众，时常赶着毛驴车进城。我在那儿住过几个晚上，独自一个人，到处都是安静，就连主马路上的车辆也很少。安稳的睡眠都是孤独的，在夜晚，谁也不可以拯救谁。酒泉在我嗅觉里的味道是"冷漠的香艳"，这是一个不可更改的词汇，在我的心里，骨头里。我对它的熟悉源于来得很多，所有的饭店我都住过了。一个人，两个人一起，喝酒，沿着熟悉的街道走过来再走过去，想起霍去病倒酒，将士共饮的"酒泉"，去看了，在一边的蒙古包里吃饭，看并不纯正的裕固族姑娘跳舞，唱歌。有一次，喝酒喝多了，趴在沙发上睡着，醒来，四周无人，深夜的公园当中有一种妖媚的气氛。

从这里向西是嘉峪关，我去过几次，在高大的城墙上行走，弯弓射箭，在卵石横陈的戈壁上骑马，在一个叫做"雄关"的饭店睡眠，去它的新华书店买书，看书，和马燮等人喝酒，在广场上穿水而过。2003年春节，深夜去接乘车来到的母亲，在寒冷当中，被母亲苍老的腰身和几绺白发打疼。我曾经为这个明代关隘写过诗歌。嘉峪关——古关和现代化的城市，它的气味是双重的，一种是陈腐的，孤独的，一种是新鲜的、张扬的。我曾经迷醉其中，但很快的，不知不觉，它就淡远了。我记得，站在城楼上，距离祁连雪山很近，巍峨的高山，大雪覆盖，下半身则是黝黑的，一截长城蜿蜒，几只苍鹰飞过。

13

到处地走，都是短暂的，回身，我仍在这里。戈壁，巴丹吉林，一个巨大的地域，落着一些人，一些人走了，一些人来到，走出和走进，都是暂时的。我的周围，他们，它们，严重分布不均，也没有丝毫的美感。从现在暂居的房屋出去，是另一幢他们暂居的楼宇，是邮局、银行、广场、办公楼、超市和并成一溜的饭店。遇到的人都是熟悉的，尽管不知道名字，但肯定见到过。小小的地方，小小的人，我是其中一个。

　　这些年，我在这里，具体的位置，我时常忘记方向，不知道哪儿是具体的北方和南方，跟着他们去说，他们说哪儿是就是哪儿是了。在沙漠边缘，我不感到方向的重要性。我只是感到：头顶的天空、南边的雪山、北边的大漠、身下的戈壁和穿梭其中的风暴，感到一个人在某些时候的荒唐、圣洁、孤独、愤怒、疼痛和无处逃脱。白天，我走来走去，或者坐下来，遇见一些人，做几件事情，说一些写一些文字，想远处的一个人和另外一些人，哭、悲伤、不知所以；夜晚，看到真实的自己，喝酒，读书，上网，做爱，沉沉睡眠。早上醒来，通常是沮丧，无意义。等太阳出来，丢失的复又重来。某一天，我突然想，在沙漠，有人，有水，树木、风暴、沙砾、植物、动物和同类，已经足够了。我还想说：我在这里，天底下的人，我和他们在一起，我能看到你们，你们能看到我么？

层层下落

那些年,我总是看到她,几乎每天早上,在清凉、刺骨的风吹着巴丹吉林沙漠边缘,天光还没放亮,就一个人挥着一把长长的扫帚,嚓嚓啦啦地清扫马路,一片片落叶和大批灰尘被她收拢,装进一边的垃圾桶。她老了,头发花白,腰身佝偻,短粗的身体在绵长冷清的马路上,就像是一块缓慢移动的黑色石头。她是一个孤寡老人,老家在青海。第一个丈夫死后,有人将她介绍给一个早年在单位上班的同乡,这个男人患了肝癌,按照家乡风俗:找个媳妇冲冲喜,就会转危为安,痊愈健康。

但事情没有预想和传说的那么好,婚后两年,男人还是死了,把她和两个女儿抛在了尘世。几年后,她认识了一个上海来这里公干的男人。与往常的两个男人不同,这个上海男人有着优雅的谈吐和丰裕的收入,后来还做过所在单位的高层领导。尽管如此,他也没给她的命运带来实质性的转变。男人有自己的家庭,她也有自己的子女。

她和第二任丈夫所生的二女儿长大之后,一边脸大,一边小,嘴巴也是歪的,个子矮小得像一截木桩。到二十多岁,其他女同学们都在单位谈了男朋友,纷纷结婚成家了。她依旧孤身一人,跟着日渐年迈的母亲,蜗居在单位分给的不足50平方米的房子里。

她时常通过同学或者熟悉的人,询问单位未婚男青年的电话,然后关起门来,逐个打去,先是说东说西,但最终都落脚在爱情和婚姻上。有些男青年喜欢用电话与异性聊天;有些不喜欢。她遭到了一次又一次的拒绝。但她毫不气馁,一个不行,就再找另一个。

她唯一的优势是:因为年轻,嗓音和普通话标准。不知情的男青年听到她的声音,句句动人,声声悦耳,便和她闲聊起来,时间久了,不知不觉萌生了爱意。但一见面,青年便掩面而逃或委婉拒绝。她再打电话过去,有的不再接听,有的则转给其他人接,谎称自己不在。一年后,关于她的传言在单位风起云涌,都知道有一个长得很丑的女孩子,四处找人聊天,谈恋爱。

但她依然故我。但遭到了大面积的抵触和拒绝。这一年冬天,关于她的传言忽然销声匿迹,她也从这里消失了。有熟悉的人说,她在青海老家找了一份工作,在一家宾馆任客房部经理。也时常打电话回来,邀请一些熟悉的、没有工作的女孩子去她那里上班。但很多人不信她,更不会有人去。到春

15

节,她回来了,老母亲飘着一头花白的头发,到车站去接。她像许多离别许久回到母亲怀抱的孩子一样,一下车,就扑在母亲怀里。

因为她或真或假的工作,这次回来,周围人都对她好了起来(功利是俗世人生尊严的唯一依据)。有人在背后说,她是她母亲和上海那个男人生的。理由是,一个患了肝癌的男人,是不可能再有生育能力的(事实并非如此)。她和她的母亲也似乎知道,人们背后这么议论她们。

没过多少天,单位里一个相貌堂堂的年轻人接受了她。冬天,巴丹吉林沙漠尘沙飞扬,朔风呼啸。几乎每个周末,那个小伙子都在她家里,一家人说说笑笑,包饺子或看电视,看起来很亲密。再后来,有熟悉的人说,她和那个小伙子睡在一起了。有几次被人撞见,两人才仓皇起身。她母亲也是睁一只眼闭一只眼。

也难怪,丑小鸭终于遇到了白马王子。作为母亲,也想女儿早日嫁人,了却一块心病。春节过后,她又去了青海,半年之后,突然又回来了。那小伙子亲自到酒泉去接,但回到家里,两个人就闹了起来,争吵得很厉害。男的说她是个骗子。当初,她以自己的父亲是上海某单位的领导,与我们单位领导的交情深厚,对那个小伙子将来发展有帮助。但事实上,她上海的那位伯伯早就退休了,其间双方领导更替,早已不大熟识了。

她说她没有骗人,她的好多同学,以及母亲的熟人都还在位,遇到事情也会帮忙的。但男青年再也不信她了,跑回单位,拒绝再与她来往。她一次次打电话过去,男的不接,或者干脆关机。告诉单位值班室,只要是女的就一律说他不在。她生气了,先去了男青年的老家一趟,找到他的父母和妹妹,说自己是他们家的媳妇。

男青年父母打电话核实,他勃然大怒,斥她为婊子。她哭着又说自己身无分文,困在男青年老家,请求男青年打钱给她,男青年拒绝。她找自己的同学代为传话,男青年仍旧不答应。几天后,她回来了,独自一人跑到男青年单位哭闹不休,弄得整个单位乱糟糟的。有一天深夜,在男青年单位,她忽然从腰间拔出一把匕首,在手臂上划了一道血口。

单位怕她真的自杀,派人用车把她送回家,交给她母亲。第二天一早,她又打车去了男青年单位,声称她为男青年生了一对双胞胎。单位重视了,领导决定,若情况属实,就力劝男青年承担责任,即使不成婚,也要付出相应的抚养费。我受命与男青年单位一位领导一同前往青海核实。连日赶到后,询问了饭店经理,得到的情况是:她只是该饭店一名员工,并非客房部经理,实际工作是楼层服务员;双胞胎之说,更是子虚乌有。

对此,我从内心觉得有一些失望。如果她真的生下一对双胞胎的话,至

少说了真话,也能获得一些抚养费,精神也会有所寄托。她只是一个极度渴望爱情,但因为长相丑陋而被爱情拒之门外的女孩子。她的那些炫耀甚至有意的欺骗,无非是获取爱情的一种手段。她似乎知道,当丑陋的相貌成为爱情的绊脚石之后,权利和地位就是俘获爱情的有力手段。

她似乎也清楚,男人最需要什么,尤其是在这个功利主义至上的年代。那位男青年也说,开始她说得神乎其神,自己又是从乡村出来,在外没关系也无依靠,有这样一个人帮助,也省了不少弯路。但没想到,她说的那些都是谎言。她见男青年死心不再跟她好,就提了一听汽油,闯到男青年单位,要引火自焚。

单位看此事难以处理,便劝男青年将花她的八千块钱如数奉还,再拿一万块钱给她,算是补偿。她还是不愿意,希望他回心转意,不管爱不爱,只要和自己结婚就行。男青年说她白日做梦,宁死不从,两方僵持。忽然有一天,有人发现,那个男青年又去了她家,两个人又睡在了一起。几天后,她又要到青海去了,到酒泉,打电话给男青年,男青年当即打车前往,两个人在宾馆住了一夜。

第二天早上,两个人又狠狠打了一架。她打消了去青海的想法,返回母亲家里,再一次到男青年单位,声称要与他同归于尽。整天拿着一把刀子,在大门外晃来晃去。对着男青年单位大门,高声叫他的名字,大声喊叫说:"我就是婊子,但我这个婊子就爱你×××一个。"

她对来看她和劝她的女同学说,他从来没叫过她的名字,无论电话还是床上,都是婊子婊子地叫。这些她都不在意,只要他对她好。对她不好也可以,只要娶她。哪怕婚后他另找人,把她放在家里当摆设当空气都行。听的人落泪了,也叹息;有的人也说,她的长相实在太丑陋了,一个正常的人是绝对不会娶她的。

我也觉得自己不会娶她,甚至不想跟她多说一句话。但又深深自责:丑陋不是她的错,也不是她母亲和父亲的错,厌弃或者鄙视她都是不人道的,有罪的。忽然有一天,她对同学和朋友说,她要结婚了,那个男青年亲口对她说的。且去了酒泉市区几次,买回一些结婚用品。大家信以为真,但几天后,又没了消息。

她说出"我要结婚了"这句话的时候,表情是幸福的,像是岩石上开出的一朵花,干裂的泥土上的一滴水。我倒是想,他们真的结婚就好了,但又觉得,即使结婚,也是他对她的施舍。这样一来,对他也是不公平的。爱情不是威逼利诱,也不是一厢情愿,更不是怜悯施舍。但结果不出意料,他们没有真的结婚。男青年永远离开了单位,具体去了哪里,谁也不知道。

她仍旧还在这里,和母亲在一起。早上,戴着一只遮住面部的白口罩,帮母亲清扫街道。她说她想到自杀,但舍不得母亲。并叹息着强调说,这世界上除了母亲,没有一个人真心爱她,她也没什么好牵挂的。说着说着,眼泪就流了出来,鼻子发齈。再一会儿,她站起来,擦掉眼泪,笑笑。

有一些夏天晚上,她一个人坐在假山之上,朝巴丹吉林沙漠深处看,或者看近处的灯火、身边的茅草。谁也不知道她看到了什么,也不知道她心里想了一些什么。几个月后,天气转凉,她便极少出门,跟母亲在家,不知道做些什么,想些什么。

再后来,她和一个样貌姣好的妇女要好,一起到市场买东西,走着路说着话儿,亲密得像是姐妹。只是,两个人走在一起,丑的更丑,俊的更俊,惹来不少异样的眼光。似乎从这时起,也没再听她说过那位男青年,更没有提到他们的感情。有一次遇到她,我忽然想:她最好的去处应当是附近的农村,找一个实在的男人,日出而作,日落而息,生养一个孩子,也算是一种幸福生活。

但她并没有这样想,更没有那样做。仍旧孤身一人,与年过七旬的母亲相依为命。又一年夏天,我听说,上海那位老人来过一次,到她家里,看望了她母亲。两个老人,头发花白,一定说了一些什么。但很多人说,她肯定不是上海那个男人和她母亲的孩子。所有的传言,乃至她向许多人标榜和吹嘘过的"伯伯"并不像她所说的那样,是自己的亲生父亲。

单位许多年轻人看她母亲孤单可怜,时常给她们送些面粉、大米、水果和蔬菜去,说上几句话,表示关心和慰问。其中也有一些单身的男青年,但似乎没有一个对她有任何爱慕的成分。但她总是说,自己和某个单位的男青年关系非同一般,说他喜欢自己的性格,甚至追求她。其他的人听了,都怀疑说,是吗?她眨眨眼睛,说,那还错得了!肯定的语气让人无话可说。

可又看不到爱情在她身上的实际行动,她再说的时候,他人只能当作耳旁风。我也时常想:她的老家,青海民和县也是不错的,风景虽不算美,但依旧是一个适合生活的好地方。她若是回到那里,找一个人,好好过日子,也比在这里单身一人的好。

再一年的冬天,她又继续四处打电话和男青年聊天,聊得昏天黑地。说的还是从前的话。有些人知道了,就不再接听;有些刚来的男青年,电话聊得很投机,但一见面,转身就杳无踪了。这时候,我才知道,她需要的,似乎不是某个人,而是能够像其他的女同学那样,嫁给单位的某一个有职务和稳定收入的男人,也像她们那样,过官太太或者富裕人家的生活。

每年"五一"和"十一"长假期间,结婚的年轻人很多,鞭炮引领婚车,喜字照耀沙漠。身边认识不认识的人都结婚了,她看到了,也梦想着自己也会像

那些新娘一样，被婚车和鞭炮，恭贺声和《婚礼进行曲》送进婚姻的大门。可就是没有一个人来满足她，帮她实现这个愿望。

有一次，一个同事说：要是一个男人可以有几个妻子的话，肯定会有人满足她的。对此，我也相信，但能够满足她的，绝对不是说这话的同事和我。其实，她要的并不多，也不过分。她喜欢一种生活。对她而言，似乎只有"嫁给"单位某个人之后，才能够实现自己的愿望。尽管只有一步之遥，但却有着平步青云的难度。

在路上，时常遇到她年迈的母亲，提着一篮子蔬菜，或者夹着一个旧了的布包，一个人，孤零零地走。从不东张西望，从不和其他的老人一起，坐在树荫或者背风的地方聊天。后来我才得知，她的姐姐早年嫁在附近的农村，以耕种田地为生，生养了一个女儿和一个儿子。有几次见到他们三个一起去市场买菜，都很沉默，脸上也没有和亲人一起的快乐。

两年过去了，几乎每个早上，她和母亲仍旧在清扫街道，有时候是她，有时候是她母亲。尤其是秋天，风一吹，发黄、黝黑的败叶哗哗而落，一枚一枚，连续不断。她扫了一层，身后又落了一层，沉重的扫帚抹擦着坚硬的柏油路面，嗤啦啦的声音，在路边的标牌和雕塑上经久跌宕。

西 门 外

　　西门外是一个被省略了的词语,它的全称应是:巴丹吉林沙漠西部边缘某座小镇或某企事业单位西大门之外的不足 2 平方公里的区域。其中包括:大片沙枣树、水塘及其环绕的芦苇、新建开发区、菜市场、临近的村落、四季的树木和作物更换的田地……当然还有人、牲畜、高远、深邃、极少变化的天空和缭绕的炊烟,停靠的出租车、公路上奔驰的各色车辆……对此,我曾以诗歌的形式进行了较为恰当甚至浪漫的表达:芦苇包容野鸭,风吹走时光/岁岁枯荣的庄稼、灌木和黄土/在沙漠的巴丹吉林/我愿意与安静的神灵一起,和它们结为异姓兄弟。

　　1992 年是一个吉祥的年份,在巴丹吉林沙漠,我第一次看到依附于苍黄之上的大片的绿色,一边的村庄逐渐隐没。西门之外,大片的沙枣树年久茂盛,百年的品性与韧性荫蔽和成就了大量的茅草,其中,有湿润的芦苇、干燥的蒲公英、马莲草和山丹花,有藏匿的红蚂蚁、恐龙后裔蜥蜴和贼头贼脑的野兔。整个林带幽暗曲折,斜伸的枝条上长满了苍灰色的小叶子,叶子下面长满 2 厘米长的尖刺。人在其中,总要低头弓腰,地上蓬勃的茅草和头顶疏密有致的树枝,形成无数绿色通道,从容穿梭其中的似乎只有急速低飞的麻雀。

　　燕子只在明亮的阳光下飞翔,黑鹰在离地三千米以上的高空盘旋。不知建于何年的菜市场房屋低矮、老旧,灼热的阳光照在众多蔬菜和稀疏人群之

上,在安静的正午,散发着植物腐烂的味道。有一次,我和几个同乡,到那里买了几个西瓜,蹲在沙枣树下,看着清亮亮的渠水,吃得满嘴猩红,大声说甜。远处的村庄隐在盐碱浓重的草滩之上,棉花和麦子闪着黑黝黝的光。笔直的新疆杨冠盖庞大,纵横成行,将数十间黄土房屋悉数拢于怀中。

近处的公路虽然铺了柏油,但年久失修,坑坑洼洼,在直射的阳光下,犹如一条黑色的蟒蛇。在没入村庄之前,是一大片的茅草地,间或有几株沙枣树默立其中。风吹过来,树冠摇动,杂乱的草们集体俯身低头。其中有一面被芦苇包围的水塘,荡起细碎的涟漪。我觉得了美,时常骑着自行车,带一块破毡布,在傍晚或者正午来到,坐或躺在枝桠茂密的沙枣树下,素面朝天或者以书掩面。穿过绿叶仰望天空,只见流光如银,夕阳熔金,微风轻吹,明亮的大地一点点变黑。一个人身处其中,似乎整个身体都沉浸在清洁的水中。

有时候带啤酒和书籍,带简单的心事和梦想。数千米之上的天空,惨淡的流光镶着金色的花边,疾驰的车辆撩起飞行的和消失的尘土,飞鸟的鸣声似乎婴儿们的浅笑。温和、安静的环境使得阅读拥有一种妙和天然的快感。整整一个夏季,除了静坐冥想,我还在那里读了三个法国人的书:西蒙娜·薇依的《爱上帝的幸与不幸》;阿尔贝·加缪的《第一个人:纲要与札记》以及卢梭的《社会契约论》,并记住了他们书中最简单的几句话:1."爱是一种方向,而不是一种精神状态。"(西蒙娜·薇依)2."世界的荣耀存在于弱者身上。"(阿尔贝·加缪)3."人性的首要法则,是要维护自身的生存;人性的首要关怀,是对于其自身所应有的关怀。"(让·雅克·卢梭)

似乎一瞬间,北风紧了,大地苍凉,叶子们落身泥土,或者覆盖在茅草之上,尘土犹如烽烟,从沙漠深处,浩荡而来。干燥的沙漠让我心情灰败,长时间不出门,站在窗台前,心怀忧虑,眼神怅茫。第二年(1993)开春,我再次去的西门外忽然变了样子。偌大的草滩不见了,出现一大片田地,挨近村庄的那一侧,凭空多了一座简陋的黄土泥房。

孤独的炊烟从房后升起,穿过新叶并发的杨树,在空中迷失。草滩中央的沙枣树也只剩下茬口雪白的树桩。我叹息,到村庄询问,才知道又有人从甘肃定西一带迁移而来,村里将这片草滩分给他们,开垦种地。到村边,我又看了那户人家,好像是四十来岁的一对夫妇,带着一个十几岁的女孩子。他们的身影在新垦的院落里缓慢走动,偶尔冒出一句我听不懂的方言。

五月底,西瓜又熟了,还有透过表皮散发香味的白兰瓜和黄河蜜,通过粗糙的手掌,陈列在黑垢斑斑的水泥货台上。我和几个同乡头顶烈日来到,随便抓了几个西瓜,照例切开,蹲在水渠边大口吞噬。再次去却发现,旧的菜市

场不复存在，一片废墟之上，堆满劳作的民工。有人说，这是单位为了扩展面积，更好地为职工家属服务，拨巨款重新修建菜市场。

我站在路边，朝已是田地的草滩了看了几次，裸露的黄土之上，稀疏的棉花长势缓慢，低矮瘦小，似乎不会开花结果，只有田地中央处，套种的玉米身干高挑，叶子如刀。几个月后，秋风扫地，霜落人间，整个巴丹吉林，又陷入到了枯燥之中。再后来，沙尘暴接二连三，生生不歇，从沙漠核心来到，长驱千里，到远处的城市或者雪山消失。立冬，新的菜市场落成，除了以前的零散商户小贩外，呼啦啦地多了好多生意人。

从南向北，依次是：水产、百货、理发、粮油、茶叶、衣饰、奇石、名贵烟酒专卖，中间是巨大的天棚，水泥货台比以往多出三分之二。每天清早，附近的农人用自行车、驴车或者三轮摩托车带了自己种的蔬菜，挑选位置，摆好货品，清晨的凉风吹拂，有些蔬菜之上，还带着明净的露水和芳香的泥土。太阳刚从地平线露出脸庞，家属们便骑车或者步行，溜溜而来，在农人的蔬菜和水果摊前，挑挑拣拣，讨价还价。有时也吵架，农人用熟悉的方言，来自不同地域的家属们操着不同版本的普通话，大声叫嚷。

吵的声音小了，自然没人注意；大了，一会儿就围来一群人，家属们同仇敌忾，七嘴八舌；农人则单枪匹马，即使周围有同乡，也极少插嘴，只是看或忙着卖自己的货。两方虽然吵得很凶，但很少有人使用肢体语言，最终结果是人去货在，只是双方胸中多了些鼓荡的气体。

卖水产的老板姓王，家在酒泉市郊区，幼时，兄弟众多，冬天抱着羊羔取暖，夏天睡在苇席上。婚后，凑了几千块钱，带着妻子，到单位承包了一家牛肉面馆。一年后，房租大幅提高，老王觉得不划算，便移师西门外，从酒泉拉了鱼虾及其他海产品临街兜售，生意应接不暇。临近的百货店老板一年换了三个，最后一个是河南某地的，面孔黝黑，带着老婆并一位二十来岁的女儿。有一次，我去买东西，他女儿牙尖嘴利，用方言说个不休，态度极其恶劣，我一怒之下，便抽身到另外一家。

很久之后，我才得知，菜市场那家理发店内包含隐秘内容，店主是一个身体羸弱的未婚女子，张掖人氏，时常和一个穿着大胆的女孩子坐于门前，眼神散漫，表情木然。有一次单位开会，领导宣读的一份内部通报说："×××× ×××单位×××同志，一九九×年×月×日晚 11 点 40 分左右，前往菜市场理发店，与地方女青年蔡某发生不正当两性关系，被当地派出所民警当场抓获。行为恶劣，影响极坏。经研究，给予该同志行政记过一次。"我后来也路过该理发店多次，总看到一位女子坐于门外，手捧瓜子，嘴巴吐皮，东张西望。忍不住往里面看了几下，只见红布裹窗，门扉挂帘，什么也看不到。粮油

店的老板姓郭,本地人,从业几年后,大致是收入不菲,每次到酒泉进货,先找一家宾馆住宿,一小时后出来,抱着这个或者那个女子,双双没于酒楼饭馆。

最初,一辆白色大发面包车停在西门外沙枣树林一侧,单位有人到酒泉办事或者游玩,嫌大班车一路走走停停,耽误时间,就租了去。大发车虽然也跑得慢,但总归自在一些。车主老仲,大致是巴丹吉林沙漠边缘村庄第一个私营出租车主,人长得帅气,又诚实,生意自然不错。两年后,换了一台红色普通型桑塔纳轿车,载着这人或者那人,往返于酒泉和单位之间。再一个月,西门外忽然又多了几辆出租车,大都是老仲的同乡。

其中,有一个姓林的年轻人,三十来岁年纪,出车到酒泉后,非要住一晚再返回。有几次,同行看到,林姓司机带了几个浓妆艳抹的女孩子在某个饭店吃饭,一副大款做派。另外一个姓高,据说只开过几年拖拉机,见在单位搞出租能挣钱,就买了一辆二手捷达轿车。一天深夜,载着四个乘客到附近镇子玩乐,由于车速过快,行至东光村边,转弯不及,一头栽入丈余深的水渠内。高姓司机当场死亡,乘客一死三伤。

另一个司机,好像也姓高,夫人长得如花似玉,眼睛若山东龙眼葡萄,腰肢如细蛇,时常抿着嘴唇,满面含春,若羞若笑。不知何时,也买了一台崭新的桑塔纳3000型轿车,在西门外出租。有一次,载人去酒泉,行至半路,乘客突下杀手,匕首穿过其口腔,撬掉大部牙齿;头部被刺三刀,但忍着剧痛,仍死保车辆,侥幸逃脱后,因抢救及时,保全了性命。令人诧异的是,对其实施抢劫者竟是熟识之人,逃窜三日后在敦煌境内被抓捕归案。

再一个出租车司机,姓赵,名字起得有意思:怀金,开一辆红色普通型桑塔纳,我乘坐多次,人诚信守时,做事有板有眼,令人尊敬。忽一日,不见了他和他的出租车。后得知,赵怀金患了脑瘤,卖掉车辆,到北京做了手术。再一年春天,听到他死亡的消息。另一个司机很年轻,姓秦,买了一辆崭新的广州本田,也和其他司机一起,靠出租赚钱。有一次,他和另一个司机,将菜市场一名河南籍的妇女带到内蒙古额济纳旗。次日一早,妇女手提内裤,披头散发坐于宾馆走廊,声泪俱下,控诉昨夜自己被秦姓及另一个司机轮奸的悲惨遭遇。

在此之前,秦姓司机便与刚移民至此的一个女孩子相好,并致其怀孕,偷偷到医院堕胎。女方父亲得知,拿了斧头,冲到他家,势若拼命。后经调解,以2万元了结。而这次,却是人赃俱在,秦姓司机无奈,和另一个司机商议了一番,找了一个中间人,各赔付女方10万元。河南籍妇女应允,收钱后,大开店门,数年不见踪影。

苍天般的额济纳

几年后,出租车越来越多,从业者不再限于附近农村人员,酒泉市内一些个体出租也不断加入其中。一时间,曾经荒凉寂静的西门外,轿车横陈,流光刺眼。闲暇,司机们坐在荫凉树下,打扑克,或者扯淡话。周末客多,一个个叉腰挺胸站在西门外,虎视眈眈,一旦客满,掉头上路,风驰而去。有时,为抢一个客人,相互间不免爆粗口,甚至动手打架。有聪明者,则非常注重与客户培养感情,一来二去,便成了某单位、某个人的出外专用车。有的客人出手阔绰,掏钱不眨眼睛,一看便是单位出钱;有些客人抠抠搜搜,讨价还价,肯定私人出资。

1997年春天,菜市场扩建,西门外又是一阵繁华,投资者是酒泉市一位地产老板,早年间在单位承包基建工程。几个月后,新的菜市场昂然矗立。一些新来无房的商户早就交足了租金,新房落成,立马摆开货物,叫卖声起。与此同时,新菜市场蓦然出现三家医疗门诊:一所是单位医院一位退休的老医生开的,另一所也是。所不同的是,一所采购了较为先进的B超、X光透视机和其他医疗器械,兼卖西药和中成药。一所以切脉、打针和外科为主,主营西药和中成药。再一所是附近农村一位须发皆白的老中医所开,时常坐于台前,为人号脉诊病,配制草药。

夏天又一次来到之后,沙漠暴躁,树木委顿。菜市场外的三岔路口处,空旷了数千年的戈壁滩忽然喧哗起来,挖掘机和铲车轰轰作响。我们看到了,不知道要做什么。一个月后,蓦然出现一座四合院,询问得知,附近农村一户李姓人家看到这一带的发展潜力,贷款率先在这里修建了房屋。新房还没完全落成,就有人来租房子了。单位觉得此处该是自己的"领地",与地方政府几次交涉,未果。秋天,戈壁四面开花,又有一些人在戈壁上圈地拉砖,一时间,尘土飞扬,机声隆隆。次年(1998)春天,最先修建的那座房屋便被更多的房屋淹没了。

我们不知道该怎么为这个新的村落或镇子命名,有人因势叫三岔路口;有人叫光明镇;有人叫戈壁村……最终,官方行文称之为"开发区",得到大家广泛认同。最先入住的是"丰盛大酒店",老板娘是我当年所在单位负责人的第二任夫人。开业之前,我帮忙书写了对联,张贴在大门之上。开业那天,鞭炮轰鸣,亲朋齐聚,好友祝贺,围坐数桌,觥筹交错,尽欢而散。第二家是新落成的"航天宾馆",还没开业,就被外来企业承包了两年使用权。第三家是从外地迁徙而来的"红又红歌舞厅",老板原籍山东,娶了当地婆娘,便把自己留在了这里,数年来以舞厅为业。第四家是附近农村一个人开设的"顺风汽修铺"。

1999年春,单位已婚同事几乎同时受到妻子的警告:若是看到你在开发区晃悠,不剥了你皮才怪!我不知何故,某日,与一位王姓同事骑着车子晃悠了一圈,晴天丽日之下,开发区街道尘土飞扬,挂着红色布帘的理发美容店一家接着一家。有些穿着极少的女孩子,端坐门口,低胸看人,眯眼看天。

尽管单位明令禁止,但仍有人敢冒天下之大不韪,得闲便窜进开发区。有几次,派出所突击,抓住不少,照例给予通报批评,处分轻重不等。事后,与同事攀谈,道听途说讲述了几个特殊例子。其一,一人正在某家美容店床上行事,闻得民警进门,见一大水缸,急中生智,遂赤身钻进,等人一走,方才翻身而出,吐了一夜的水。其二,一个在单位承包多项基建工程的老板,罕姓为嫪,五十多岁。开发区各美容店老板每接新人,必先送至嫪姓老板处,且一次两人,彻夜不休不停,女子返回,皆骂嫪姓老板不是人。其三,附近某镇的一个少妇,只身来到开发区,也开了一家美容店,但顾客寥寥,看临近店面年轻女子顾客多,心生嫉妒。某日与一女子争执,一怒之下,菜刀挥上,若不是有人及时阻止,那年轻女子至少得挨上一刀。

不知从何时起,只要看到熟悉的同事和朋友从开发区出来,或者向着开发区而去,不管是谁,都会心生猜疑。我几次到西门外乘车,为避嫌,即使站在烤人流油的太阳下面,也不愿意到开发区找个荫凉地,除非和妻子一起去。有一次骑自行车穿过开发区到附近农村玩,被熟悉的同事看到,遭到好一阵斜眼和嘲笑。2005年,开发区的房屋更多了,除了原先的经营范围外,有附近的青年人在那里租了房子,开了几间网吧。

这是最受欢迎的(至少对我而言是这样),有几次,单位关闭了员工的互联网,我就骑着车子,出了西门,到开发区上网。这时的开发区,俨然一个小镇了,甚至比酒泉和阿拉善境内的任何一个小镇都要繁华。据说,内蒙的额济纳旗和甘肃的金塔县打了好几场官司,双方都说这片地域是自己的。额济纳旗将这里命名为古日乃苏木(乡),金塔将这里称作清泉镇。

每次乘车到酒泉,路过开发区,尘土依旧飞扬,房屋高低不平。到处是生疏又生疏的面孔。从前的草滩被新建的房屋覆盖,沙枣树早已不见踪影。偌大的开发区,不见一棵绿树,夏天的阳光兜头直射,似乎可以照见房间之内的任何情景甚至黑暗的地心。每次和妻子一同到菜市场买菜,总会想起以前的一些情景。那时候的西门外是安静的,俨然一片袖珍绿洲,生长和埋葬的,都是自然之物,永恒之物。

那面很小的芦苇荡也被掩埋了,不断滋生的芦苇还没长高,就被农人割了去。成群的野鸭不知去向,只有靠近西门围墙的一些老沙枣树还活着,很

多年了,不见长高,也不见减少,每年五月初,枝干扭曲的沙枣树会开出一连串的米粒大小的花,招来成群的蜜蜂和蝴蝶,老远就闻到醉人的蜜香。鸟雀依旧低飞,穿过灌木和沙枣树,在某根树枝或草丛中栖息。

我时常回想起当年和同乡蹲在水渠边吃西瓜,以及一个人骑着自行车,在沙枣树下静坐、读书、喝啤酒的情景。那是些纯粹的时光,自由、安静、忧郁且快乐。偌大的草滩和戈壁,单位和农村的隔离带,是无意的阻隔,更是自然的链接。尤其是有月亮的夏夜,蚊虫被风驱赶,几个人并肩走在路上,到处都是凉爽,天空犹如湖泊,大地平缓无际。在那里,我总是可以想到诗歌、隐秘的往事、梦想甚至神灵。

而没想到,十多年之后,西门外成为嘈杂的代名词,商品和欲望的聚散地。除了乘车外出、到农村玩耍和偶尔陪爱人买菜外,我极少再去西门外。有时候,和几个同年来到的同事谈起,也多惋惜。一位年长于我的同事说,从前的西门外,树木葱郁,植被丰厚,野兔野鸭极多。有年夏天,他们几个人扛着猎枪打猎,忽见远处一个白色物体在动,想是野兔,扣动扳机,枪声之后,却听一声痛叫,一人提了裤子,仓皇奔去;稍后,又有一长头发的人,兔子一般没入沙枣树林。

现在的西门外,令我惦念的似乎只有网吧了,尤其是单位勒令永久关闭宽带之后,坐于屏幕前,忽然觉得,世界原来如此空洞,自己像是一个与世隔绝的人,周身空旷,内心落寞。我想,一根线,携载的不仅仅是持续不断的数字信息,还有心灵乃至精神——放逐、索取、排斥和塑造的通道。或许这个通道不存在任何目的和意义,但网络毕竟是一种链接、到达、放任和收取……很多时候,我想去看看外面的世界,但四门紧闭,盘查甚严。

我无可奈何,只能暗自叹息,站在沙枣树林一侧的假山顶上,朝着开发区看一眼,再看一眼,然后低头返回——久而久之,我在此间发现一个有意思的变化:从前,我是热爱自然的,容身草木可以获得内心的安静,置身大地心感踏实;而现在,则是浮躁的,为信息的不可获得而沮丧莫名。我想,这一种变化中,包含了人在自然境遇当中的内心变化和精神要求,还有情感变迁和技术依赖的成分。

我依稀记得,当年,一个人在沙枣树下,还读过伊壁鸠鲁的《论快乐和幸福》,其中有一句话这样说:"灵魂最圆满的幸福,有赖于我们思考到那些使人心发生最大的惊惧的东西,以及与它们同类的东西。"我一直想不清楚的是,人世间,究竟是什么可以使我们感到"最大的惊惧"?"它们同类的东西"又是一些什么?于何处藏身?又为什么?

巴丹吉林以西

虎前进(其先祖为长安人,武则天年代流放至居延,后辗转到高台。清末再迁徙到毛目绿洲定居)细心、勤快、知足,还有一点自闭、固执和乐天听命的顺从意识。很多时候会算错账,自己赔钱,攥一大把零碎钞票而不知道它们总数到底有多少。虎前进屋里的(妻子)说:就这几年(才这样),前进总算上了年纪,做生意不像年轻时那样活泛,脑子进水(呵呵笑)。虎前进翘了翘黑嘴唇上硬胡须,笑笑说:就这个还是行着嗄! 一年少说也卖它个三大四千块钱。

与虎前进不同,其他一些到河东里售卖自产自收蔬菜及水果的当地土著家庭,大都是屋里的,或者儿子、丫头、儿媳妇单独(结伴)前往(视货物量和价值决定)。每天早上,棉花和玉米叶子上的连串露水还没有醒来,从巴丹吉林以北沙漠地带吹来的风还凉得要人短袖之外再穿一件厚的外套。毛驴车的嘚嘚声、自行车的嘎嘎声、三轮摩托的突突声,在距离河东里市场以西十公里的马路上相互遮盖,依次奏响。

还在懵懂之中的马路不见一辆奔驰的车子,周围的田地静悄悄的,连蚂蚁都看不到,野鸡和野兔还在茅草丛中酣睡。虎前进们一路走着,想着各种各样的心事,相互看到也不打招呼。大约半个小时后,河东里市场的绿色拱顶在越来越亮的黎明静默出现。日复一日的太阳从黑色的戈壁之上露出了半个脑袋。虎前进们行走之间,越来越浓的太阳光晕把路边的杨树、红柳灌木、田地,甚至每一颗沙砾都映得满身血红。

公鸡停止最后一轮鸣叫,各家圈棚里的毛驴扯着嗓子放声号啕;羊只咩咩奔到主人新扔的茅草上面,低头狠吃。虎前进们就要到达的时候,原本就居住在河东里市场的专业水果、蔬菜、海鲜、肉类摊贩们就起床了——顾不上洗脸梳头,踢上拖鞋,到就近的公厕方便后,甩膀子提裤脚、哈腰翘臀,把蔬菜、水果、肉类等等商品摆上昨天的货台,拍拍双手,或者勒勒腰带,回屋里洗漱、吃东西,然后坐在吱吱乱响的木凳子上,眯了眼睛,假寐或者东张西望。

等卖菜的当地土著卸车,把要卖的货品摆放好,阳光就落在市场背后一大片海子和芦苇上了。

上班的上班了,剩下的家属们——送孩子上学和买菜是她们每天最重要的课程——从不同的楼宇和门洞出来,汇集到菜市场面对的大门,再从窄小

的侧门溜溜而出。这些人大都是妇女(当年也有退休的和原地休假的男人、不上学的孩子和初来乍到的外地人),穿着裙子,戴着遮阳帽,步行或者骑自行车(还有电动自行车),迈着款款步子,进入菜市场。虎前进货台若是朝着大门,所摆货品总是第一个被光顾,即使不卖,也要看看。然后再转向其他货台。虎前进站在货台里,皱纹的眼睛巴巴地看着每一个走进、站定和离开的人。买菜的人翻翻拣拣,嘴里咕哝。虎前进也咕哝:这生菜好着嗳,刚从地里摘的。这西红柿也是。茄子、青椒也是。买回去尝尝。买菜的人举着不尽相同的表情,似听非听,鼻子嗯或不嗯。

虎前进货台的隔壁,有时候站着一位老太太,有时候是小姑娘或者谁家的小媳妇——再忙也不忘化妆——脸上擦了一些廉价的脂粉,阳光照不到时,整个脸蛋看起来白白的(惨白);照到时,就像是涂了一层白面粉。到中午,汗水直流,把脂粉冲得七零八落。姑娘和小媳妇脸上一道一道的白沟,一直延续到脖颈甚至上胸脯。若是老太太,则没有那么多讲究,头发蓬乱,皱纹里全是黑泥,长长的指甲里也是;浑浊的眼睛也和虎前进一样,筛子一样过滤每一个路过她们货台的可能购买者。

和虎前进一样,售货者总是把最好的货品摆在台子上。这家黄瓜鲜嫩冒水,那家也找几根放在显眼位置;这家的菠菜根上没土,那家也赶紧把湿粘的泥土拍打拍打;这家的西红柿又红又大,那家也赶紧找上几个精心摆在最上面……无形的竞争在商贩们之间展开。对于这些售卖的当地土著来说,巴丹吉林以西的土地和土质是一样的,能种什么,不能种什么,大家心中有数。同质同类产品过盛,必然导致价格下滑。

这一家豇豆一块钱一斤,那家也坚持;西红柿五毛,那家也是。但这是每一天上午十点之前的"合作与同盟",到了十一点后,卖完的人陆续回家,剩下的大都是碰破皮的、叶子蔫了的、虫噬明显的……价格一下子跌了下来,有买菜的人去得迟了,但又非买不可的,只能劣中取优,多多少少买一些。再晚到十二点,阳光烤得白沙发红,芨芨草垂头,原先人头攒动的菜市场逐渐冷清下来,只有孩子们光着身子、裸着上身在阳光下奔跑。收摊的大人们坐在阴凉处摇蒲扇,喝胖大海或啤酒。卖菜的土著们大都驱赶了毛驴、骑了摩托车和自行车,头顶草帽或者包着红蓝绿各色头巾,消失在焦油泛渗的柏油马路尽头。

虎前进唯一的交通工具是一辆"黄河牌"三轮车——用了三年的样子,车身上的红漆成片剥落,转向灯的连接线断了,喇叭成了哑巴。但很好发动,突突的声音一会儿像是老年哮喘,一会儿像是烈马嘶鸣。卖完或者卖不完这一

天的蔬菜,虎前进都要回家。推着三轮摩托出了菜市场的铁门,先习惯性地摸摸装钱的口袋,才跨上车座,左脚使劲一踹,摩托车轰响起来,然后右脚挂挡,慢慢转弯。

这是巴丹吉林沙漠以西最大的毛目绿洲——弱水河横穿其中,大小村落依山而建或在其中深陷。高大的杨树满身龟裂,干燥的表皮像是岁月的脸。从虎前进赖以生存的菜市场开始,马路两边甚至纵深处的村庄各自有着好听不好听的名字。虎前进所在的村庄叫永联,据说是"大跃进"时期取的。与虎前进在菜市场肩货相挨卖菜售货的老太太、老爷子、大姑娘、小媳妇或小伙子们,或许是永胜和东光村的,也可能是芨芨、友好、新民、双城、茨冈村的。

对于虎前进来说,这些人有的熟悉,有的陌生。同在一个地域生活,不可能事事洞悉,人人知道。尤其是那些刚亭亭玉立的大姑娘和毛发飞扬的小伙子,虎前进从面目上依稀知道他们分别和自己熟悉的谁谁谁有关系,但也不敢确定,更叫不出名字。但这些村庄虎前进都去过,去得最少的算是五十里外的发发村,据说那里有一面水库,房子三三两两盖在斜坡上。他年轻时去那里串过亲戚,还打过红狐、白狐;挖过沙葱、肉苁蓉和锁阳。

回到家里,屋里的早就做好了饭菜——拉条子(一种用白面刀切后手拉的面条),菜肴是茄子、西红柿和青椒配蒜瓣炒出来的"炒三鲜"。有时候还会买一瓶"西凉牌"啤酒——虎前进一次喝不完,留半瓶下午喝(喝完就晕,啥也干不成了),放下碗筷,一错屁股,就上了炕,不到一分钟,响起了长一下短一下的呼噜声。屋里的收拾了碗筷,给鸡拌了吃食,给驴子和羊只送了清水,也便跟随其后,哎呀一声躺在土炕上。巴丹吉林的阳光只有照着人的时候,才觉得热;一旦离开,在屋里或树荫下待久了,还有些冷,得盖上毛巾被或者其他厚一些的衣服。

大门虚掩,院墙外的葡萄去年连根冻死(2008年春,南方北方暴寒,巴丹吉林也未能幸免),夏天了还不见一片叶子。虎前进早早挖了葡萄。在往年,院墙外早已是一片绿荫,成串的葡萄沾着满身细灰,在斑驳的阳光下荡秋千了。街道上没铺水泥和柏油,干燥的黄土反复被车轧、人踩、牲口踏,比面粉还细,一踏脚,就荡起一团白雾。从不睡觉的孩子们不顾烈日,从这棵沙枣树到另一棵沙枣树下,推铁环、踢毽子、夺木棍、抢玩具,打骂哭叫之声不绝于耳——低飞的麻雀从草堆到屋檐,或是从草丛到水渠,唧喳蹦跳,不亦乐乎。

驴子卧在沙枣树的阴凉下不停倒嚼,羊只也是。远处的绵延无际的棉花地一派苍郁,打卷的叶子枚枚向下,沟渠里的浑浊流水带着上游村庄的各种垃圾,不停奔向下游的田地。房后果园,虎前进种菜的地方,大枣树、苹果树成行,杏树和桃树三三两两。大枣树也冻死了,虎前进索性锯掉了所有的枝

29

权,光秃秃的树干,看起来像是一座无头军士。树树之间生长的西红柿、青椒、黄瓜、草莓、豆角、菠菜、大豆、莴苣、韭菜和大葱看起来郁郁苍苍,有的正在变红,有的还在开花,有的粗枝大叶,有的弱不禁风。

这真是个好地方。巴丹吉林以西的绿洲当中,几乎家家户户都这样。对面圈养牲畜,房后栽种果树、种菜和麦子。有的一个村子一个样,所有房子统一形状,连牲口圈和果园大小也相差无几。一户和另一户之间,用黄土或者铁丝区隔开。但仍有不识趣的树枝、花朵和果实越界。邻里之间有时候会因为它们吵架和打架。

虎前进说:村里有几个做邻居的,老是因为果园吵嚷打架。前永辉就是那样,不但和邻居闹,还和自己同胞兄弟闹、甚至和老子闹。起因都很简单,不是你怀疑我摘了你的杏子、苹果,就是我怀疑你挖了我的树根,毁了我的界墙。有的打闹得时间长了,也没了心气,慢慢和好,有的还成了儿女亲家。

棉花是毛目绿洲的主要农作物,也是主要经济来源。人口多的人家一年种十几亩到四五十亩。棉花也是娇气的植物,春天得用薄膜盖住,发芽成型了再帮着它们把薄膜挑破。下午醒来,虎前进一般都要去准备一些第二天要卖的蔬菜,蹲在果园不是踩就是挖。屋里的则到田里伺候棉花。果园蔬菜全面丰收时,棉花也开始打岔了,需要人一株一株地帮忙清理。虎前进屋里的和其他人屋里的把打权的棉花茎带回来,扔进牲口圈,驴子老远看到,嗷嗷大叫,撒蹄奔过来。羊只见状,也一股风疾驰而至。

前些年,毛目绿洲种植甜菜,秋天抛出,送到位于百公里外的糖厂——这些年政府不做这样硬性规定,虎前进们也就不再种植这"那麻烦又赔钱的球东西"了。到六月中旬,麦子熟熟透,割掉碾掉,颗粒归仓。余下空地,不几天就冒出了一根根小玉米——这些迟来的植物,大都不会再开花结穗,一直长到秋天,也还矮小细嫩。虎前进们将它们收割、晾干,再拉到磨房磨成细粉,冬天喂鸡和猪。此外,还有些人家喜欢在春天种一大块苜蓿,秋天收割,用途与晚玉米相同。很多年前,我在《大唐西域记》或者《史记》看到:苜蓿原产于大宛,是大宛国汗血马的最好食料。可惜,汗血马早已绝迹,苜蓿还在欣欣生长。只要把种子撒进地里,浇上一遍水,再也不管它。每一株苜蓿都长得异常茂盛,婆娑动人。

随着果园里的蔬菜数量和密度的减少,果实们也开始成熟了,除了李广杏与麦子同步之外,苹果、苹果梨、大枣、葡萄、桃子等都要落在棉花之后。农历八月底,天气渐渐转凉,棉花在田野盛开,似乎是地上的云团,祁连山分化的积雪——绿叶开始干枯,把棉花衬托得更加洁白。一朵朵的棉花从棉套里

30

膨胀而出——棉花铺天盖地,汹涌起伏,万顷荡漾……紧接着,是虎前进们的手指,戴着手套或者不戴,坐在小板凳上,一朵一朵摘。

新摘的棉花在手中的感觉极其干燥,放在脖颈上,有一股强烈的吸力。要是用棉花把一个人埋起来,不到一刻钟,恐怕连鲜血都会吸干。这些年来,在巴丹吉林以西的毛目绿洲,累极了的孩子们睡在棉花堆里,几年下来,被捂死的不下十个。大人们早上五点起床,摸着黎明,趟着沁凉刺骨的露水,一脚到棉花地里,一摘就是一天。中午西瓜就干馍算是午餐,晚上直到对面看不清脸,冷风吹得人打哆嗦,才收拾了回家做饭。我总是想,能不能发明一种摘棉花的机器呢? 虎前进说,目前还没有听说机器摘棉花的事情。一些距离较远,不产棉花地方的农民们成车成车来到,被人雇佣,摘一斤棉花两块钱,要是好手,一天可以摘二百多公斤。

学校也放假,学生们四处勤工俭学,一窝蜂,摘了一家又一家。孩子们晒得和大人一样黑,通常都带了水杯或者水壶。骑着各式各样的自行车,在乡间土路上奔腾驰骋。我有些悲悯,但很快又否定了自己。对于人,无论怎样的职业,他们都是快乐的。以体力消耗换取相应的报酬,这本身就是劳动。这块地摘完了,不管那些迟开的棉桃,再转移到另外一块地。秋风乍起,黄叶成批凋零,棉花就快要摘完了,余下的,实在顽固得厉害的棉桃们,就被虎前进们强行摘下,装在编织袋内,放在房顶暴晒。

驴子们膘肥体壮,在圈内来回奔跑,黑色的蹄子溅起一团一团的尘土。虎前进们浇了棉花地,再一天后,拔了棉花秆,霎时间,莽苍苍的田间忽然空落下来,巴丹吉林深处的风携带着大批灰尘,穿过浩大的戈壁,进入到了毛目绿洲以及更西或者偏西向南的诸多地方。霜冻开始了,虎前进分十几次摘了苹果梨、苹果、桃子和大枣,一次次去往菜市场。买的人多极了,但总是会剩下一些跌破的、不好看的和体积小的。除此之外,虎前进们还会自己留一些最好的,放在地窖里,冬天自己享用。

白霜是上帝的盐粒,铺满毛目绿洲的暮秋。屋檐的燕子们不知去向,久违的乌鸦成群结队。天冷了,蔬菜死亡或者枯萎,虎前进们去往菜市场的次数逐渐减少,直到最后,实在没什么可卖的了,就躺在炕上休息。赶集买回好多肉食和别人卖的蔬菜,一家人坐在屋里吃。更多的大姑娘、小媳妇和小伙子去往酒泉、金塔和嘉峪关,甚至兰州更远的地方,打工或是玩。一年的棉花钱除了来年种子、薄膜和化肥要用的那一部分,陆续被支派了出去。

生存和死亡不过一瞬间,秋风吹起到停止,大地的巴丹吉林以西、毛目绿洲被打扫一空。一辆一辆的客货车出动了,去往酒泉和比酒泉更远的地方,

从河南、四川、湖北和甘肃兰州、武威一带来到的,专在河东里市场以卖菜(包括海鲜和肉类)为生的菜贩子们,没了当地土著争抢生意,便都异常活跃,每周或者每三天出外一次,采购更多的新鲜蔬菜。这个市场也是一架巨大的吞吐机,每天消耗量一点也不比酒泉、嘉峪关、兰州等大中等城市小,蔬菜之外的日用品、饮料、食用油、香烟、衣饰、药品、电脑耗材、茶叶、纪念品,昂贵而又必不可少。菜贩子们从远处采购的蔬菜、水果、海鲜和肉类价格奇高,买菜的人抱怨,但又不能不买。

有几年冬天和开春,几十个买菜的人向全体"同志"发出倡议:以不买菜市场菜的方式表示抗议。但有些买菜的人自恃财大气粗(大都是可以报销,或者以别的方式换回买菜钱的人),不予配合,几次都以买菜人的失败告终。到隆冬,吃羊肉的好季节来到了,清闲了一年或者两年以上的羊只结束了它们的幸福生活,被主人们摁倒在地,刀捅放血,剥皮抽筋,红艳艳的肉身变成红红绿绿的人民币,然后消失在各家门厅,进入肠胃。虎前进所在的永联村有不少人常年养羊、买羊、杀羊、卖羊肉,但虎前进不做这种"杀生"、"害命"的生意。

与此同时,安静了大半年的巴丹吉林沙漠开始骚动,从阿拉善高原奔袭而来的沙尘暴刮醒了处于低洼处的额济纳——巴丹吉林和巴丹吉林以西的沙漠戈壁随行就市,像睡醒的狮子一样,抖动满身鬃发,随风突奔,向着毛目绿洲乃至酒泉、嘉峪关、兰州大幅度推移和覆盖。虎前进们关好门窗,夜晚听任大风呼号,摧枯拉朽,在尘土弥漫的房间安然大睡或者做点别的什么——无孔不入的灰尘是对肉身和内心的清洗——抑或蒙蔽,所幸的是,虎前进们熟悉并习惯了这里的生活,在毛目绿洲,弱水河畔——他们谨慎、朴实、卑微、自在和自足,但却有着自己的存在方式和精神要求。

春节前,数九寒天,西伯利亚寒风吹得人鼻子通红,脖颈像弹簧,有时候,尿着尿着尿就冻成了冰棍。乌鸦们时有冻死,石块一样的尸体落在浮叶和尘土上,蜷曲得让人心疼和悲哀。腊月的最末几天,虎前进和屋里的,会去一次酒泉或者金塔,有时候也会去嘉峪关。酒泉,汉武帝(霍去病、李陵乃至左宗棠、林则徐)的郡治,太多的异族、兵戈、热血和飞鸣镝的城市,杀戮和被杀戮的城市,皇恩浩荡、若即若离、自由散漫的边城,与安西(安息)一样,与"九泉"谐音,有着传统禁忌与思维错觉的现代城市,虎前进自己觉得不适合也不喜欢这座"做(Z?)个啥都要钱"和"转了半天啥意思都没有"的城市。

买过了必需和感兴趣的东西,虎前进就想着回家,躺自家炕上好好歇歇身板。可嘉峪关的亲戚非要去他家看看。虎前进思忖了好长一段时间,决定动身前往。"嘉峪关就是马路宽,可街(gāi)上没几个人,风吹得比家(毛目绿

洲的村庄)还叫人心操(烦躁、激愤的意思)。"亲戚笑笑,对他说:"嘉峪关可是有名的城市,在河西走廊五大城市当中 GDP 最高……旅游业仅次于敦煌……"虎前进嗯嗯了一顿,打了一个哈欠,第二天一早,便拎了包裹,乘上班车,一马平川地回到了毛目绿洲。

春节就是吃(油棒子、各种肉食和面食),有亲戚来,虎前进也陪着喝点白酒,几杯下肚,就发晕,吃点东西,往炕上一躺,就扯起了呼噜。到正月十五后,天气渐渐发暖,被毛目绿洲和巴丹吉林沙漠冷落了三个多月的太阳又焕发了热情。柳树发芽,杨树吐絮,杏花不期然开放,梨花彻夜照亮,融化了冰水从上游的村庄汹涌而下,浸透了每一块田地,虎前进们便又翻开了板结的土块,打碎坷垃,把种子、化肥一起撒进地里。冷清了一冬的河东里菜市场逐渐热闹了起来,菜价调低,除了生猛海鲜之外,这里的蔬菜和瓜果大都产自毛目绿洲——虎前进们的汗水和手掌。这手掌如无限轮回的大地,如我们自己。

额济纳的农民生活

每年九月底,巴丹吉林沙漠西边的毛目绿洲,摘完棉花,再拔了秸秆,整个大地空落起来。大雁返回最后一批,鹰隼们开始越冬之前最后一次飞行。昼夜温差悬殊的沙漠边缘,到处都是咬人骨头的冷。由此再向北的巴丹吉林沙漠边缘,大片胡杨衣冠凋零,枝条婀娜的红柳树丛依在高低不一的沙丘背后,不假思索地,将发红的叶子交给秋风。

四年前迁徙至此的四川籍农民张如常夫妇,夏末以来,旷日持久地分别站在通往阿拉善盟和甘肃酒泉的马路边,背后栽着一根发白的木棍,一面写有歪扭汉字的纸板在风中剧烈抖动。因为人烟稀少,一天当中能有一百台路过的车辆,就算是"车水马龙"了。

每天早上,透骨冷风还在掀动屋顶,沙子叮叮当当敲打窗玻璃,张如常两口子起床。穿好衣服,张如常先点根香烟,妻子何红秀伸手替两个孩子再披披被褥。张如常吱呀一声拉开门,站在门前白沙地上,伸一个长懒腰,打两个喷嚏。妻子何红秀随手提了尿盆,哗的一声,泼在房后的芨芨草丛中。

张如常门前,至少五十亩的瓜地,成熟许久的白兰瓜、黄河蜜、哈密瓜和香瓜像是一块块圆形的石头,躺在业已干枯的藤蔓跟前,身下是逐渐变凉的沙土地。一颗颗的瓜,在张如常眼里,似乎比石头还重。按照他的话说,种瓜丰收了自然高兴,好像看到了花花绿绿的票子,两个女娃子穿上了新衣服,老婆乱如茅草的头发插上带花的簪子。

可一旦卖不出去,这些瓜就成了一块块心病,心里好像起了一堆燎泡,火辣辣疼。妻子何红秀说,这瓜也是一年一个样儿,遇一年,没熟就被人拉光了;遇一年,在地里冻成冰疙瘩,来年烂成肥料,也遇不到一个买主。两口子说完,张如常又点了一根香烟,何红秀舀了凉水洗了脸,擦了雪花膏,抓起放在墙根的纸板子,往北边额济纳到巴彦浩特的路上走去。张如常蹲在阔大瓜地边,食指弯曲,敲了敲一颗比骆驼脑袋还大的哈密瓜,从鼻腔内哼了一声,扔掉烟头,抓了另一面纸板,锁了大门,朝南边——额济纳通往甘肃酒泉的马路走,耷拉着脑袋,脚步绊起白土,走路的姿势像是沙漠中的一只老黄羊。

这是我在巴丹吉林沙漠西部边缘遇到的第一户远程迁徙而来的外地人。在额济纳旗达来库布镇四周,乃至靠近酒泉卫星发射中心、甘肃金塔和酒泉

的戈壁绿洲之间,与张如常夫妇情况类似的人很多。但像他们这样,从五谷丰产的富庶之地,不远千里,带着孩子,在沙漠边缘安家,专以种瓜和棉花为生的人却极为罕见。

那一次,我和一同去额济纳观看胡杨、居延海与策克口岸的朋友,在宾馆饭店爆满的情况下,寻到张如常家,要求暂住一夜。第二天一早,张如常也没多要钱,一个人三十元,有一面土炕和两张单人床可供休息。当然,还有洗漱和饮用的水。

离开张如常家,朋友纷纷猜测:(张如常)从四川到这里,天府之国和荒凉戈壁是完全不同的两个概念,他们为什么选择在这里安身立命呢?现在计划生育搞得很厉害,躲到这里,再生养两个都没人查问。(张如常)该不是犯了啥命案吧?四川人口多,他们来这里,无非也是为了生计吧?(张如常)可能遭了啥打击,带着妻儿躲到这里生活?

到黑城(哈拉浩特,西夏和元代遗址)外围,从车窗,看到一大片倒毙已久的胡杨树干。在沙漠之中,像是一大群逃难的人,抑或战后的疆场,尸体千姿百状,形态酷烈,叫人触目生悲。分别在1891年、1929年和1931年被斯坦因、科兹洛夫、贝格曼等人挖掘并大肆运出中国的、居延汉简及西夏文物的重要出土地,现在只剩下一个城池的轮廓,孑然矗立在黄沙如海的巴丹吉林沙漠之中,几只黑色的鹰隼在高空迅如闪电,似乎远古的箭矢,带着锐利啸声,消失在额济纳幽深的天空。

回酒泉车上,戈壁迎面,阳光入怀。坐在车上,竟然没来由地将黑城和张如常夫妇联系在一起。一个在沙漠边缘筑房索居,以种植瓜类维持生存;一个以孤傲之态,在沙漠之中与时间抗衡。我想,他们之间肯定有某种共通或类似之处,尽管我对张如常夫妇的确切来历及迁徙至此的原因充满悬念。

转眼之间就是冬天,漫长而冷酷,在巴丹吉林沙漠边缘的旷野之中,温度时常达到零下50多摄氏度。想起在那里生存的张如常夫妇,总觉得有一种难熬的感觉与突然变故的怜悯。好不容易到了春天,零星的杏花在泉湖公园及靠近祁连山的农家院开放,再后来是桃花、梨花、苹果花和沙枣花,等柳枝探到水面的时候,已经是五月份了。

再次去往额济纳,办完单位的差事,忍不住开车又去了张如常夫妇所在的地方。五月的额济纳,春天的手指比酒泉稍微短些,往居延海路边成群的红柳灌木还没有叶芽滋生。远远看到张如常夫妇所在的那座小四合院,在仍旧荒凉的酷寒之中,像是一座微微隆起的沙丘,四边的茅草一律呈枯黄色,将暗黄色的房屋映衬得更加暗淡。

　　张如常夫妇租种的田地是六十亩,站在高处的沙丘上,只见绵延无际的田地与达来库布镇四野和荒滩没有太大的区别,茅草遍地,枯枝之间,重新返回地表的甲虫、蚂蚁和蜥蜴往来不断。张如常蹲在田地一角,衣服上落满白尘,头发和头皮上也是。抽了一口香烟,张如常说,想不到你还会来看我。

　　我笑笑,说:"觉得你很特别,去年冬天那么冷,怎么过的? 满地的瓜卖出去没?"张如常听了,脸色有些发红,长着两撮黑须的嘴唇抖了一下,眼睛漂移地说:"去年不应当收你们的住宿费哩。"我说:"住店还得掏钱,再说你又要得不多,我们也应当给。"

　　张如常见我说得诚恳,似乎放松了许多。他妻子何红秀一边掸身上的土,一边说:"今年不种瓜了,种棉花。"张如常笑笑,说:"去年的瓜到最后卖掉不到十分之一,其他的叫羊吃了。听毛目绿洲的人说,种棉花还能赚点钱。今年种点试试。"我说:"种棉花真能赚钱吗?"张如常弹掉烟灰,又深吸一口,说:"这个谁个也说不定,看年景了,遇一年好,遇一年差。"

　　到张如常房前,两个女儿蹲在一棵沙枣树下玩沙子。大的七岁,小的两岁多。大的捧一把白沙,小的也捧一抔白沙,一前一后,来来回回,在绿意初发的沙枣树下垒堤坝、垒房子。何红秀走过来,用四川方言说了句什么,然后推门进屋。张如常冲何红秀摇摇晃晃的背影喊:"把西房挂的熏肉拿出来炒了吃!"

　　何红秀嗯了一声,舀水洗手,又理了理头发。何红秀身材不高,脏了的秋衣之中,两只乳房像是灌满沙子的小口袋,随着动作而不住摇晃。个子也不大高的张如常从家里提了几个马扎,给我和同去的同事,自己拿了一个,嗨呀一声,压在屁股下。

　　春天的阳光从房顶落下来,在黄土的院子之中,打出一个正方形。坐了一会儿,觉得燥热,挪到阴凉处,又觉得冷。张如常抽着香烟,与我们闲谈。张如常说,他家在四川的广元,环境确实比额济纳好,但人多,虽然不缺吃,但手头没啥零花钱。家里弟兄五个,二哥和四哥去了新疆,大哥和三哥死活不出来。他和何红秀商议了下,带着两个孩子,先是到甘肃民勤县城郊种了一年西瓜,赚了一点钱。后来听人说,额济纳人少地多,就跑到这里来租种了一个当地农户的房子和地。

　　张如常说:额济纳虽然缺水,但沙土地适合种瓜。结出来的瓜很甜。前些年,有贩子开着康明斯大卡车来收购。卖的时候论片儿,或者整个六十亩地一下子买断。他们负责找人摘,装车,收钱完事。去年(2005 年)额济纳种瓜的人多了,不好卖,价钱也低。到最后只卖了个化肥钱,要不是自己以前还

苍天

有俩积蓄,冬天老婆孩子恐怕真的要喝西北风了。

张如常笑了一下,声音干涩。何红秀在厨房忙活。两孩子一会儿进来,一会儿出去。大姑娘几次拿眼睛瞟我和同事。张如常看到了,脸色收紧,叹了一口气说:"大女儿还没上学呢,都七岁了。"我说:"这附近的苏泊淖尔(额济纳旗一个蒙族聚居地)不是有学校吗?"张如常说:"学校倒是有,可大的上学,小的就没人看管了。"我说:"这个不是问题,忙的时候下地把孩子带上。不忙的时候,妻子可以在家看着。"

张如常说:"可不容易得很。今年种棉花,掐头剪枝,喷药采摘,可不是一个人能干的。"沉默了一会儿,张如常说:"明年送她上学吧,那时候,小的就不用人看了。"问及想不想再要一个儿子什么的,张如常咧着嘴巴,大声笑了一下说:"想要倒是想要,要是今年棉花能赚个几十万,马上要!"张如常的话音还没落下,何红秀在厨房搭嘴说:"我可不受那罪了,你找二奶要吧!"

张如常听了,看看我和同事,摇摇脑袋,又点了一根香烟。何红秀搬了小木桌,放在院子里。张如常起身,朝我和同事摆摆手,大声要我们一起坐下吃饭。我说我们早就在达来库布镇吃过了,你们吃。张如常哎呀一声:"遇到了就吃点,客气啥子么?"说着,又进屋提了一瓶胡杨牌白酒,找抹布擦掉酒瓶上的灰尘,拧开,给我们一人倒了一口杯。

在阳光下喝酒,全身燥热。我喝得猛了一些,第二口后,就有点发晕。张如常一边嚼着腊肉,一边用筷子指着盘子里的菜,让我和同事快吃。我点了一根香烟,喝了一口茶水。这里的水质还像上次那样咸涩,甚至有些发苦。

酒多话稠,张如常说,在这里,一年见不到十个人,算上训斥孩子,说不了一千句话。我能再来看看他们,就是天大的好事了。他还说,过几年他还会换一个地方,最大的可能是新疆,或者到酒泉做个啥生意。至于老了,不能干活了回不回四川,还是个未知数。张如常还说,要是老了,孩子在某个地方成家,他和何红秀也就不回了,死哪儿埋哪儿。要是这些年能赚到足够一辈子用的钱,就一定回四川,盖漂亮楼房,过天天吃腊肉、顿顿有好酒、抽十块钱以上的烟的"安逸日子"。

额济纳春风干燥,夹杂了太多的灰尘。张如常翻松了的土地中,铺了一行行塑料薄膜,有些棉花已经探出身子,青色的芽尖像是柔怜的孩子,茫然无措地看着这个世界。中蒙交界处的天空蓝得令人发晕,连在一起的云彩像是一片雪白的奔马,似乎可以听到滚雷一般的蹄声,从蒙古高原轰轰而来。

远看之下,张如常临时的家和田地在空阔的戈壁边缘,就像是一个微缩城堡,每一个路过的车辆都会将之忽略。临近的苏泊淖尔行政村至少还有十公里的路程,隐藏在胡杨树林间的房屋及其街道上,难以见到一个人,只有一些白色或黑色的羊只,在附近的草滩上石头一样移动。

再次路过达来库布镇,德德玛、腾格尔的歌声包围着几家主要建筑和主要街道,零售店铺中,似乎没有几个顾客,脸色红润的饮酒者唱着高亢的蒙古族民歌,不多的车辆穿过一字排开的政府机构。

我想到在沙漠边缘离群索居的张如常一家,在广阔之中,他们俨然是一个完整的"国度",棉花和瓜类是他们的伙伴和臣民,他还有相依为命的妻子和女儿,有终生偕同的俗世渴念,乃至轮回日月下的劳作和收获。

回到酒泉,因为下了几场雨,夏天就到了,空气湿润起来。天晴时,祁连巍峨的雪峰似乎就在窗前,伸手可以触摸到。向北的空茫戈壁像是一个巨大的谜语。一天晚上,张如常突然打来电话,用川味浓郁的普通话说:"棉花(苗儿)出得很整齐,长势也还好,就是缺水,两口井都抽见了黄泥。"

他还说,要是今年棉花价格可以,六十亩棉花,至少也能卖它个二十万块钱,除了化肥和雇人花掉的,剩个十万没啥子问题。我听了,觉得高兴,又有点嫉妒。我邀请他有时间带着老婆娃子到酒泉来玩。他说,一定会去的,但要等到收完棉花。放下电话,心里长时间觉得充盈,他们劳作和收获,是令人羡慕和尊敬的。

2006年10月,北京和宁夏的几位朋友来,要去额济纳游览,我陪同再次去。人满为患的额济纳,连吃饭都成问题。在灿如黄金的胡杨林内外滚打玩耍之后,我特意带朋友们一起去了张如常家吃住。阔别几个月的张如常精神较春天时更为爽朗;何红秀早已把蓬乱的头发梳理得光洁如镜,纹丝不乱。胸前好像也戴上了紧绷绷的胸罩,在厨房和院子之间,鼓鼓囊囊地给我们端饭上菜。

喝酒唱歌到半夜,张如常还没睡,坐在我床边,不停地说话。我用僵硬的口舌,答非所问。张如常察觉了,倒了一杯茶水,放在我窗前,他说我听。他告诉我,今年棉花卖了一些钱,想明年再种,争取过二十万,到时候,就可以带着老婆孩子回四川了。

他还说,在额济纳,他还没待够。相对于家乡,这里安静,人少,没啥子吵闹和纠纷,自己也觉得挺好,只是苦了孩子……我听着,强打精神,时不时嗯一声,算是回应。睡到半夜,口渴似火,我起来,四处找水。房间几个水壶都是空的。只好到外面的自来水管喝。一顿冷水之后,脑袋清醒了许多。抬头的明月像是一个硕大的果盘,明澈的光辉使得张如常于旷野的家居像是一座海市蜃楼,我是其中一个神仙——抑或躲在某个角落的偷窥者,明亮的大地

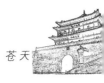

辽阔无际,奔腾的夜风掀动隐匿的行迹,先期到达的乌鸦在落叶哗哗的胡杨树上呱呱叫喊。

早上洗漱后,出门去找张如常。何红秀已经在厨房忙碌开了,浓浓的柴烟从房顶的黄泥烟囱里冒出来。正要敲门去,却见张如常从门外进来,怀里抱着一只刚出生不久的小羊羔,全身雪白。见到我,张如常先打了招呼,把羊羔放下,拿了一袋蒙牛袋装奶,又让何红秀拿了勺子,一口口喂。洁白的奶汁落在张如常的身上和地上。

我掏出钱,还按上次的价格,给张如常结账。张如常抱着羊羔,额上堆着皱纹,抬头看我,又看看钱,一脸愤怒和不解。我说咋的啦,住店给钱,天经地义。张如常忽地站起来,大声说:"把俺看扁了不是?朋友在家住一宿还付钱呦?"何红秀也从厨房探出脑袋说:"你们两个快别丢人了!快叫他们起来吃早饭!"

阳光开始灼热起来,临近草滩上一片喧闹。告别时,张如常死活不肯收下我们住宿的钱。上车,我顺手扔在他怀里。车子一溜烟开出了还长着棉花秸秆的田地边缘,到马路上,我看到张如常像只兔子,一跃一跃地往马路上跑。我们冲他挥挥手,司机加了油门,箭一样把张如常一家和田地闪在原地。

初冬,张如常来电话,要我帮忙订火车票。几天后他举家来到。张如常拿出一个鼓鼓囊囊的塑料编织袋,说这是他自己挖的肉苁蓉,给我泡酒喝,补肾壮阳用。我推辞,张如常说,这几年他挖了不少,来酒泉没啥带给我,算个小意思。

饭桌上,张如常嚼着大块腊肉,喝着汉武御酒,抽着十六元钱一包的苁蓉牌香烟。张如常说,回去过个春节,看看老爹老娘,把娃子上学的事儿安顿好,明年开春再过来。上车时,张如常使劲握着我的手掌,眼睛发红,使劲抱住我,何红秀也脸色沉郁。列车开出,月台上凭空卷起一股寒风,渐行渐远的列车,近在身边的祁连雪山——感觉倏忽而又绵长。

每一个前往丝绸之路的人，返回时都将始终与众不同。

贰

沙漠

　　戈壁的坚硬从车轮传到我的身体，在滚滚烟雾中，我渐次深入。一路上压着了骆驼和羊只的蹄迹、粪便，骆驼草、沙蓬、马兰花的身体。还有一些胡乱奔跑的蜥蜴、蚂蚁、短蛇和枯了的植物根茎。路过南山的时候，我在风化的石山下面休息了一会儿，喝水，吃东西，小便，然后起身。这种时候，我觉得十分自由，什么都可以不放在心上，也都不用顾忌……

巴丹吉林的写实主义

1. 菜市场

　　老秦家在酒泉,据他自己说,新婚时只有一床铺盖,冬天,要不是有老婆抱着,恐怕早就冻死了。婚后一年,第一个孩子出生后,实在忍不住,便借了一些钱,跑到100多公里之外巴丹吉林沙漠边缘开了一个小饭馆,以经营牛肉面为主,不到一年,还清了借款,盈余了一万多元。正想把门面装修一下,继续再干,而房子的主管部门提高了承包费,老秦和老婆觉得划不来。碰巧单位外面新修了菜市场,老秦合计着在这儿做水产生意一定不错,便从大门内移师大门外。

　　菜市场在西门外,站岗的人一脸严肃,铁杆的大门经年紧闭,右侧的小门人来车往,一天起码要有1000人的进出量。大门外侧两边是沙枣树林,不知生长了多少年沙枣树顽强长寿,有杀鸡卖鱼的把没用的肝脏往里面扔。夏天,人在行走,风吹来的腐烂气息令人作呕。但沙枣树却因此受益,这么多年,即使再老,也没有一根树枝干枯。

　　菜市场很长,从北头到南头,要走15分钟左右,遇到集市,或者早上卖菜买菜高峰期,起码也得走半个小时。老秦的鱼店在北头,进大门就是,图了地利,老秦的生意很红火。以前见到单位的人,都低头哈腰,一脸的卑微。后来不一样了,腰杆挺得秤杆一样。他的鱼店对面是单位一个退休医生开的诊所,生意也挺红火,看病是次要的,卖药才能赚钱。诊所的旁边依次是服装店、蔬菜水果店、餐厅、理发店和超市,最南头是单位医院第二门诊。

　　沿中间的水泥摊台转过来,依次排开的店面基本差不多,所售货物也大致雷同。后来额济纳旗有人在这里开了奇石、苁蓉店,这些都是他们的土特产,自己就可以采挖到,但生意不是太好。其间有人开了一家茶叶店,但没多久,就关门大吉。再靠边的地方有杀鸡卖鸡的,我最闻不了那个味道,一进门就呛得头晕,像一根棍子突然打中脑袋一样。

　　与这些卖东西瞧病的店面不同,理发店有点敏感。单位的家属们把自己的男人看得死死的,即使理发也不得去菜市场。心里有想法的男人偷着去了,老婆知道后,非要弄个明白不可。据在公安部门的朋友说,单位男人去菜

市场理发店"图谋不轨"的几乎没有,这几年来,只发生了一起:一个陕西籍的员工,深夜了,还在理发店,被巡逻的公安干警碰见,立马带了回来。

又一年夏天,做生意的人多了,或者说单位的需求量高了,原先的菜市场显得狭窄,有关方面把菜市场后面的土坑填了,又建了一排房子,不几天时间,就被商贩们抢租一空。我是一个懒于买菜的人,一个月不到一次菜市场,前几天去了,到老秦那儿买鱼,进门不见了鱼池,也闻不到了鱼腥味儿,一问,才知道老秦把鱼店搬到了菜市场后面的菜市场。

2. 老 蔡

前些年,一个人不愿意到像样的饭馆吃饭。周末起床晚了,饭堂早就菜汤两空。方便面吃了好长时间,吃得都想吐,再也不能吃了,就想到一个小饭馆吃点东西,开始吃的那家,卫生不过关。苍蝇乱飞,有一次,我竟然看见3只苍蝇同时落在女性店主胸脯的某个突出部位,一时间无味难咽,急忙放下正在吃的面条,给钱走人。找到的第二家是老蔡开的包子馆,不仅仅是包子,还有面条、米饭和其他小吃。

第一次吃,觉得老蔡做得不错,人也厚道。慢慢来的次数多了,也和老蔡熟了起来。老蔡是当地人,早年,懒,不愿意种地,喜欢做细活,洗衣、煮饭和修剪衣服。结婚的第四年,儿子三岁,媳妇跟一个河南人跑了,无声无息的,老蔡也不气恼,在家里待了一段时间,实在没意思,把孩子托给父母,一个人跑到30公里外的我们单位,租了粮店的一间房子,开了一家"银河包子馆"。

大概是生意好,某年夏天的一个上午,我睡意朦胧掀开"银河包子馆"的门帘,看见一个三十左右的妇女在擦桌子。我问了一声老蔡呢?她看看我,扭脸往操作间努了努嘴巴。老蔡在里面忙活着捏饺子,见我进来,说吃啥呀。我反问老蔡说:找到对象了。老蔡嘿嘿笑,问我那个妇女像不像他对象,我说你们两个的事情,我哪儿知道?老蔡说不是的,一个帮忙的,家在武威,老公在这儿一个包工队干活。

有时,吃过饭,我还要在老蔡店里坐一会儿,遇到他闲,吹几句牛,老蔡也挺坦率,我不问他自己也说。我一直觉得,老婆跟人跑了,对一个年壮而思维正常的男人来说,是一个侮辱。老蔡说,老婆跟人跑之前,他一点迹象都没看出来,跑了十几天,老蔡觉得事情有点不大对劲,去了丈母娘家,丈母娘说,俺闺女在你家,不见了,还跟俺要人!把老蔡骂得出门时绊了一下,差点摔倒。

转眼间,又到了春天,单位要整修,粮店要拆掉。我又去老蔡店吃饭,老蔡拧着眉头说,能不能给俺找个房子开饭馆?我想了想,对他说了几个空闲

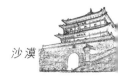

的房子,老蔡都嫌位置偏僻,做不了生意。没过几天,粮店就拆了,老蔡也不知去向。老蔡一走,我又找了两家吃饭的饭馆,到第三家才确定下来。夏末,单位新建的大型快餐厅开业了,我们觉得新鲜,第一次去,在众多的店铺之间,猛然又看见了熟悉的"银河包子馆",急忙走过去一看,店主果然是失踪了两个多月的老蔡。

老蔡也看到了我,擦了手,快步走过来和我握手。又从吧台下面拿了一包香烟出来,抽出一根给我,我说"谢谢"。老蔡说,你吃啥,我给你做。我说就要你的饺子吧,韭菜馅儿的,老蔡应了一声好,把我让到餐桌上。老蔡饺子端上来了,我正吃得满头出汗,一个三十多岁的妇女从操作间走了出来,端着一碗酸汤水饺去给邻座的客人送。还有一个六七岁的小男孩趴在靠近老蔡饭馆的餐桌上写作业。老蔡忙完了,坐在我的对面,我问他说:你又换服务员了? 老蔡嗳嗞半天说:那个妇女是俺媳妇,跑了那个。我惊诧了一会儿,又问他说:怎么回来了? 老蔡说跑够了就回来了呗。并告诉我说:那个正在写作业的男孩是他儿子,现在单位子女学校读小学一年级。

3.营盘水库

周末没事,我们几个人,几乎每个星期都要去一次。有一年远处的几个朋友来,我带着他们看了这里的弱水河,又在营盘水库转了几圈。正是秋天,水库外侧的小片胡杨林叶子金黄,稀疏但看起来丰茂而且隆重。草滩上的青草开始枯败,一边的水滩里有着黑黑的小鱼和细碎的虾米。我们脱了裤子,用网兜捕了不少的小鱼。秋天的水冰凉彻骨,但因为有鱼,又玩得高兴,凉一些谁也不会在意。

水库外层由巨石砌起,足有十米之高,坝面长而宽阔,可以行驶卡车。夏天储水很多,水面呈长方形,横在两边戈壁的巨大沟壑之间,水波荡漾,涟漪悠然,在阳光下面,水色湛蓝,浮萍如云,很大的鱼儿偶尔跳起来,溅出一片响亮水声。旁边有捕鱼的小船,我登上去,船儿晃悠,还没划出一米,突然感到头晕目眩,惊恐大喊,跳进水里,爬上河岸,衣服尽湿,鞋子灌水,落汤乌鸦一般。

偶尔有些鸭子,还有天鹅和祁连山飞来的鹰隼,在头顶啊啊叫着。还有一次,我们看见几只天鹅,在水滩和水里捉鱼,真的像天使一样。我们惊呼,后慢慢靠近,想给它们拍照,而天鹅却很灵敏,看到人来,又举着一个貌似炮口的东西,一只从水面跃起来,同时还惊惶大喊,引得其他几只也仓皇飞起,不一会儿,就消失在远处。

向右是起伏的铁青色戈壁，隐约可以看到几座秦汉遗留的烽火台，矗立在坚硬的土丘之上。

再一次去，在坝沿上看到一些白色的羽毛，还有猎枪弹壳，我们知道，那些天鹅肯定死了。我们觉得伤感，同行的安还骂了几句粗话。不知是不是因为这个缘故，大家玩兴不高，几个女孩子在水边看鱼，想捉又不敢下水，催促我们代劳。水里有一种叫做蚂螂的飞蝇。我下去了，几次刺疼，抬腿来看，是一种白色的虫子，据说可以从皮肤钻到人的血管里面。飞蝇的嘴巴好像钢铁，落在哪儿，就扎进哪儿，它吸血的速度快如闪电。

站在坝上，向左是村庄和天地，杨树环绕，玉米青翠。向北是宽阔的河道，一些细水在沙土之间，银子一样流淌。向右是起伏的铁青色戈壁，隐约可以看到几座秦汉遗留的烽火台，矗立在坚硬的土丘之上。山岭和烽火台背后，是光脱的合黎山，起伏连贯，寸草不生。据说它的深处有铁矿和煤矿；偶尔下一场大雨，干燥的沙土里就会滋生一些沙葱，有人采了拿到单位的市场去卖。据说，水煮凉拌吃口感最好。

再去，水库依旧储水很多，河面宽阔，但是很静，除了鱼儿的水泡和跃动，再不见游弋的野鸭了。旁边的胡杨树好像也少了几棵；几个自然的水滩已被当地人改造利用，养着牛蛙、螃蟹、鲫鱼和河虾。河道和田地之间，有一段宽约 100 米的沙丘，长着一些骆驼刺、沙蓬、芨芨等沙生植物，蚁窝遍布，蜥蜴飞窜，俨然是一个安静、惬意空间、独立王国。

巴丹吉林的个人生活

1. 沙漠的花朵和果实

巴丹吉林沙漠的春天,是亲历者一年当中最美的视觉盛宴。为数不多的杏花、桃花、梨花、枣花、苹果花持续开放,在满携尘土的风中,像是一群突然在荒原出现的少女,不仅赏心悦目,而且是一种无与伦比的幸福。而与之相邻的杨树、沙枣树稍微迟钝些,四月初才开始泛出零星的绿意。这时,少有的杏花已开得热火朝天,不可一世。在温暖的阳光下,它们妖艳的光泽,让看花的人自感颜面失色,内心惶惑。每一次路过,我都会停下来,盯着满树的杏花看,嗅着浓郁的花香,内心激越,似乎重温旧年的爱情。

紧接着,是梨花,一身的花朵,大地的脂粉;在夜晚也素洁异常。成群蜜蜂围拢而来,嗡嗡嘤嘤,使得每一片梨花都蓬勃着强劲的蜜香。很多次,我近距离观察到,花片和花蕊竟是惨白的,微卷的,似乎一张张皱褶的面孔,外在的白掩住了内在的苍老和衰败。

往往,杏花还没有尽入尘埃,梨花就败了,一夜风吹,脂粉尽褪,一阵风后,瞬间杳无踪影。然后是果实,从花朵的废墟里探出。很早,我就知道,巴丹吉林沙漠乃至河西走廊的人都将这种杏子称作“李广杏”——以备受推崇的“飞将军”李广命名,使得这一种并无独特之处的简单果实,从而具备了浓郁的诗意和铁血味道。

当地人说,“李广杏”味甜,汁多,内核坚硬,杏仁很香,还有治疗咽喉肿痛、醒神和开胃的功效。

而这里的“苹果梨树”则是变种,我第一次吃,心里有种异样的感觉:这一种混血的果实,满含的汁液似乎白色的血,质脆而肉甜——当地人说:这苹果梨树是从青海苹果与当地梨树嫁接过——两个不同地域的树木,就因为一根枝条,而变成了另一种果实,实在神奇且叫人心生异趣。

苹果梨树冠盖庞大,叶子呈椭圆形,树干黝黑泛红,上面有一些类似雀斑的斑点,密密麻麻,从树根到树梢,均匀密布。

杏子和苹果梨幼时都是酸涩的。不同之处在于:杏子小,酸,软,不费多大力气就可咬开,粘在唇舌上的那种酸,犹如北方的酸枣,叫人猝不及防而又

无法形容。那怀孕的妇女很喜欢吃,往往,杏子刚刚小指头大,就嚷着要摘几个吃,且吃得津津有味,吧嗒有声。苹果梨则很坚硬,表皮发青,再坚硬的牙齿,再大的力气咬下去,也只是一道浅浅的印迹。

苹果花不事声张,冷不丁抬头,它们就含蓄地站在了枝头,整个花朵呈白色,外面包着一层粉红表膜,类似西北高地上女人脸上的"高原红"。我没想到的是,这里的苹果树也是"迁徙者",是早年从陕西一带引进。

苹果是最大众的水果,全世界都在通行。在古代的丝绸之路上,苹果是最常见最易携带的"行旅食粮"。但可惜的是,巴丹吉林沙漠西部边缘土质粗糙,含碱量大,再好的苹果树种也长不高,结出的果实类似小孩子拳头,且表面粗糙,坑洼不平,成熟前,大都会裂着黑色的小口子,看起来不大舒服。到十月初,白霜普降,苹果树叶迅速卷曲,由青而红,再成焦黑色。但苹果仍旧高悬枝头,脸庞红艳,犹如春花。

巴丹吉林的枣树有两种:大枣和沙枣。它们的根本区别是:大枣由人种于果园,果实属私有。沙枣为野生,果实为公有。大枣原产地大致是中亚或者山东一带(巴丹吉林沙漠以西的大多数居民,大都不是世袭的土著,从残存的方言和习俗看,大都是从山东、河北、陕西、内蒙古等地移民屯边、从军和流放而来的前朝遗民后代)。

大枣花为米黄色,颗粒细小,密布枝桠间,掩住伸出的黑色长刺。据养殖蜜蜂的人说,最好的蜂蜜出自枣花,但巴丹吉林沙漠没有太多的蜜蜂,都是一些不知姓名的大黄蜂和小黄蜂,也不知从哪里来,它们从不成群结队,而是单独一只,最多四五只,采蜜的方式也很悠闲,慢条斯理地从一朵花到另一朵花,钻进花蕊,不一会儿又飞走了,但时隔不久,它们会再次光临同一朵花。

沙枣花在巴丹吉林沙漠诸多花朵中为至美,通常到五月中旬才开放,香气尤其浓郁,30米开外就可嗅到。沙枣树跟随沙漠河流而生,幼时成丛,逐渐有强壮者突出出来,历数十年方可成大树,但躯干扭曲,皮肤皲裂,无论年龄再大,也难以长高。记得我来巴丹吉林沙漠的第一年春天,礼堂旁边有几棵沙枣树,每当开花,蜜香随风飘扬,如饮甘醇,令人心醉神迷。

秋时,沙枣树绿叶枯黄,一夜风吹,尽落地面,只留下一串串类似枸杞的果实,悬挂于干枯枝头。有的很顽强,整整一冬,任凭犹如猛兽的漠风排山倒海,也自岿然不动。再一年春天,花朵盛开,绿叶萌生,也还有不少沙枣在原来的位置沉默悬挂。

在这些果实当中,"李广杏"可以做成杏脯,摊开,晾干,冬日吃,虽然干硬,水分尽失,但越嚼越有味道。苹果梨可用筐子或纸箱存放于地窖(但需悬挂),可以吃到开春。晒干后的大枣,皮肉虽然干枯,但用粮食酒浸泡一段时

间后,就会自然膨胀,色彩鲜艳,肉质辣甜,据说有补肾壮阳的功效。

农村里有妇女专门打了沙枣,晾干,磨成细面,包在油饼里,再炸,吃起来香甜而又有点酸涩,尤其适合就着米粥和咸菜吃。至于苹果,成熟后仍旧是酸的,怀孕的妇女视为佳品,但放的时间长了,就会慢慢变甜,到来年开春再吃,竟会甜如面酱。

在巴丹吉林沙漠,不论是杏树还是梨树,沙枣还是大枣,都是荒凉中突出地面的美丽之物。很多年了,我一次次看它们开花、长叶、结果、成熟,乃至衰落。不论花朵、叶片还是果实,每一次看到,都有一种特别亲切的感觉。粗略算算,这些年来,这些沙漠的果实,有不少进入了我的身体。可以说,我的身体有它们一部分。

此外,十多年来,我一直在无意中保持着另外一种清醒,即,看到杏子和杏树就会想到"飞将军"李广;看到苹果梨、大枣和苹果,内心就觉得了沙漠的辽阔和博大;看到沙枣,就会想到横在巴丹吉林沙漠之间的弱水河。除此之外,我还常常想,树木也和人一样,代代传承,不断生长,也会不断消亡。但相对于它们,那些在沙漠与我同在的花朵和果实,树木和河流,其实是一种更长久的生命存在和生命景观,而我个人,或许只是其中一棵、一滴,甚至一棵树上的一朵花、一颗毫不起眼的果实。

2. 夏天的田野

每年夏天,是巴丹吉林最美、最繁华的时间段。因为暴烈的阳光,我很少在白昼深入其间,有几次站在近处树荫下,或者围墙的根部,在持续风中,看不远处的田野——安静的村庄在浓密杨树下隐藏,偶尔露出的房屋多白色,有的陈旧,有的崭新。正午的炊烟沿着树木缠绕而上,又很快在树叶间消失。偶尔走动的人步履缓慢,手提农具、青草或者吃食。

阔大田地之外是草滩,通常还会有一泊长满水草的海子,水发绿,阳光在上面,与探出腰肢和头颅的蒿草一起不规则摇晃。草滩上有骡子、马、驴子或牛,它们不怕阳光暴晒,长有毛发的身子油光可鉴。

炎热正午,到处都很安静,几乎没有蝉唱,牲畜的叫声比汽笛更嘹亮。再远处,便是微绿泛绿的戈壁滩了,到处都是熊熊气浪,有时感觉像是一片无声的汪洋,看得久了,潜意识里会有喧哗的水声,在内心荡漾。稀疏的骆驼刺和沙蓬,孤独得叫人心疼。

五月中旬,田野里的棉花开出淡黄色花朵,有黄蜂在其中繁忙。阔大的椭圆形叶子密密艾艾,有风也不动摇,只有刚吐出的花苞,穿过阳光的缝隙,

49

在绿叶间相互摩挲。另一些田地里的麦子尚还青青,一丛一丛,被风吹着,似乎集体舞蹈。还有一些青色的苜蓿,一棵棵匍匐在地,背面发灰的叶子像是羞涩的女子脸颊,从数量极少的缝隙中,看着它们之外的人和天空。

清晨风如水洗,农人们起得很早,我们跑步经过时,田里到处都是他们的身影。露珠很大,密集成群,等他们走出来,裤腿湿漉漉的,鞋面上还沾了不少粗沙子。有的农人朝我们看看,但相互无法辨清表情。有些头包花布毛巾的女孩子,看人的脸和眼睛都是斜着的,慌乱不定。倒是那些上了年纪,或者婚后的男子女子,看人眼神很大胆,表情很本真自然。

村庄的外围,也有一些海子,在逐渐稀疏的草地上,风吹涟漪,似乎巴丹吉林沙漠无数眼睛之一。有些人,在海子里养殖鲫鱼和河虾;有些清闲的人坐在岸边,望天垂钓。海子周围,野生的甘草很多——根很长,有的几米,有的数十丈。每年春天,附近学校总要放几天假,要学生们挖甘草,一个人至少要挖 20 公斤,叫做"勤工俭学"。有一年,我见过一根甘草,两个人轮着挖了两天,挖了 50 公斤,还没有全部挖出来。

很多个傍晚,我一个人,趁着夕阳,骑自行车,在戈壁上曲折前行。一个人在戈壁上行走,感觉极其孤独,在傍晚更为深重。有一次,刚翻过一座不高的沙丘,突然看到一大片坟墓,有的没有墓碑,有的用黄泥做了一个,上面的名字早已模糊不清。微微隆起的土坟,亡者所在、灵魂巢穴,在渐渐入暮的傍晚,散发着一种腐朽的、令人沮丧和恐惧的味道。

巴丹吉林夏天最美的另一处风景,是随处可见的芦苇丛。青青的叶子像匈奴的弯刀,高挑的头颅竖立,轻盈得像诗歌,也沉重得让人想起战争。我多次为芦苇写过诗,也时常一个人坐在风吹不止的芦苇丛中,抚摸它们的叶子,发出莫名的叹息,想自己的过去和未来,想周围和那些远去的事物。有一次,我突然想到:美的,必然是悲的。并且一直重复这句话,像一个孩子,在风中的芦苇丛,一直到日暮黄昏,虫声四起,才起身离开。

农历九月初,棉桃接连爆开,深夜的野地,到处都是它们的叫喊声。还有某些安静的正午,除了马路上奔驰的车辆,就是棉桃裂开的声响,清脆而又嘹亮,让人不由自主地想起某一种方式的自杀和释放。一旦棉花大面积盛开,即使最美的女孩也没有棉花洁白,再朴素的诗句也没有棉花朴素。但不可避免的是:棉花叶子完成了自己一生的使命,把盛开的棉桃晾在枝头,自己委顿下来,直至颜色变黑,身体打卷,最终蜷缩成一只黑色虫子的模样。

西瓜、甜瓜等早就成熟了,卖掉了,但还有一些留在地里。不管再毒热的阳光,仍旧长在藤蔓上的西瓜瓤子也是沁凉的。那些在戈壁深处种植白兰瓜和哈密瓜的人,四处寻找买主。周边的村庄也开始忙碌起来,偌大的田野,到处都是屈身棉花的人,孩子们坐在架子车上,或在附近的苜蓿地里追逐打闹。这是农人们一年中最辛苦的时间,早上五六点钟就到了地里,一般中午不回家吃饭,就着苹果、梨子或者西瓜吃馒头。直到月亮升起或黑得看不见人才回家。

从1992年到现在,在巴丹吉林沙漠西边的绿洲,我看到的夏天的沙漠田野大致如此。从面积上,它们明显小于沙漠戈壁;但从繁华程度和生命本质上,却远比沙漠戈壁丰富驳杂。稀少的花朵和果实不仅悬挂高处,也生长在地下。每当夜晚,白昼翠绿妖娆的绿洲就会变得漆黑,风中的树叶发出清脆的击打声。宽阔的渠水带着上游的泥浆、草屑和肥皂泡沫,无声流逝。晚归农人的脚步,敲打着无边的寂静和空旷。

一个夏天过去,一个田野也随之消失。我总是在秋风中感叹大地辽远,人生苍茫,时间迅猛,生命仓促;也总是在很多睡梦中,梦见瞬间隐没的田野及依附其上的某些事物。有时候也会梦见自己突然老了,一个人坐在一堆金黄的麦草或者棉花堆上,胡子雪白、皱纹丛生,在黄蒙蒙的阳光下,长时间地昏睡不醒。

3.关于一片戈壁的素描

2004年12月4日,星期六。上午,我去一个地方。在它(几座房屋和30多个人)的外面,戈壁滩上执勤。从早上,我就知道,这一天的时光一定是安静的,不会有风,风在远处的巴丹吉林沙漠核心沉沦。

一个人从这个单位饭堂出来,经过一个两边都有篮球架的操场,穿过冬天的杨树和榆树,迎面的大门敞开着(向人,也向风和对面的戈壁),脚下的水泥在皮鞋下面格格作响。我一边打着电话,听安安说话。戈壁扑面而来,我早就看到过的巨大戈壁,在冬天,颜色灰白,表面的白沙像是一层凝固的脂粉。在狭窄的马路(路面只有3米)边站立。抬头的天空有很多白色的云彩,丝绸一样悬挂不动。太阳的轮廓清晰,但光芒虚弱。

还是没有风。我站在镏金大字的标语墙下面,仰头看那些字,大胆地想和笑,看马路远处,一侧连续的电线杆,一根一根,头部相连;从我们来到的地方来到,在近前的变压器上戛然而止。向北的戈壁胡杨林一片苍灰,扭曲的胡杨个子矮小,扭曲着,混淆在一起。近处是3座房屋,一座门窗紧闭,两座门窗空洞。再远处是一片废墟,微微隆起于戈壁表面。

走下马路,堆满车辙的戈壁白沙松软(那种软的感觉从脚底传来),看见一截模样怪异的铁棍,前面呈半月形弯曲,头部如钩,尖而锋利。只是身体已经腐烂(第一眼,我以为是一截形状特别的枯木枝),我捡起,拿在手里,在一块石头上敲,铁锈簌簌而落,很快与沙砾混淆。我再敲,它们就干净了,露出还没有来得及腐烂的坚硬部分,我端详,想应当是哪个房梁上的固定铁钩,又不像。觉得是古代时候兵器的战斗部,可又想不起它该叫什么名字。

我再一次看它,生铁的身子让我有一种神秘感。我想它应当属于戈壁,属于拒绝腐烂的时间。一只手高高扬起,使劲把它扔出去,看着它在空中的飞行姿势,听到落地的声音。

坚硬的戈壁,黑色的戈壁,铺在一起的小卵石像是熟睡的孩子,身体挨着身体,我踏过,它们齐声叫喊;我走过,它们复又安静。

土中有个纯白的东西,只是露出头部,我想什么会这样白呢?我试着挖出来,是坏了的陶瓷(电线杆上用的,我不知道它叫什么名字),顺手扔掉。快步走近房屋,这显然是被遗弃或临时居住的,门窗紧闭,天长日久,白色玻璃看起来很黑。我先是趴在右边的窗户上,看见里面窗台上的酒、酱油和醋瓶子,接着是一张桌子,桌面空空。地面上有几棵干枯的柴禾。左边的窗户下靠墙放着一张床,还有褥子和被子,但看不清它们的真实颜色。两床之间是一张木桌,木桌上放着一只空八宝粥盒子、一台收录机,收录机上摆着一面镶着红边的镜子。屋地上一张木凳子斜向窗外,正对着我。

房屋的左侧放着两根粗粗的树桩(倒毙的胡杨),身上都有斧砍的痕迹,不深。附近的两座房屋门窗洞开,堆放着草芥和砖头。这里的地面上有不少羊粪,颗粒状,看起来很美。还有一只羊的上半身,肋骨和皮毛贴在一起,内脏不在,头颅也不在(我想这只羊一定死在冬天,且已经干透了,再炎热的夏天也不会腐烂)。房屋前方,有一个砖头和土围起来的,是厕所。

坚硬的戈壁,黑色的戈壁,铺在一起的小卵石像是熟睡的孩子,身体挨着身体。

紧接着的废墟外围,有一只红色的塑料拖鞋(我想到当年穿它的脚趾和扔掉它的手指),废墟是崭新的,断砖和破瓦都是红色的,破裂的刃口崭新,枯死的小杨树皮开肉绽,在废墟的中央,斜斜的,像是战后的破裂旗帜。路过一个完好的建筑,好像是蓄水池,泥土沉淀的痕迹还在。

走近的草围子其实只有一半,另一半由铁丝围起来,中间均匀地栽着木桩(我仔细观察了其中一棵,好像不是人工栽下的),草围子的原料是芨芨草,坚韧的那种,没有了根的维系,干枯了,颜色发黄。它们围起的是一片田地,有两根小木棍插在两端,上面穿着人衣(好像是为了恐吓和阻止其他动物来侵犯庄稼),一排尚还幼小的杨树在田地中间,枝干发青,我相信它们是活着的。

回程路上,看到6米长的绿色尼龙绳做成的网子,包裹了大批的流沙,散开的茸毛像是返青的草,我惊奇,再看四周,还有不少断裂的,长出地面不过寸余,但也网络了不少的流沙(我想,治沙用这个方法也不错)。看到几截断了的草绳,我突然想到了脱落的马缰(古骑士的或者将军的),忽然感觉到一种诗意的悲怆。

4. 彻夜不眠

后半夜,我一个人,在自己的房间。床和被褥都是自己的。在里面,我还没有睡。一种凉,漫上身体(又好像是从身体内部升起的),它们的蔓延和渗透迅速而果断。我的胃开始疼,肿胀,后来是胸口,幽门那个地方,疼,锥子持续在扎。我睁着眼,心里全是绝望——我时常这样,在夜里绝望,全身心地感觉到来自身体乃至地下的冰凉。睁着眼睛,黑夜的屋顶是白色的,有一些黑夜的丝巾在上面漂浮,周边的墙壁也在晃动。我侧身,看见黑暗中沉默的电视机,桌子上面的水杯、书籍、手机、小灵通和没有关闭的抽屉。

打开灯,看自己的左手掌,有几个纹路,最长的一条中途截断,分开的走向中间又有一个斜插过来,整体的形状像咬着铁钩、正被提出水面的鱼。我哭了,一个人,压抑的声音(怕对面的人听到)在喉咙里面婉转,口中似乎有一团火焰,沿着我的舌头不停游走。我反复叫出两个重叠的汉字,叫出来,我忍不住了,想大声,就用被子把自己的头部包住,在充满个人气息的空间里连声大喊。

后来,我又哭了,在凌晨。哭够了,我想睡吧,睡吧,就自己拍着自己的胸脯,哄孩子一样。我想用睡眠(失去意志)来做抵抗,可是怎么也睡不着,始终睁着眼睛(平素只要躺在床上,很快就可以睡着),我确认这不是什么病症。

黑夜太长了,我想要黎明、白天的太阳以及随时都可以看到的风景。

我终于安静了,在黑夜里,到处都是模糊的,我看不清它们,但我确信,它们一定会看见我。身体好像凝固了,我感觉不到它的存在,我使劲翻转过去,迅即传来疼痛和麻木。胸口还疼,连续的疼,深入的疼,让我不知所从。

凌晨,近处的锅炉房呜呜作响,风吹枯树在我的听觉当中相互碰撞。没有人声,戈壁之内的小小地方,人的气息在睡眠当中隐匿,只有我清醒。一个人,在房间,在床上,赤着的身体持续发凉。后来是号声,接着是音乐,有人起床了,他们的脚步和喊声在远处和近处回响——白昼终于到了,但我仍旧不能止住眼泪和疼痛。

5. 幽闭的快乐

我很少出门。简单而小的公园、湖边和游乐场大都是路过。那座公园是陈年的,夏天的花草和树木艳丽青翠,音乐喷泉和霓虹高挑的假山时常让我感觉到一种真实的浮华。人工的湖上厅台楼阁,水面上不断有鱼儿跃出,将倒映的礼花树捅出一串涟漪。游乐场去年竣工,是孩子的乐园,我带儿子去过多次,他欢快不已,我跟随保驾。游乐的孩子身边大都有大人陪着,遇见熟悉的,尽量不打招呼,更不会主动到他们面前,说些什么事情。

我觉得这样最好,一个人就是一个人,尽量不与周边的人和事物发生任何联系(尤其是"单位"的人)。如果可以长久这样,多好。除了必要的,不可躲开的,允许我一个人,坐在房间,长时间坐着,哪怕几天几夜,我都会十分愉快。我一直觉得,自己的房间(待久了的),这里的空气是我的,我的气息和活动在其中充斥和弥漫,只有在这里,我才能够完全自由和轻松。

是的,我知道自己的自卑,来自乡村乃至骨头里面的自卑。我害怕见到更多的人,尤其是领导、一脸高尚的人(他们佯装的高尚让我害怕),还有那些常常自觉高贵的人,一心求财升官的人(他们的脸色是这个世上最善于变化的);不愿意一个人到上级机关办公楼办事,除非迫不得已(还是害怕那些一脸高尚和纯洁的人)。

但有的地方不得不去,比如邮局。下楼,走出圆形的拱门,向西,路过三幢旧了的苏式楼宇,前面是马路,很窄,不能同时容纳两辆卡车并排驶过。对面就是邮局,工作人员大都是家属,老了的,中年的,未婚的,我都认识,她们也都认识我。最为熟悉的是一位河北老乡的夫人,将近50岁,负责取款汇款。我去,大都是取款(零星的稿酬几乎让我一周要去两次以上)。她喊我小杨,我叫她嫂子。我签字、填身份证号码,递过去,她接住,看单、签字、盖戳,

把钱放在水磨石的柜台上。邮寄挂号信,去对面的信件窗口——那里换了好几次人,大都是生面孔,我挂号,她们非要我在信封上签自己的名字。我不情愿,知道这个名字在收信人那里大都不起作用,甚至有被扔掉的危险。

我去超市买零食和IP、IC电话卡。有一个超市,我经常去,售货员故意抬高货价,一只灯泡在它处一元,她要我一元五角(偶尔去别处,回来时,想起走廊的灯泡坏了,看见一家小卖部,买了一只)。我再次去买,她还说一元五角,我说别的地方怎么卖一元?她赶紧说,那就一元给你吧。我没吭声。再一个是银行,也很少去,今年去四次,两次是给在云南上学的小姨子汇款,一次是帮单位的两个人汇款,还有一次是取自己的钱。书店,每隔一段时间,我总想去看看,有没有新进的好书。书店很小,架上的书籍大都是关于厚黑、权谋、帝王、为人处世和励志的读物,我没有兴趣,只是翻看一下最新的IT杂志、影视碟片和工具书,偶尔会买,很快回来,看完就放在书架上,任它落寞。

再一个是饭店,我跟着一些人去喝酒、吃饭,有时候会学着跳舞,我总是跳不好,唱歌有几首还能博得几次掌声。醉了,呕吐,一个人沿着黑夜的马路,不规则地摇晃而回。要是一个人,我绝对不会去饭店,哪怕再小。我宁愿吃泡面,到书店的拐角处买两只肉夹馍,或者买一些面包。放在冰箱,饿了就吃,再泡一杯速溶咖啡,或温一杯牛奶。我觉得这是属于我个人的最为惬意的生活。

从沙漠开始的道路

　　多年来,就这么走,一个人,或者两个人,三个人,沿着可以走的道路,缓慢或者急速地走。四周都是风景,都是人,我看到的,没有看到的,看到我的,没有看到我的,那些路,路上的事物久长或者短暂,我相信它们并不取决于路过的某个人。某一天,我突然感到沮丧:这么多年,走了那么多的路,但与一直生活在乡村的母亲相比,我的这些路仍旧是短暂的。

　　据我所知,母亲走过的大致有这么一些:去过三次100多公里外的邢台市和沙河市,还有山西左权的拐儿镇;再就是来过两次西北(也就是我现在所在的巴丹吉林沙漠西部边缘),剩下的,她的路限定在村庄向北30公里的路罗镇、向东的乡政府所在地和派出所大院,向南是20公里的南山,向西到武安的阳鄄乡。范围再小,最远就是五里外的石盆村、三里外的自留地和后山的果树下了。

　　母亲就这样反复走着,脚下的路短暂而又漫长。她走的时候,身上还扛着或提着锄头、镰刀、粮食、清水等等一类的东西。记得她来我这里时,第一次带了1000元钱、10斤小米、一双自己做的布鞋;第二次是冬天,带了小米20斤、柿饼10斤,还有给她孙子做的两双布鞋和一身衣服。

　　我也一直走着,跟在她身后;她走过的那些,在我长大成人或者还在襁褓中,也断断续续地走过了。到西北,在巴丹吉林沙漠,我最初是安静的,最远就是往返老家。后来,去更多的远处,携带皮箱、礼品、眼镜、书籍、手表和手机,还有各式各样的心情。还有一个区别是,母亲走远路带的钱总是不超过1000元,我呢,每次,至少也要多她两倍以上。母亲只有一次一个人走远路(含返回),我至少二十余次(并不包括以后)。

　　我所在的巴丹吉林沙漠西部边缘,到处都是戈壁,附近的村庄始终在炊烟、绿树、枯树和土尘之中。我时常站在营门前(偶尔坐在班车上),看见异地的村庄。它们的隐藏和浮现并不能给我带来任何影响。唯一记得的有三件事情:一是在单位的菜市场,夏日正午,几个人蹲在流水的渠边吃西瓜,一边吃一边扔皮,一位60多岁的老太太,穿着一身油垢的衣服,拣拾我们丢弃的西瓜皮,放在一边的芨芨草编织的篮子里;二是在集市上,看见一个疯了的男人,夏天穿着一件露着棉絮的军大衣,不停呵呵笑着,在人群中走来走去,一直穿梭到集市散尽,也没有看到他有一丝不快乐;三是一起来的张小生在30

里外的鼎新镇找了对象,有次要我陪着他去。在一家理发店理发,第一次近距离地感觉到异性的身体,以及她身上的气味。

1994年5月4日,跟随单位的人,骑自行车,出营门,看到弱水河,沙漠的河流,清澈的水,冰冷刺骨。背一位女同事过河(她在我背上的感觉至今没有消散)。看见秦朝大将蒙恬建立的烽火台,5里一座,矗在黑色戈壁隆起的山包上。在天仓村后,进入彭祖居住过的窑洞,面对被村民用铁锨铲坏的壁画(彭祖和女孩子云雨交欢的画面),痛惜出声。沿路的坚硬山包中部,还有不少窑洞,据说是"备战备荒为人民"年代的遗物。那里还有一座形状像卧牛的山,浑身褐红,头角峥嵘。在一座铁矿选厂的一边,发现一座古代的城池,虽然已成废墟,但城墙和城中建筑的轮廓还在,遍生的茅草当中,我只认得芨芨草、骆驼刺、红柳和蓬棵。

再远处是清水(应是西北最大的兵站),有一年去了三次:一次回家;一次去接头儿的两个亲戚;还有一次是独自去玩,在一座铁桥下面,看到秋天的芦苇和水中游弋的野鸭。之后的酒泉和嘉峪关似乎是四年后才去的,偏僻的边地城市,丝绸之路上的现代城池,伊初的陌生让我感觉到一个客居者与它的格格不入。武威和兰州,那些年我去了好几次,一个人,或者几个人。有一次,在回程车上竟然遇到一个同事,惊喜之余,在餐车喝酒,喝得晕了,一直睡到玉门镇才醒来,只好再返身回到酒泉。

1999年以前,回老家喜欢走陇海线,河西走廊之后,兰州、陇西、定西、天水、秦岭、宝鸡、西安、三门峡、洛阳、郑州、新乡、安阳,这些城市在窗外,钢铁的奔走让我真实地触摸到了时光的迅即感。路上的风景是雷同的,绿色的植被、咆哮的河流和巍峨的高山,黄土的高原在黑夜或者白昼不断起伏和消失。邯郸下一站,我下车,再换乘汽车,往太行山里走。2000年以后,我习惯走包兰线和京张线,路过青海(那时候喜欢写诗,自然想起诗人昌耀),大都是晚上,黑山白雪,城市的灯火有点冷漠,走过宁夏(想起红艳艳的枸杞子),内蒙古(想起歌曲《蓝蓝的天上白云飘》《草原之夜》),山西大同(想知道五台山具体方位,还想起小时候听村里雇请的山西牧羊人唱得有点黄的民歌《七十二开花》),张家口(想起它流转的皮货),到北京西山,燕山深处,草木茂盛,巍峨但有残缺的长城高高在上,北京,更多是茫然,还有到达的轻松和忙乱。

再后来(这话像是讲故事),我很少乘坐火车,每次回家和出差乘飞机(母亲至今没有乘坐过),从沙漠起飞,俯首大地(沙漠、戈壁、村庄和河流)都在身下(还有钢铁、坐垫和地毯等等东西)。连我一直仰视的祁连山也变做了一平地上一堆隆起之物,白的积雪和云层一样洁白,阳光从上面投射下去,再返回到眼睛中。天空与大地,我(当然还有同机的人)在其中。那时候,我常常想:

向上也是一种道路,还有向下的,平行的道路,它们的确切方向究竟是哪里?走出机舱时,我总会长长地出一口气,看看周边的矗立在大地上的事物,然后才提着箱包,慢步走下舷梯。

1.向着西边的梦幻之旅

这依旧是个梦想,夹杂了道听途说——我曾经无数次想,一个人,骑一匹慢吞吞的枣红色的马,走过河道,两边可以没有绿树和花草,清澈的流水是潜行着的,装腔作势,安静优雅,矜持得像是迂腐的哲人。四周都是风,夹着沙尘,狼一样奔逃。我始终一个人,向着不可抵达的地方,在路上经历时间或被时间经历,在繁杂的风景中找到前世的自己。还有那些丢失了的,没有来得及拥抱、抚摸、答谢的人和事物。我相信我是真的爱着他们的,连同我的情敌、总是趁我不备从背后踢我一脚的人。

而再长的河流也不可能无始无终,一个人的道路也并没有能够看到和想到的那么远,每一条道路都是人的想象之物。除了这些,肉体扮演的角色是干瘪的,充满趣味,却又在趣味中迷失——很多年前,我就浪漫而充满期待地想,总有一天,我会一个人,骑一匹枣红色的马,带着简单的行囊,沿着河西走廊,从《诗经》的弱水河边,从巴丹吉林沙漠的流沙地带动身,将汉武帝、卫青、霍去病、李广、左宗棠、林则徐的酒泉轻轻带过,像风一样,从嘉峪关古城堞上,落在阳关或者玉门关的废墟上,再向西——应当是这样的:马儿的铃铛是沙子打响的,我的嘴唇是被爱情烧焦的,头顶的蓝天充满宗教的宁静,偶尔的黑鹰,应当就是这个世界上最优美的闪电。

向西,匈奴远遁的沙漠,吐蕃们逃逸的荒道。走着走着,高昌故城出现了,在庞大的沙漠当中,夏日的汹汹烈焰焚烧着大地的油脂——火焰山的焦土吹送着苦难人间和美丽神话的灰烬。蜿蜒于祁连山下的铁路像一只巨大的蜈蚣,让人联想到钢铁的呆滞和笨拙。而马儿是有灵性的,它一直在走,身体的晃动就是大地的晃动,响亮的喷嚏多次让我从梦中惊醒。露宿的夜晚,狼群和雪豹,黄羊和沙鸡——任何一丝动静它都先我知晓——我早就听说吐鲁番有一口沙漠水井——我想停下来,和我的慢吞吞的红马一起低头喝几口水,然后听着肚子咕噜咕噜地响,再度起程。

再向西,我不甚明了,那里是哪里,都有一些什么;葡萄是不是真的像珍珠一样?唱歌的女孩子,是不是还有着唐朝或者汉代的风度,她们的歌声真的像身段一样柔软和漂亮吗?当我再度路过沙漠的时候,我和马儿必须找一个避风的地方,在寒冷的黑夜,相互依靠,相互取暖。大风呼啸的黎明,如果

有一个人,在沙土中不肯醒来,那他一定是最有福的——他们还说,乌鲁木齐河从城中流过,天山脚下的草原上牛羊成群,骑马的汉子比我强健和英俊百倍。

我还想去和田,买最好的玉,送给母亲和最爱的人;到伊犁去,看胡杨和大草原上的蝴蝶和甲虫,风中的花朵没有香味;鸟儿飞跃的山冈上响着清朝的马蹄和箭镞;我的朋友还说,要在伊犁大草原上喝酒、跳舞、唱歌和醉倒,要让自己在一段时间内,谁也找不到。生命瞬间失踪,在草原制造一个悬念,留下一个传说……事实上,我知道做不到,即使侥幸做到了,也不会成为传说。我还想去那里的天池,山上的水,山上的湖泊,不逃跑的鱼是最快乐的——还有那些森林,一棵棵的松树是遮蔽,也是埋葬,我可以骑着慢吞吞的马,在灌木和大树之间穿梭,如果可以遇到美丽的女巫和传说中的城堡——公主和王子,财主和贫民,七个小矮人一定会在月光下围着这个世界上最善良的人跳舞。

这一切都是真的,我相信。而当我真的要纵身前往——那时,一定没有了慢吞吞的枣红马,只有一个人,只身西行,所有的风尘都在车窗外面,一日千里的行程给我一种真切的恍惚之感——盛夏或者早春,甘肃、新疆乃至整个中国西北,荒凉或者茂盛,单薄或者厚实,大地的风景,必将被我领略……但这些,其实都不是问题——我想到,真到了那个时候,我面对最大的问题是:所有合众或者单独的旅行,最难以放置和收容的,是旅行者个人的那颗漂浮的心。

2. 关于生活的个人感觉

中午,一片阳光照在后背上,从窗外,从天堂的阳光让我感觉到上帝的光亮。赫拉克利特说:"干燥的光辉是最为智慧和最为高贵的灵魂。"我不知道这片阳光是不是最智慧和高贵的,但有一点可以肯定,它是来自天堂的光辉,是生命在某一时刻接受到的一种照耀。尽管它穿越了无数的云层和庞大的灰尘、众多飞行器和工业油烟,它到达的最终目标是我——纷纭的尘世之中,有无数的我——而我只有一个,就在这片阳光下面,以一个人的姿态,坐着,被阳光看到和抚摸。

我知道,这是生活的一瞬——似乎也只能这样,每天,都有一片阳光落在身上,有一个人或者一群人,惦念或者看到我。还有一些物质,在我周围,被我和我们获得、享用和丢弃。而物质给我的,也像此刻的阳光,是维持也是温暖,是加害更是热爱。事实上,在庞大的生活当中,我遇到的大都是沙尘的吹袭和刀子的创伤。但月光和玫瑰，激情和幸福，一般人的美好，我也一直有着，即使最为艰难的时候，还有我的父亲母亲，就像现在，深秋的一抹阳光，在巴丹吉林沙漠的正午时分，照见我的后背。我感到温暖，感到了上帝对我的一种关怀。至于那些旧了的往事，疼痛和伤口，激情和幸福都在这一刻化为乌有。或许，生活就是这样，不断的创伤之后，是短暂的幸福，长久的沉郁之后，应当就是欢悦。

很多时候，我愿意这样，像一株树，不断被削砍；像一粒米，被糠皮紧紧包裹；像一个人，必须的经历是他必然活着的依据。所有的一切，都在无休止的运动之中，正反、前后、左右和明灭，不管怎样的姿势和态度，都是一种生活。亚里士多德说："运动共有六种：产生、毁灭、增加、减少、变更以及地点改变。"而生活（生命），又何尝不是这六种呢？我时常想起自己的幼年，生活到处充满阴影——那个村庄，阳光很多，但照耀到我的身体和内心的却很稀少；粮食遍地，可我喜欢吃的不多；到处都是人，而我可以自由亲近的人没有几个……再后来的学校，到处都是书籍，但没有一本让我死心塌地热爱、背诵和朗读；那么多的歌声，却不都是唱给自己和真正美好事物的——直到现在，在我个人的生活当中，内心仍旧是孤单、漂浮和游离的，我不知道哪一天会触礁沉没，也不知道哪一阵风会使这一片孤舟樯倾楫摧。

确切说，我现在的生活状态从 2000 年开始，不再惶恐，不再无主，不再像一只土拨鼠一样，小心翼翼、提防或者卑躬屈膝——物质开始围拢，生活细腻而又平稳，一个人走过来了——后来成为我的妻子。另一个人的出生，他是我们的儿子——笑声乃至吵闹声，窘迫乃至奢华，我相信这都是美的——但我不知道这样的生活可以持续多久。朋霍费尔说："与一个自由、有责任感的人所受的苦难相比，一个顺服长官意志的人所遭受的苦难是微不足道的。"

我知道，总有一些事情和物质，不会被我的意识所左右，永远都在漂浮着，并且矛头四出，会随时发出攻击，将一个人的生活刺穿……我的一点幸福和浪漫，不过是它的附属品和衍生物，生动一点说，就像中世纪的奴隶，所有的荣耀、包括生命和生活在内，几乎与个人毫无关系，对此，我也可以直接说：这都是他们的。

不知何时，落在后背上的一片阳光突然不见了，无声无息，轻忽鬼魅，房间已经转暗，更多的杨树和楼房之上，阳光灿烂，走在其中的人脚步响亮，秋风再起，落叶和灰尘齐飞，夕阳与人群同隐。想起尼采曾把"宗教的残忍"比作一把有着许多横档的巨大梯子，而生活的、最浪漫的那部分，就像疼痛之中的一声大笑和一口长长的喘息。

3.对于两个人的壮美想象

偌大的世界就那么两三个真正美好的地方:沙漠、草原和大海。雪山是神者的居所,原始森林是妖精的巢穴。那些满身俗气和功利主义者,即使跑到雅鲁藏布江泡十年八年,也未必能洗得一干二净;在菩提树下静坐百年也还是肉体凡胎一个。

我把它们说得伟大神圣,内心的想法也很好,甚至壮美,令人激动。真正热爱它们的人就应当在它们的上面把自己最真实的东西交出来,把肉体和灵魂里的那些乱七八糟的东西通通放在它们面前,让风翻阅,让石头记住,让害虫、蝴蝶和土拨鼠相互传播,让自己看见自己。把真实的肉体,真实的行为留给它们,并期待着在若干年之后,有一些后来者会在某一时刻,看到我们活动的曾经的壮美景象。

在沙漠,有两个人,相互扶携。在淤积深陷的沙土中行走,被烈日烘烤,被漠风吹袭。走到黄昏,累了,乏了,渴了,汗水被风带走,气温迅速下降,把帐篷打开,吃喝之后,身体的热量完全可以抵抗寒冷。交谈或者私语,达成默契之后,就着温热的黄沙,望着蓝色的星空,在蜥蜴和马兰花的旁边……从容一些,真实和自然一些……大风吹就吹吧,狐狸们、黄羊和蜥蜴看就看吧,骆驼跑就跑吧……把什么都忘掉,随心所欲,以身体和情感,合力到达两个人身体和心灵的天堂地狱。

在草原,牧歌和羊群,骑马的人只在白昼四处奔跑。傍晚,光辉昏黄,大地的灯盏即将熄灭,远处的马头琴响了起来,刀子一样的声音缭绕不绝……有人唱起了牧歌,穿透大地。暮色升起,露珠悄然凝结,一切安逸。这时候,两个人,最爱的人,一起坐下来,身体下面是青草,可能还有蚂蚁、牛羊的粪便,甚至颜色斑斓的昆虫……青草遮掩了一切,在最和谐、激越的声音和动作当中,我们会说,上帝死了,而草原活着。这时候,我们可以省略帐篷和被褥,可以大声唱歌,可以放声大叫。不惧怕突如其来的狼群,不在意会被找寻丢失羊只的牧人看见。风吹草低的草原,激情的草原,在夜晚深埋,在欢愉的声音当中,变得跟羊毛一样温驯可爱。

然后是大海,大海,波涛翻涌,大浪淘沙,我们看过了,我们走过它,在它的某一个海滩,某一根棕榈或者椰子树下。就着海风,咸腥的味道,在夕阳中进入……我们可以听见美人鱼的欢呼,听见鱼类的蹦跳,可以看见海底的世界,沉船、礁石、海藻和它们的尸骨,看见一只巨轮,灯火闪烁,从墨汁一样的海面驰过——如此,激情的风景和两个人身体和内心的高度融合,我想是最完美的结合,也是世界上最具震撼力的人性和自然之歌。阿诺德·汤因比说:"人性包含着的力量远比我们已经驾驭的任何无生命自然力更具威力。"激情和美好的事情,在沙漠、草原和大海,这一种方式的展现和融合,巨大的完美和快乐,普天之下,不可多得!

而我,对此是黯然的,诸多的禁令和法则,社会和习俗,构成了最为强大的绳索。很多时候,当我纵情想象,壮美的景象浮动起来,隐秘而又光亮,辽阔而又狭窄——两个人的世界,两个人的内心和肉体,灵魂和精神,人世间最美的风景,天性和本能的光亮——激越的,沉潜的,永恒的和瞬间的,我相信它的美好和神圣——但我也时常仿佛听见李尔王说:"当我们生下地来的时候,我们因为来到了这个全是些傻瓜的广大舞台之上,所以禁不住放声大哭。"

4. 我的物质生活

从一开始,它们就腐坏了——物质围绕的世界,人类肉身的消耗成为它们不竭的动力源。密尔说:"功利是最大的幸福原理。"为此,我感到震惊——学者或者智者,中国乃至西方的,我敢说,没有一个人喜欢在学术研究和文艺创作当中,无条件地要求功利。而事实上,物质像刀子一样切入到我们的俗世生活和精神活动。物质使人沉沦,又何尝不能拯救人呢?沉沦是普遍性的,也是个体和自我的——在物质主义当中,所谓的拯救是罕见的,也最为艰难。

这一番引用和感悟,艰涩、不切主题,但我知道,一个平凡普通的事物必定包含了更多的普遍规律。就像人类,在物质中不能自拔,津津有味,而又鄙夷物质,假作崇高;物质给予了我们感官乃至生命的愉悦——这是最大的快乐原则,一切生命的生活,必须附着和依赖于物质——纷纭重叠、琳琅满目和功能不一的物质,它们本身是丰盈的、快乐的,充满被消耗和被摧毁的欲望豪情。

很多年前,我不知道物质究竟是什么——每天都在使用和消耗,却又无动于衷,原始的懵懂,是不是对物质的一种怠慢呢?那时候的乡村一无所有,有亲戚来,带了饼干和糖块。晚上睡觉,我就放在枕边吃,吃得昏昏欲睡,牙齿乏困,仍旧不停。物质的匮乏使我变得贪婪,一旦拥有,就要消灭殆尽。记得有一次,好久没有吃到糖块了,就偷了家里的鸡蛋,到供销社去换,人还没有柜台高,抓了糖块就跑到外面,连糖纸一起塞进嘴巴。春天时候,实在想吃,就去舔花朵的屁股,淡淡的甜,重复了一遍又一遍。还有很多次偷吃奶奶

做馒头的白糖,糊得满脸都是,被奶奶抓到,一顿臭骂,尴尬着走出来,心里很是委屈,找个没人的地方去哭一阵子。到了过年时候,母亲做了包糖的馒头,总是先掰开,吃掉糖,把馒头皮扔到篮子里。

和奶奶不同的是,母亲只是唠叨,从不骂我。14岁时候,到外村读中学,经常在一个老太太开的杂货铺买饼干吃,欠了50块钱的账,真的搞不到钱还了,她就告诉我的母亲。这次,母亲真的生气了,付账之后,带着我,一路走一路训导。没过多久,我还想吃,看到那些花花绿绿的吃食,我就馋得流口水,但是,把衣兜摸了好几个洞,也还是没有一分钱。那时候,我真的感到了悲哀——没有想到物质对人的要挟,而只是想到了自己的无奈和贫穷;期望长大,有更多的钱可以用来支配。典型的一厢情愿心理。16岁时,似乎有了廉耻之感,再饿,再想吃,也只是忍着,或者躲开。有一次在集市上,很多人都在喝羊汤、吃油条。我也想吃,可我知道,没有钱,谁也不肯给你的。我只能去找母亲——那么大的集市,几千人熙攘,蜂拥,我在里面穿梭了三个来回,才在一个布摊上找到母亲,她给我10元钱,让我去吃。

其实,我不爱吃肉,尤其是牲畜的内脏,羊汤也不好喝,太腥。那时我还是一个纯正的素食主义者,买羊汤喝纯粹是受到了他人吃喝的引诱——强大的力量,在身体之内发生作用,异常迫切,甚至惨烈、没有一个孩子可以抵抗极端的饥饿。后来,到更远的地方去上学读书——那里的物质更为丰厚,四周都是,只要抬眼,伸手,就可以摸到。但根本的问题是——物质需要等量的货币交换,或者说,物质就是为货币而诞生的。对于我这样一个物质贫乏的人来说,再多的物质也只能是身外之物,与自己毫无瓜葛。还记得有一次,几个同学一起看电影,我买票,然后将剩余的20元钱交给一个心有所向的女同学保管。没多久,母亲就对我说,人家都笑话你傻呢!连钱都给别人管。后经核实,这话正是出自那位女同学之口。或许,物质远比信任重要得多,生存的艰难传统和思想意识生硬而又嘲弄着推离了我示爱的本意。

那时候,一个正在成长的孩子,总是耽于幻想,关于爱情、生活和此后的种种际遇——浪漫的色彩斑斓美丽,而面对的现实坚硬如铁。在物质面前,所有的浪漫都不堪一击。经过那次出卖和嘲弄之后,我收敛了好多。几乎与此同时,心下觉得,那个女同学的举动是对纯粹爱情和友谊的严重诋毁。在我心里,她一下子丑陋和渺小起来,那种萌动爱慕的感觉一去不复返。后来有一次在舅舅家遇到她,我就对她有一种蔑视心理。

有几次走在北京和上海的街道上,或乘坐飞机在空中俯瞰,那种买下整个城市的欲望爆发出来——虽然持续很短,但一点也不亚于雷声。这种物质的梦想,我相信应当有它的容身之地。对此,我只能在自己的位置,在周遭的

物质当中,想象、仰望、寻找、拿来、丢弃和依赖,像一只蜜蜂——使命一样劳作,在不断的渴求和厌倦中继续。就像罗丹所说:时光流逝,一代人的工作和梦想还没有完成,他们的生命就已结束。又一代人开始劳作了——遭遇与我们相同的命运,就像一粒石子投入草丛,没有声息,但会卓有成效。

5.从伤口看到老年

昨夜,再次看到鲜血,从右手食指,溪水一样流下,撕了卫生纸,使劲捂住,但仍旧在流,红的血穿透厚厚的纸张,在白色的纸张外出现,我一阵惊惶,脑袋麻木。殷红的鲜血,落在白色器皿里,噗噗的响声像是小孩子拿着一根筷子在敲。我不知道,一个小小的伤口,为什么会血流不止。我捂了又捂,一卷卫生纸都被鲜血浸泡完了,还在流。我掀开一看,一块皮肉翻了出来,黑色的,从手指张开的样子,像是一张嘴巴,吐出鲜血——堵不住了,抬头看到香烟和茉莉香,就各自点了一支,放在桌子上,等它们的灰烬。

用手指一捏,香灰和烟的灰烬就碎了,抓起一点,再抓起一点,放在血流不止的伤口上,伤口更黑,而鲜血仍在流,不断滴在地上。我惊慌了,害怕了,想到了白血病。问了一个朋友,他说也可能的。听了这句话,我倒镇定下来了,若无其事,照样敲击键盘,在互联网上浏览。整个夜晚,疼痛之后,就没有了感觉。第二天一早,睁开眼睛,看了看裹着创可贴的手指,再没有鲜血流出,指甲内凝固了一点黑色的淤血。想到昨晚的惊慌和镇定,倒是有些奇怪,人在某些时候是不可捉摸的,甚至自己对自己。我又想到,解开创可贴,鲜血会不会再流出来,会不会再止不住呢?坐在床上,感觉自己像是一尊雕塑,犹豫了好久,最终站起身来,去卫生间,刷牙、洗漱,故意把伤口弄湿,然后剥开创可贴,我看到的伤口此刻安静下来,淤黑,发肿,还有点疼,但没有了鲜血。我倒了热水,洗掉淤血,换了一枚创可贴。又是一阵疼,但很快就被忽略了。

这个情节或者过程,都是我一个人,除了墙壁、屏幕和家什,谁也没有看见。血流不止的时候,我感到孤独,有一种近似老年的忧伤和恐惧感。虽然只是一瞬间,但很隆重,在我的意识里,像是一道闪电。接着,我就想到了一个人的老年,在空旷的房间内,黑夜降临,包裹自己的不只是孤独,还有季节之中的冷暖和人世的各种际遇——头发白了的老人,皱纹满身,老了的男人,在房间独坐,四周都是声音,可是没有一句是说给自己听的;身边都是物质,可是没有了欲望……甚至连搬动一把木质椅子都无能为力了——这就是老年吗,我感到惊惶,比血流不止还要可怕。

尼采说:"你要设身处地地想到更多的事情。"我总是这样,敏感而又充满

忧伤和恐惧,更多时候,像是一个不懂世事的孩子——唯一的缺陷是思维成熟而活跃,由此及彼,漫无目的,有时候自己吓唬自己,紧张得像是迷失方向的小羊羔——其实,这些都会过去的,很快,弹指一挥间,就没有了踪迹。譬如这次,鲜血不止,要是再有一个人在身边,我就不会如此想了。对于一个孤独的人来说,另一个人的声音是对单独个体的一种陪伴和加强,也是一种消除和隔离。然而,我又忍不住想,要是真到了老年——我,这样一个人,到底会是怎样一幅景象?

有一点可以肯定:没有一个人可以将自己推到未来时空的某个位置——以 55 岁计算,我距离老年还有 22 年的时间,这 22 年,就像一张幽深的水井,我将穿过,但不知道中途会发生什么。从我的本意讲,我愿意慢慢去走,也愿意遇到一些事情,欢乐或者悲伤,优裕或者贫苦,都不是问题,但就是不愿意中途停止——上帝的意志也不可以。这不能说明我怕什么,只是表明我还心存希望,有一种对生命的勇气。

而事实上——姑妄言之吧。也只能如此,漫长的距离之所以漫长,不是它们本身出了问题,而是眺望和想出来的。从现在开始,就在我敲出这些字的时候,向着老年的旅程,就开始了,又近了一步。这种坐在时间之上的生命移动,让人觉得一种诗意——就像一朵花,开着开着就败了。省略过程总是可以让我们心怀惊异、忧伤或者喜悦,但根本的问题是,当你开始,同时也就将结束。

到下午,手指仍旧在疼,像小虫子不停咬。我顾不了这些,更多的事情,或者说更有意义的事情远比微小的伤口和疼痛要重要得多。而疼痛不可遏制,慢条斯理,活跃在神经和意识当中。我蓦然想到,在我的身体上,又有一道痕迹留下来了——老年之后,再次看到,会不会想起呢?时间的尘埃掩埋的除了身体,还有意志。此后的时光当中,我必须带着一个伤疤活着,向着老年行走,因为部位的明显,我必然会时常看到——被刀子撕开的小痕迹,身体的破绽,面孔温和抑或狰狞,谁都无法改变,就像我从出生就开始向老年迈进的脚步——在此问题上,我们坐下来,可以讨论它的多样性,但谁也无权讨论它的必然性,以及每个人面对的这一个生命的过程。

低语的风暴

1. 两个老故事

到巴丹吉林沙漠后,我先后听到两个故事。第一个,很多年前,由彭加木率领的地质探险队路经巴丹吉林,中午,骄阳似火,饥渴难耐。远远看见几棵沙枣树,还有一个隐约的人影。走近一看,原来是一位喇嘛端坐在沙枣树稀薄的阴影下,面容沉静,神态安详,红色的长袍上沾满黑色的灰垢。喇嘛告诉彭加木,他所在的地方,从前是一面沙湖(海子),旁边有一片硕大的梭梭林。他打坐处,曾经是沙湖的中心。

这像是一个传说,带有某种神话意味。事实上,我也一直这样认为,直到2003年夏天,乘车去往额济纳旗古日乃苏木,穿越一截黑色的戈壁滩,远处隐约看见一些黑色的阴影,高高低低,像沙丘又像巨石——进入之后,才看到是一种身材不高的树木——这是一片庞大的梭梭林,20世纪90年代初期,还设有森林武警,专门看护。梭梭是一种独特的沙漠灌木植物,性耐干旱,喜沙性,耐严寒,寿命可长达百年,是阿拉善高原最好的防风固沙植被之一。

穿越的时候,四边的梭梭像是列队欢迎的士兵,戈壁隐没了,只有一丛一丛绿色,从我的眼睛中接连闪过。令我更惊奇的是,居然还遇到了几片潮湿的水洼地,蔓延的青草听着柔软的身子,在巴丹吉林的天空下,孩子一样懵懂张望。

听到的第二个故事:古日乃牧民那斯腾在戈壁放牧的时候,在浩瀚沙漠深处,发现了冰川纪的地质奇观——石头城,奇形怪状,鬼斧神工。其中两块面积足有十米之巨,一像黑色巨鹰,尖喙长翅,钢铁雕像一般,勇猛而高傲;另一如千年海龟,游动在一块摇摇欲坠的尖石之上。更为神奇的是,这里还有一汪源源不断的清泉,不管天气再干旱,清泉涌流,从不停歇——那斯腾在泉水旁边用枯干的胡杨木垒了一个骆驼圈,每年夏天,他都会来这里放牧羊只、驴子和骆驼。有一次,他竟然还可以在这里遇到美丽的红狐,像温柔女子,站在石头的缝隙里,向他张望。

这个故事也很老了,现在的石头城,更多的人去到那里,站在冰川纪的地质遗存之上,照相、喝酒、吃东西,抒发一些惯常的感慨,然后返回。我去的时

候,还在附近发现一块严重风化的石碑,上写"大明甘州府总兵李秦来……"后面几个字我怎么也看不清,扫掉其中的灰尘,也还是模糊的——时间多么强大啊,模糊了人在沙漠里的一切痕迹。

2. 戈壁观察者

大风来往的戈壁,中国内蒙古阿拉善高原阔大的戈壁,日复一日的生活和精神疆场,一个人在它身上,像是一只红色的蚂蚁或者奔跑的蜥蜴——我时常感到卑微,无限大和无限小导致的心理和精神落差——刚刚来到时,我看到的戈壁是冬天的,像是大地拳头的骆驼草满身灰尘,干枯得焦黄,看起来似乎是某种史前动物的骨骼。第二年春天,我在营区外的戈壁滩上,看到了密密艾艾的骆驼草,因为靠近人居,渠水从它们身边流过,繁茂是必然的,春天令它们焕发了真正的植物本色,绿得让我的眼睛觉得了戈壁的世界竟然还可以如此美好。

人工的杨树和自然的沙枣树、红柳树夹杂在营区外围,林间的青草成群倒伏,其中的白色或者蓝色花朵像是雄性戈壁托举的美丽女子,身姿羸弱却又充满高贵的光泽。有一年夏天,到30公里开外的南山去玩,沿途的戈壁上布满陈旧的车辙,深深浅浅,左冲右突——有很多人来过,戈壁承载和包容了所有的过客——这里的骆驼草是稀疏的,站在戈壁,几乎感觉不到它们的存在,它们本身就是戈壁的一部分,人看到看不到,都是无关紧要的。

进入沙漠,白色的沙,一堆一堆,围在骆驼草根部,都像一颗颗结实浑圆的乳房。无边的白沙并不像艺术图片那样美好——甚至有点索然无味,令人心生沮丧;独立的山都是流沙构成,或者说风化岩石的沙子,披在高坡之上。我们的攀爬进一步退三步,整个身体不受自己控制——峰顶的岩石也正在风化,看起来巨大的坚硬的物质,只要用手稍微一碰,就簌簌而落,披散开来,哗啦啦的声音,听起来让人牙齿发痒。

越在高处,风越大——忽然想起苏轼说的"高处不胜寒",还有赫拉克里特的"干燥的灵魂是最高贵的灵魂"……在峰顶,四周的风,分辨不出来自哪个方向,衣袂飘飘,就要撕断开来。这时候,仰望的天空就在眉睫,伸手可摘流云,大地苍茫得不明所以——但看不到更远的地方,都是沙,白色的沙和金色的沙;戈壁是黑色的,人间的黑和灵魂的黑。

好多事情都变得空,无意义——而在戈壁深处,哪怕一只红色的蚂蚁或者一枚树叶,都令人惊奇。戈壁围绕的巴丹吉林沙漠深处,马兰花最动人,我以为它们是这世上最顽强的花朵——黄沙中的成长和开放,流沙接连穿袭,但仍旧保持了一种绝对神圣的生命状态。2001年，我主动要求到戈壁深处的单位工作。报到那天，看到的戈壁简直就是一个无边无际的梦，干燥和贫瘠得一无所有，黑色的沙子就像是海底的沉淀物。

近处戈壁上，总是有一些风，带着白色的尘土，一股一股流窜，然后汇合，成为更大的沙尘，不规则跑动，像是小股游击队，沿着平坦的戈壁疆场，转眼无影无踪。我不知道它们是否会消失，但肯定会再生，一溜一溜白色的土尘，不倦地游历，幽灵一样奔跑。夏天的每个傍晚，我都会一个人到堆满黄沙的围墙外散步，抬头的天空亘古不灭，落日如血，大地坚硬，走在上面，每一块石子都接触到了骨头，每一粒的尘土都会进入人的身体。

这里的戈壁几乎没有植物，好大一片，瓷实的沙子上面，铺着一层大大小小的卵石，有的晶莹剔透，有的墨黑如炭，还有的像是红色玛瑙、绿色的宝石和骏马的眼球。我捡回了好多，放在窗台上，第二天一早，它们光洁的身上就蒙上了一层黄色的灰尘。古日乃的牧民古日腾德哈告诉我，这一带的戈壁盛产可供观赏的石头——学名"沙漠玫瑰"，在额济纳旗的奇石专卖店可以看到，形状像海底珊瑚，一瓣一瓣结在一起，就像是盛开的玫瑰花——好多人开车进山采挖，拿到市场去卖，我不知道应不应当赞同，有一点可以肯定的是，我不收藏这种"沙漠玫瑰"，即使看到了，也不会采挖。

3.三个人

第一个，年龄等同于我叔叔，且和我一个姓氏。20世纪60年代末大学毕业后，来到巴丹吉林沙漠西部边缘的军营，最初的几年，在戈壁深处的一个测量站点——初建的单位沉浸在黄沙之中，孤独的房屋像是遗弃的城堡，不通市电，黄黄的地下水，落地就是一层碱。他和很多人一起，日出到日落，很多年过去了，其间贯穿了中国的"两弹一星"等大型工程——当时，通过手摇电话听到第一颗原子弹试爆成功的消息后，他和十多个战友们跑到戈壁滩上，向着天空挥舞着五星军帽，把喉咙喊到嘶哑无声——躺在黑夜的床板上总是闭不上眼睛，凌晨睡着后，还在嘶喊，邻床传来大嗓门战友的笑声。

这个点仍旧还在，前些年才接通了市电，但还是没有公路——戈壁幽深旷远，一个人站在那里，很容易就觉得了自然的博大——接二连三的风暴吹过来再吹过去，粗大的石子一次又一次击碎窗玻璃，每天早上起来，被褥上总会落下一层灰尘，低头，头发内的沙子簌簌下落，放在饭橱里的饭盆每天都要落下几两甚至成斤的灰土。三年时间，他阅读了大量的书籍，写了将近80万字的技术论文。尽管已经是21世纪了，好多同类单位还在参考使用他当年

那些论文。

时间要毁灭一个人,就是让他苍老——30多年过去了,当年与他一起的战友都走了,其中几个,还把自己的尸骨交给了巴丹吉林沙漠。现在的他,肩上是金色麦穗的将军衔,每年都要回到当初的测量站点看看:菜地、饭堂、猪圈、老营房和老设备,没有人知道他看到又想到了什么,最后,他总是要在戈壁上独自站立一段时间,一会儿抬头,一会儿低头,背影投在沙砾上,弯曲或者挺直。

第二个,有些东西故意扔掉,还必须要找回残骸。他去了,一个人,背着无线电发射机,先是踩着戈壁,再后来是黄沙——沙漠真大,一个小小的破碎的东西,他怎么找也找不到。临近中午,沙尘暴突如其来了,铺天盖地,成批的沙子,苇席一样快速翻卷。天空黑压压的,空气里都是灰尘,张开嘴巴,就可以饱餐一顿——他想找一个避风的地方,或者要返回营地……而很多天过去了,战友们全体出动,在风中张大嘴巴,呼喊他的名字——找遍了巴丹吉林所有的地方,他还是没回来。

他父母和妻子来了,不知道在哪里祭奠,只好趴在戈壁滩上,原地转了一圈,哭了整整两天。建起的坟茔里,埋葬了他使用过的所有东西,然后竖起一面水泥墓碑。风吹着他的名字,呜呜的,有时候像惨烈痛哭,有时候慷慨悲歌。每年清明,后来的战友们都会采一把喷着蜜香的沙枣花,向他的衣冠冢,脱帽致哀,后恭恭敬敬放在日渐模糊的墓碑前。2002年秋天,古日乃的一个名叫古日腾赛哈的牧民前来报告说,在一处叫做沙坡泉黄沙下,发现了一具白色骷髅。听到这个消息后,我哭了,像一粒受了天大委屈的孩子一样,眼泪怎么也止不住。

第三个,名义上与我和我们毫无关联——戈壁太大了,牧民稀疏得就像这里的梭梭树,在古日乃草原,一家和另一家之间,隔了好远的路程,至今没有电话——方圆百公里之内都是盲区,一个人在其中,就像一粒沙子一样,如果自己不发出声音,谁也不知道他的具体方位。2004年秋天,一个女性牧民就要生产了,努力了好久。她的丈夫昂日森骑着摩托车,摔了好几个跟头,跑到我们单位所在地求援。

三菱越野车紧随其后,在焦白戈壁上扬起一股粗大的烟尘,穿越原始的梭梭林后,进入庞大的芦苇丛,因为刚刚下过雨,地面泥泞,数道深坑阻挡了车速——等我们赶到,他妻子已经疼晕过去了。小心翼翼将她抬上车,赶到酒泉卫星发射中心医院,已是傍晚,她醒来几次,又都晕过去了。每个人都是一身汗,直到进入手术室——谁也没有离开,站在白色的走廊尽头,一个小时,两个小时,三个小时,四个小时,直到他们母子平安——我们的内心充满了欣慰,生命多么美好!我们做到了,一次两个,在疼痛中成为母亲,也在鲜血中诞生,成为一个崭新的人。

　　几乎每年,我们都要在春秋两个季节去一次古日乃苏木,带去他们缺少的蔬菜、面粉、水果,还有日常的药品,坐在牧民的家里喝香甜的奶茶,听他们唱歌,站在庞大的驼群之外,看羊只在日渐稀薄的草丛中隐没,还有白色、红色或者斑色的骏马,四蹄飞腾,勇敢的吐尔扈特蒙古族骑手是真正的马背上的英雄,绝尘而去又闪电而来。

4.流　沙

　　流沙——我曾经以为是一个诗意的词,多次在诗歌中重复,用唯美的言辞和单薄的崇拜,而在阿拉善高原,"流沙正在淹没我们的祖先"——说这句话的人是巴丹吉林沙漠西部鼎新绿洲的汉族居民朱建军。的确,我在戈壁当中看到的坟墓周围大都堆满了黄沙。这里的坟茔大都竖有墓碑,每一个墓碑上面都写着同样的称谓。早年间的墓碑是黄泥做的,书写的文字早就被连续的风带走了,只剩下一块凝固的黄土。稍后的墓碑是水泥做的,文字虽然清晰,但也会像先前的那些一样,在时间和风沙中消失。

　　最近几年,墓碑都换成了石头的,黑色的石头,白色的字迹,看起来庄重肃穆。朱建军先祖的坟墓在靠近弱水河的戈壁滩上,一边是时断时续的内陆河,一边是风沙无常的戈壁滩。每年清明上坟,朱建军都要扛上一把铁锹,把坟墓旁边的黄沙清理一遍,才开始摆上贡品,点燃黄纸和柏香,声泪俱下地祭奠。有时候路过,如果方便,他也会顺手清除一下坟边的黄沙——他也知道这样的清除是无效的,但必须如此;就像我们的生活,每一天都在重复,但必须重复。

　　新栽的杨树大都干死了,干枯的根部泛起一层白碱,再有一阵风,树苗就折断了,丢在那里,让人心里发酸。没过多久,这些死了的树苗就成为流沙的战利品,而且越埋越深,再也找不到。

　　发源于祁连山的弱水河不明所以地流着,大多时间是干涸的,一河流沙被太阳烘烤,逐渐蓬松,风吹之后,一层灰土飘飞而起,在空中,向着更大的区域奔袭——张掖、酒泉、嘉峪关、武威乃至兰州、西安——有一年春天时候,我到兰州下车,广场上落了一层灰尘,又下了一阵雨,整个广场看起来就像是疤痕累累的脸,对面兰州大厦灰旧不堪,街道上到处都是灰尘,就连广告条幅,也都沉甸甸的。

　　但城市人不会担心会被流沙掩埋,最直接的影响是祖辈游牧的吐尔扈特

蒙古族牧民,牲畜需要的草越来越少。阿拉善盟的沙漠化土地正以每年1000平方公里的面积扩展,大部分牧民因草场退化牧草短缺,便卖掉牲畜,也像当地汉民一样,开始农耕生活。随之而来的问题是,习惯了游牧的蒙古族人,一时难以改变自己的民族习惯,第一年大都颗粒无收,第二年仍然如此,直到第三年,才逐渐掌握了一些农耕技巧,有所收获。

额济纳旗的牧民阿布和即是其中之一,最初,他们在古日乃草原放牧了上百峰骆驼和数百只羊——流沙将他们驱赶出了古日乃草原,在额济纳旗,面对数十亩田地,正在努力把自己变成阿拉善高原上第一批以种地为生的蒙古族农民——还有他的女儿女婿,儿子和儿媳妇,甚至孙子。2000年,在达来库布镇一边的干河滩里,遇到几位骑着骆驼到山里采挖沙葱的男性汉民,几个口袋都是沉甸甸的,骆驼走路都有些吃力。

沙葱是阿拉善高原最重要的植被之一,只要下雨,就会生长,不会采挖的人会毁掉沙葱的根——在鼎新绿洲,初春的市场上,摆放了好多,买回来开水煮后,再拌上盐和醋,吃起来很是爽口——就像那些吃着发菜炫耀富贵的人一样,吃沙葱的人也是一种破坏,只是很多人没有意识到罢了,当然也包括我在内,我们不知道,吃一口沙葱,就相当于容忍一把沙子横冲直撞。

现在的额济纳旗乃至鼎新绿洲居民,每年都要把清理沙子当成一项重要的工作,枯干红柳扎起的篱笆之外,黄沙蜂拥而至,一年时间,要用四轮车运送半天,这样的劳作是无效的,但也必须劳作。有一年五月到嘉峪关,令我吃惊的是,街边的槐树竟然还没有发芽,即使发了芽的,也都是枯萎着的。傍晚起了一场大风,流窜的沙子如狼似虎,长驱直入。晚上,睡在四层楼房上,感觉大地激烈晃动。还有几次,在路上遭遇流沙,竟然被擦破了脸皮,鲜血还没有涌出来,就被灰尘堵住了。

5. 风中的旅行

2006年7月24日,巴丹吉林沙漠西端——白昼变黑,瞬间有幻灭味道,在正午弥漫。沙尘暴突如其来,我在房间外面,天空的阴影迅速铺展,从对面的楼顶、墙壁、马路和杨树之上,像庞大的野兽,黑色的兽,四蹄飞扬,充满吞噬欲望。投射的阴影从水泥地上迅速升起,我看见它锋利的触角,刀锋一般飞速切过大地。

世界变黑,绝望的黑。风起来了,浩大的风,浑浊的风,没有方向。尘土就是它的身体,庞大而果敢,横冲直撞,旋转的身躯石头一样坚硬和莽撞——我感觉到了压抑,它巨大的没有角度的力,蜂拥,压挤,进入和溢出,放开和攥

紧。经常的沙尘暴,实心的沙尘暴,在它的吹袭和裹挟中,我感觉到了一种末日来临的恐惧和疼痛。

庞大的军团发出凶猛的吼声,从远处的戈壁、矮矮的围墙、杨树身子、裂开的水泥路面和一边的蓬松沙土之上,途经蚂蚁的巢穴、仓皇的蜥蜴、骆驼刺的尖锐部分、正午安歇的工棚、野生的向日葵。它冲来,进入和穿过我的身体。动感强烈的正午,风中的个人宿命,片片撕开。

浑浊的天空没有光亮,太阳逃遁,灰色的尘雾一再遮蔽上帝。伏地游动的沙土成群结队,像蛇或流水一样,一缕一缕地爬过水泥的路面,临近的窗玻璃上有尖锐的碰撞声。它们的行走违背常理,它们的前路肯定无踪。在风中,它们是最可能丢失的。

风暴是黄色的,在车上,我们穿行,破开,又被淹没,再淹没。熟悉的道路狭窄,两边的戈壁底色泛黄,粗大的卵石心脏一样跳动。向前的道路,视线只有两米,飞速的风,像是一面厚厚的墙壁——软体的凶猛之物,车子趔趄穿过,我听见沙子们身体开裂的声音,哭泣的声音,愤怒的声音,在车外,耳膜之中,身体之上,内心以里。

在风中旅行,钢铁的运载与肉体的端坐,与风一起互动。我感觉沉重的车子虚飘起来,成为风暴的一部分,或者就是顺风漂流的庞大钢铁。我的身子也飘了起来,左右摇摆,我想风会随时撕开,或者将我们一起投掷到另外一个地方。

6.月光照彻

风暴不起,巴丹吉林是安静的,尤其有月亮的晚上,安静、落寞,到处都是神秘的感觉。要是没有风,所有的声音都将是我一个人的。脚下的粗沙发着星星的光,脚步在空荡荡的戈壁上敲响自己的内心,鞋底的石头几乎接触到骨头,我听见它们碰撞或者亲热的声音——很多时候,从我幽深的宿舍出来,越过楼房和杨树,走到水泥路面的尽头,就是一色的戈壁了。因为靠近生活区,很多的垃圾堆在那里。若是有风,各色的塑料纸飞起来,风筝一样,被飞行的沙砾裹挟,盘旋上升。

月夜的戈壁,像一个巨大的疆场,沉寂、幽深、弥散着悲剧的味道。我一直觉得它下面有很多灵魂:无奈的、自愿的、战死的。他们的尸骨早已钙化成灰,在漆黑的午夜,我有很多次看见快速奔行的磷火——那就是所谓的灵魂了吧,一些人走了,剩下骨头,想要证实什么,却又证实不了什么。

太阳剩余的温度还在,温热的黄沙和石子是对我的一种安抚。身边的骆

驼草身子虚肿，尖利的枝叶上挂满尘土，稀疏的叶子被月光照成暗黑色。远处的沙丘低纵连绵，黑色的轮廓温柔恬静，隆圆的天空隐藏在它们之后，星星隐匿，剩下的那些，光亮黯淡，面色憔悴，似乎刚刚经历了一场病痛。

近处有物在动，两只驼峰载着整个戈壁，在月光下缓慢行走。起初，它们把我狠狠吓了一跳，心中凛然，转身回跑。气喘吁吁地停下回头一看，它们并没有追上来，仍在原地不慌不忙。我蓦然想到那是骆驼，便再也不会那样惊恐了，骆驼和我同样没有恶意。

尽管这样，一个人还是不敢和不能够走得太远，戈壁太大了，哪里才是它的尽头？我只看到它的荒凉、沉稳和焦躁的一面，而忽略了它原本强大甚至丰腴的内心。多少年了，在我之前之后，又有多少人来到、消失和走开呢？我一个人的漫步，就像它身上滚动的一颗沙砾，只是形体大一些，甚至有些格格不入。除此之外，我一无所有，偌大的戈壁，它能够容纳无数的像我一样的肉体。

在巴丹吉林沙漠生活，很多时候，我遇见蹲在沙棚里的沙鸡、野兔、出其不意的蜥蜴和沙鼠，它们被我看见，各自走开或跑远。十多年来，我先后在月光的戈壁捡回一些形状奇异的石头和猛禽漂亮的断羽。夜渐渐加深，营区灯光大都熄灭了，只剩下单纯的月光，简单的颜色，虚弱得让我看不到更远的地方。

营区之外，3米宽的公路上没有一辆车行驶，围墙静默不动，楼房和树木跟随人的鼾声，进入梦境。月光停靠在天空正中，飘着黑丝的脸颊洋溢着笑容，它的光亮向下，从我的头顶贯穿了形体，连地上的影子都好像是透明的。偶尔会有几片黄了的叶子，穿过细密的枝条，在身后悄然跌落。

7. 低语的风暴

在风暴中，心情是沉郁的，莫名的焦躁，灰尘一样进入身体，尤其是穿过鼻孔和喉咙的过程，像是一种缓慢的酷刑。我通常会一言不发，坐着或躺着，闭了眼睛和嘴巴，企图与沙尘对抗，徒劳而又执著。卢梭说："人在某些时候的行为是本能的自私的反抗。"我知道自己在反抗无孔不入的沙尘，每次都会意识到"本能"，而不包括自私。

狂风肆虐，大地沦陷了，飞行的沙子就像古代的羽箭，击打建筑和树木的声音让我想到残酷的杀戮。我总是睡不着，有时候站在窗前，看风暴运行的暴虐模样，多像一场残酷的战争啊。青翠的树叶被击落了，草茎折断，花朵零落成泥。

有一年夏天,我到附近的酒泉市区送一位朋友到北京进修,风和日丽的天空,在酒泉和祁连山上空霎时间阴云密布,不一会儿,狂风大作,摧枯拉朽,矮小的城市像是一座远古的碉堡,到处都是风声,街上的小摊还没来得及收,廉价的商品就飘在了城市的头顶。

　　我们在街上奔跑,找酒店,进房间就洗澡。当我们湿漉漉拉开窗帘,风暴消失,黄豆大的雨滴落下来了,噼噼啪啪的,敲响大地的鼓面。有人说,沙漠的天气就像大姑娘的脾气,谁也摸不准。东边的天际升起一道彩虹——在干旱的西北,彩虹是不多见的。走在街道上,很多人指着横卧天地的彩虹,发出赞美的声音。相机和摄像机也都启动了,记录下西北大地最美丽的一瞬。

　　晚上,八月的天气忽然冷风彻骨,我单薄的衬衫形同乌有。商店都关闭了铁门,想买件衣服都不能够——那时候,感觉就像一个被扫地出门的委屈的孩子一样,满心的凄怆——仰望的祁连雪峰在楼宇之上,以神灵的方式看着我们。从这一次开始,每次出门,不管天气冷热,都要带一件衣服。还有一年的六月,傍晚时候,风暴骤起,我在路上,路边的粗沙成批翻起,扑打过来,不到一分钟,五官内就灌满了沙子。

　　我看不到东西了,风的怒吼就像奔跑的狮群。都是黑暗、坚硬的黑和巨大的黑,好像另一个世界,狂风是最豪华的马车,飞奔的沙子发出金属的叮当之声,要将我送往一个不为人知的地方。我没有感到恐惧,满心的顺从。我不关心尽头,只能全身心地享受过程。再后来,耳朵的声音小了,风暴就像一只蚊子——我想,在这样的风暴之中,任何消失都是正常的,也会无声无息,引不起一点波澜。

　　我还觉得,所有的俗世事物都是虚幻的,没有意义的,灾难之中的人,不仅仅有惊恐,还有内省——但不是"一日三省吾身"的内省,自身之外,还有更多的东西,比如战争、伤害、争斗、邪恶、掠夺、蒙蔽、反抗和自救等等意义丰厚的词语——在强大的风暴中,我们一定看到了什么,也一定会丢失一些什么。对于沙尘暴,除了灾难之外,还有人说,沙尘天气是抵抗全球变暖的幕后英雄……沙漠化也是一种有利资源……事物的正反面,灾难的益处,其中的悖论,让我烦乱、惊异和不安。

　　多年前,还听到这样一个传说,在巴丹吉林沙漠的古日乃苏木,一个牧羊老人被风沙掩埋了,风停后又奇迹般地爬了出来——我不知道这是人对沙漠的自适应能力,还是一个特例呢?还有一个消息:2006 年 7 月 29 日,甘肃武威突降暴雨,236 间民房轰然倒塌——这在西北也是不多见的,雨越来越成为南方的专利,当中国的南方大水泱泱,西北还是艳阳高照,风吹尘土。令我惊异的是,2006 年的阿拉善高原,尤其是巴丹吉林沙漠,降雨量多了起来,7

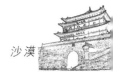

月 13 日到 18 日,天空一直阴着,雷阵雨在傍晚或者午夜下落,以致最干旱的梭梭林当中,也有了大小不一的水洼。

但沙尘暴也多了起来,我常常迁怒于在沙漠修路的人,本来瓷实的戈壁被挖掘机铲开,浮尘腾起,只要稍微有些风,就会飞扬起来。每次路过戈壁的时候,总是看到一些不大的风,掠地带动白色的灰尘,稀疏的骆驼草像是一座一座的坟茔。在靠近牧区的戈壁上,总可以看到一些白森森的动物骨骼,还有倒毙的羊只和骆驼。每一次风暴都是掩埋,一茬茬的肉体、灵魂和叹息,新生的太少了,葬送的太多。上帝说:"没有一个物是完整的,人在世上活着,像是一截飘木……最好的光是天光,最好的路在大地上。"在巴丹吉林沙漠,阿拉善高原,十多年的时光,我只是一个漂浮其上的人,我在这里,短暂和永恒,重要的是我经历、看到、抚摸,低语也怒吼,被打击也被抚摸。

流沙上的城堡

夏天，巴丹吉林以西流沙地带到处海市蜃楼，大部干枯的梭梭、胡杨和沙枣树，在炽烈日光下与荒凉对峙。四脚蛇龟缩黄沙、蜥蜴仓皇其上，黑蚂蚁和红蜘蛛隐藏在稀疏的树叶及其阴凉之中——唯有它们，才是这片地域上的真正神祇。而临近的古日乃草原，却在日渐缩小，四边黄沙堆起一座座流动的古堡、迷宫和城墙。2002年春天，古日乃草原西边的梭梭林中，忽然多了一座样式精美的房屋。在它一边，是早年森林武警撤走后逐渐倾塌的废墟，两棵沙枣树不失时机地从房屋中央冒出来，以扭曲的身体，婆娑的叶子，在巴丹吉林沙漠撑起又一片绿荫。

这是应当欣悦和祝福的。我从那里路过多次，天气晴好时，停下来在枯干的梭梭木之间骚首弄姿，照了不少自以为美的相片——还有一次，光着上身站在某座废弃的羊圈前，把自己和那些干结的羊粪、扭曲的胡杨树桩一起存在了电脑当中——往北的古日乃草原风吹草低，大片芦苇之间，偶尔可见沤烂了的海子，成群的蚊虫在有月亮的晚上，围攻牧民巴图的毛驴和骏马。

还有在这里生活的巴图和偶尔路过的我们。最令人不解的是：究竟是谁在这风尘连大的空旷之地，花巨资修建房屋呢？驾车的朋友也啧啧赞叹，开着车，绕着房子转了一圈——它建在梭梭林的低洼处，四面的沙土和梭梭木形成一个圆形包围圈。门前和房后平坦开阔，就是再圈上上百只羊或是几十匹马，也绰绰有余。

房子是双重结构，上下两层。前面院落，搭了一张筛网一样的布帘子，直射的阳光透过大小不一的缝隙，在地面排列出无数的钢针。左右两侧有一道围墙，与前后院落相互衔接。左侧停放着一辆四轮车，右侧放着干枯的柴禾。后院还有一辆四缸的猎豹牌越野车。整个房子呈乳白色，窗上的茶色玻璃看起来异常坚硬和厚实。

傍晚，落日余晖如血。叶片稀疏的梭梭颜色尽变，由绿而红，远处沙丘之间，似乎注入了太多的血。铁青色的戈壁似乎马革裹尸之后的古代疆场。那座房子矗立其中，安静得像是一个难以表述的梦境，又恍惚是巴丹吉林沙漠当中的神仙宅邸。看得久了，自然会联想到一些美妙的传说：荒凉的沙漠幻化成一片天堂庭院，花朵在青草之上，亭榭挂满灯笼，葡萄藤蜿蜒而上，每一颗都像是世上最美的眼睛。可能还会有一些不知来自何方的美丽女子，在悠

然的胡笳和骨笛当中翩翩起舞。她们身姿曼妙,犹如敦煌洞窟中徐徐翔升的伎乐天。

而在清晨,太阳开启人间的时候,这座房子从尘土中倏然睁开眼睛,似乎一个睡意未消的美女,揉着好看的眼睛,拖着一袭白色长裙,在阔大的睡榻上轻轻翻身。这绝对是一个美妙的创意,一个与众不同的举措。起初我像是古日乃某个富有的牧民。几次都想去探个究竟,但每次都难以见到它的创造者和所有者。

巴丹吉林沙漠的面积其实不大——四万平方公里,辽阔的西北疆域,黄沙填充的版图,况且还有许多人和牲畜,不轻易露面的植物和动物活跃其中。1839 年的马可·波罗,1927 至 1929 年的斯坦因及科兹洛夫和贝格曼,先后在这里的弱水河流域,发现了大量的汉简及西夏文物,当然,也遭遇到了今已绝迹的毒蛇、黑蜘蛛和红蚂蚁。

而古日乃草原附近的这片梭梭林,处在甘肃金塔县和古日乃草原之间,方圆大致五千米。一边是土尔扈特牧民及其毛驴、羊群和骆驼的领地,一边是汉族聚居的沙漠绿洲。东西走向是万顷黄沙阻断的道路。这座房子的主人为什么要选择在这里建房生活呢?

这始终是一个巨大的谜语——2007 年 8 月,古日乃牧民发起的首届马背文化节召开之时,我受邀前往。穿越附近的戈壁,进入梭梭林,特意让驾车的朋友绕到那座房子前——在旭日清晨,持续的冷风吹动梭梭单薄的叶片。由于下了几场雨,林中不少水洼或者泥泞,车辆在其中打滑。到房子所在的圆形洼处,从车窗,我看到了那座独立于野的房屋。它的院落当中似堆放着一些东西,走近一看,是足有几千米之长的塑料水管。

房院之外空地上,抖动着至少一千棵红柳树苗。大概是刚刚移栽的,大部分身上冒出了叶子,有的仍旧干枯。那些红柳在夏日清晨风中,像是一群懵懂的孩子,身子单薄,但兴致盎然。我忍不住睁大眼睛,发出赞叹。驾车的朋友说:这个人看来是种树的。我没说话,眼睛在那些红柳树苗上一一扫过,内心里有一种巨大的惊愕和欣悦。

惊愕的是这房子的主人,在巴丹吉林沙漠的所作所为令人匪夷所思,等同于天方夜谭;令人欣悦的是,这世上竟然真的有人会在旷古荒凉的沙漠安家,并一厢情愿种植树木。这个想法或者说梦想,从 1992 年来到酒泉之时,就在内心萌发了。十多年过去了,我仍旧没有动手去做。

车子掠过摇曳的树苗,喷薄的太阳跃上梭梭树顶。地平线以上的黑色云彩镶着数道美丽金边。在沙漠绝迹多年的白鹭或者野鸭倏地从某株红柳树

丛或骆驼草丛中扑然飞起，在逐渐清朗的天空中，啊啊叫着，消失在另一处。我想停车到房子那里看看，访问它的主人。但为了赶时间，只好等到回程时再探望这座神秘的房屋及其主人。

在梭梭林中，车辆像是一头逃跑的苍狼，溅起一溜白尘。我不停探头往后看，朋友提醒我不要被窗外梭梭木刮坏脑袋。一片戈壁之后，扑入眼帘的芦苇，怎么也长不高，尖如匕首的叶子舒展开来。深陷草丛的路面坑坑洼洼，车轮溅起泥浆，黄羊惊慌而逃。稳重的骆驼像是缓慢移动的沙丘。

正在奔驰，忽见窗外闪过一道白光。摩托车骑手是一位大约二十来岁的姑娘，腰身丰腴，眼睛明亮。摩托车后座上还有一个十多岁的小伙子，超过我们好远，手里还举着一件红色的上衣回头朝我们大声呼喊。不一会儿，又有一辆摩托车从一侧超越，几乎擦着我们的车身，轰的一声，箭矢一样射了出去。

驾车的朋友说："这孩子们好野！"便变了挡位，猛踩油门。车子忽的一声"飘"了起来，像是在云朵上一般。我惊呼，叫朋友没必要开得那么快。朋友近乎嘶喊说："你看看这孩子们多威猛啊！老爷们岂能落后！"我呵呵笑，急忙抓紧扶手，任凭车辆在古日乃草原上风驰电掣。

马背上的民族，草原上的闪电，成吉思汗的铁蹄和战车，在平均海拔1500米的蒙古高原和亚欧大陆……这些辉煌的过去，到今天，在不动声色的工业文明进程当中，逐渐式微。当日中午，古日乃所有的好马都扣着马鞍、系上皮质的笼头，聚集，列队，而后张蹄狂奔，鬃发飞扬，在草原尽头返回原地，依旧带着龙卷风的尘土。我们开着车子，尾随众多的马匹和机动车，与当地的土尔扈特人一起祭拜敖包。

黄沙堆上的敖包，哈达挂满——手持奶汁倾倒转圈祭拜的时候，一个肤色白净、戴墨镜、装束迥异的中年妇女插在我前面，手里也拿着一包奶汁，还有一些奶酪，均匀而细心地洒在胡杨树干堆砌的敖包上。我觉得诧异，口里默念着"祈愿古日乃六畜兴旺，牧者安康"，尾随着她，顺转三圈，倒转三圈，然后回到一边空地上。

炽烈的日光使得整个古日乃像是一片火的海洋。牧民敬献哈达，用蒙语歌唱和祈祷的激越与虔诚，让我们深深动容。古日乃苏木的巴图大叔说：古日乃这些年人口和牲畜一直在减少，关键是没草了，养不住它们了。正在说话的时候，一位蒙族老人牵着一匹花斑马，背上驮着一个不过十岁的小女孩，穿一身民族服装，头上戴着一顶好看的帽子。

许多外来的人上前与老人、小姑娘还有他们的马合影。那小姑娘笑得异

常甜,眼睛真的像歌中唱的那样,就像天上的星星和月亮。这时候,那位插队的妇女也走过来,征询了老人的意见之后,一个翻身,跨上了马背,眼睛转悠了一圈,把手中的相机冲我递来。

我急忙接住,她冲我笑笑。我找了最佳角度,给她连拍了几张。她翻身下马,接过相机,笑着冲我说了声谢谢,踩着黄沙,向一台越野车走去。我有点眼熟,一时却想不起来在哪里见过。她向车辆走的时候,吸引很多的目光,直到她打开车门,放了坤包,身子一错,上车,关上车门。我转身看了看还在身边的巴图大叔,想询问一下,却又觉得不好意思。

回程,落日似神舟号飞船回收舱,拖着云彩的尾巴,在祁连山抑或昆仑山顶上,徐徐归巢。我们驾车一路疾驰,行到那座房子时,一眼就逮住了那辆车,停在院门前,一色的迷彩,似乎堆在一起的梭梭树枝。我和朋友相互看了一眼。车子在院子外停下,我从窗玻璃看了看院子及房屋,犹豫了一下。

果然是她。站在门前,我和朋友不自然地搓着双手,一脸尴尬和不安。她先是哦了一声,眼睛闪过一道光线。然后左脚后退一步,做了请的姿势。我看看朋友,第一个抬腿迈进。从院子到房门,踩着干净的地板砖,有一种秘境探幽的激越感。

进门,第一眼看到一幅足有十米长的胡杨油画。她似乎注意到了,轻提嘴角,笑笑说:"这画是我练笔之作,两位见笑了。"阔大的客厅,四面墙壁上贴着一层带暗花的壁纸。靠左两扇窗户之前,摆放着电视机、影碟机和各种碟片。客厅中央至沙发处,铺着一张绣着蓝天之下群羊游荡和吃草的图案。靠右的墙壁下,是一个朱红色的竖柜,放着一些酒。一边墙角的巨大冰箱发出轻微的嗡嗡声。这时候,我们才发现,穿着鞋子进来绝对是一个不可饶恕的罪过。

她似乎看出了什么,笑笑说:"没关系的。"接着又说:"在这个地方,想一尘不染是根本不可能的。"我们笑了笑,几乎异口同声说对不起。转身到门外换了鞋子,再次走进她的房屋,觉得安心了一点。她沏了一壶茶。红泥茶壶,茶香如雾,在白炽灯下,显得格外幽静古朴。

夜中行车,尤其是在戈壁滩上,大致方向不会错,处处都是道路,但处处也都是陷阱。告别了她,开出十多公里的样子,朋友猛拍一下大腿,说咋就没问名字呢?我也才想起。一路上,脑袋里全是问号,全是那位中年女士的各种举止和音容。这里面一定包含着一些秘密,这些秘密可能比巴丹吉林沙漠深处古往今来的那些传说更为曲折离奇,饱含意味。

此后,与朋友闲聊,常说起这个令人惊诧的"事件"。有人说,她可能是一个受过很深伤害的人,一个自然主义者,一个孤僻症患者,一个厌倦了喧嚣都市、隐身大野的学者、画家、诗人、智者……说完之后,每个人的脸上都弥漫着一种惊奇和不解。很多次,我想再去看看,除了种树,她到底还在那片梭梭林中做些什么。

夏天的巴丹吉林沙漠虽然烈日连番烘烤,蚂蚁深潜,蜥蜴狂奔。但在树荫下,即使一身热汗,坐上十多分钟,马上浑身清爽,犹如清水拂过。梭梭林中,生长着马兰花、芨芨草,甚至肉苁蓉和锁阳,不远处的光山上,还有清脆可口的沙葱。

尤其是月夜,四野静谧,光芒金黄。微风掀动着沙砾之上的尘土,也摇晃着梭梭树犹如钢针的叶子。一个人,将自己放置其中,身体是大地一部分,月光犹如灵魂的黄金,世界那么遥远,自己却辽阔深远,曾经的喧哗犹如隔世之音……在这种境界当中,所有的灵性和创造力浑然天成,一触即发,犹如巴丹吉林沙漠涌动的地下水。

但每年春秋两季,发源于阿拉善高原及额济纳的沙尘暴排山倒海,汹涌激荡。再严密的房屋,甚至密度更大的玻璃和石头,也都难以阻止尘土的浸染和穿透。酷冷冬季,地表温度可达零下五十多度——劲风掠地往来奔腾,毫无方向,在巴丹吉林沙漠及其四野的沙尘,激烈旋动。若是没有取暖设备,所有的生灵,会与那些风化的岩石一起,成为齑粉或者雕像。

最冷的2008年春节前,多年不下雪的巴丹吉林沙漠连续降雪三天,虽然不厚,但也哈气成冰、浸入骨髓。我忽然想到,在旷日持久的寒冷之中,她该怎样生活?她应该回到原来的城市了吧?上次同去的朋友也如我一般想,某一天傍晚从酒吧出来,我们裹紧大衣,在风中击掌约定,开车实地看看。

在车上,谁也没说一句话,从表情看,心情似乎都很沉重。取暖器和一些肉食和副食品放在后备箱里。大约五个小时的路程,只用了三个半。进入那片梭梭林时,我的心一下下紧缩。朋友咬着嘴唇,双手不停转动方向盘。看到那座房子——洁白依旧,在干枯的梭梭林,一色苍黄的戈壁滩中,像是一个童话的外壳,一个孤独的城堡。

还没到门前,朋友就连续按响喇叭——急促的声音,似乎准确地表达了我们的心情。那门闻声而开,紧接着是院门。我长出一口气,朋友猛踩油门,车子唰的一声,就冲到了门前——她裹着一件军大衣,脚上穿着厚厚的皮靴,脸色有些苍白,也似乎瘦了,眼睛里有一种惊喜的光亮,在我们及车子上游弋。

房里还算暖和,地毯那边,放着一台电热器。地毯之外,还有一个铁皮火

炉，里面扑闪的火焰试图跳出来。我和朋友相互看了看，心情缓和下来。她像上次那样，沏了一壶茶，放在茶几上。然后坐在另一侧，裹了裹大衣，看看我们，嗯了一声，然后抬头说："你们这是去古日乃还是额济纳？"我和朋友相互看了看。我说："哪儿也不去，就来这。"

她哦了一声，神色中有明显的诧异。朋友说："今年冬天意外冷。这地方又没人烟，肯定更冷。"她听了，低头，左手搓着右手的食指或者中指说："是比往年冷点，但还好，能过去。"说完，兀自笑了一下，声音很轻，像是电热器的嗡嗡声。喝了一口茶，她带我们参观了她的书房。书房阔大，三面都是硕大书柜，中间是一张大画桌，打开的颜料和墨汁冻成了冰碴子。靠窗放着做工精致的花架。吊兰冻死了，叶子发黑，沾手冰冷，只有两株仙人掌，仍旧张着一身暗黄色的尖刺。

我粗略地浏览了一下：书柜里大致有马尔克斯、莱蒙托夫、里尔克、普希金、托尔斯泰、埃迪利斯、瓦雷里、霍桑、伍尔芙、罗曼·罗兰、阿尔贝·加缪、巴尔扎克、索尔仁尼琴、叶芝、萨特、雨果、左拉、博尔赫斯、爱伦·堡以及苏珊·桑塔格、梭罗、法布尔、怀特利、卡夫卡、鲁迅、胡适、大江健三郎、老舍、沈从文、北岛、海子、萧红、莫言、白先勇、柏杨、龙应台、亚当·斯密、卢梭、马丁·路德·金、特里尔、勒内·格鲁塞、格拉斯等人的书籍，还有莫奈、梵高、毕加索、齐白石、黄胄、黄永玉以及临摹的敦煌壁画和岩画、汉墓砖画等画册。

画案上，放着一些时下出版的报纸和书刊：《艺术世界》《文艺报》《中国书画报》《油画》等。回到客厅，喝了一口茶，我不知道说些什么，只是觉得，她一个人花巨资在此建房，绝不只是为了读书作画，引水种树。我总觉得，读书作画未必需要大静甚至孤绝之境，学问也不见得非要寂寞青灯独守澄明。都市之中，也是创造的所在和艺术的出发与归结点。

她似乎看出了我们的心思，起身拿了一张碟片。轻缓的音乐响起，在旷野的白色城堡中，有一种岑寂悠远、古老而又突兀的意味。顺着低低的乐曲，她开口说："不光是你们，很多路过的人都觉得奇怪。我这种行为，与现代人的生活理念和审美趣味格格不入。二位可能也不例外。但对我个人，我觉得这是一件快乐的事情。在这里，生活是主要的。这里的寂静，还有风暴，寒冷和灼热。生活一年，就像是过了一生。至于种树，也是乐趣。就是引水太难，要拉很长很长的水管，还要打好几口水井，用电和水泵……这活儿一个人干不了，也干不好。"

说到这里，她笑了笑，起身给我们添了茶水。复又坐下，抬头看着墙上的那幅油画，说："这是我十五年前，也就是1993年10月，第一次来额济纳时画的，大概是我这些年来最满意的一幅作品吧。"我们顺着她的目光，再次观看那幅画——深陷黄沙的胡杨，隆起沙丘上摇曳的红柳树丛、一轮弯月停在瓦蓝高远的天幕当中，几峰成年骆驼小得不能再小，胡杨的叶子是金色的，显然是秋天。整体来看，三株胡杨树笼罩着周边及树下的一切、白色流沙上的树叶飘飘欲飞、瘦削的骆驼仰着脖子，似乎要卷食胡杨叶子，又似乎张望天空及那轮弯月。

　　春天的某一天，她来到酒泉。说是来买一些日常用品和书画颜料、报纸刊物等。还雇了一辆卡车，买了两台水泵和三千米长的塑料水管。从北郊苗圃园购了1000棵红柳树苗。吃饭时，她似乎有活力了许多，没了春节前的委顿，白皙的脸上飞着两抹桃红，还给我和朋友说："论年龄，你们俩还得叫我姐姐呢。以后有事情，还得请你们多帮忙。可别推托哟！"

　　我说当然没有问题。收敛笑容，我看了看她。她哦了一声，脸色暗了一下后。左手握着筷子，看了看我和朋友，说："你们肯定奇怪我这个人。比如，从哪里来，为什么来，什么身份，一个人在那里到底做什么？尤其是，一个半老女人，自己怎么能做得了打井引水种树的活计呢？是不是？"我和朋友对视了一下，一起冲她点点头。她嗯了一声，说："我告诉你们。听口音知道我是哪里的人吧？"我沉吟了一下，说："有点南方口音，江浙还是两湖？"朋友说："我看像是广东的。"

　　她笑了笑说："你俩猜得都对，可都不确切。我是重庆人，自小在广东番禺长大。在北京读的大学。喜欢油画。有丈夫，还有一个儿子……"说到这里，她脸色暗淡了一下，下齿咬着上嘴唇……我端起酒杯，正要提议喝的时候，她猛地抬起头，手指捋了一下额上的头发。又开口说："1993年，我第一次来额济纳写生，一下子就喜欢上了这个地方——胡杨，流沙，风暴，弱水河……这里的天空比任何地方都要高，还蓝，云彩就像传说中的丝绸。那时我就想，在这里建一座房子，作画，种树，读书，冥想……"说到这里，她摇了摇头，用鼻腔叹息了一下，端起酒杯，三个人一起喝了一口酒。

　　临走时，她一再叮嘱我和朋友，不要对谁说起她的名字，以及她在那片梭梭林之中的事情。我和朋友一再保证。几天后，她打电话，让我们帮着找四五个会栽树，人品又好的民工。我和朋友托附近村庄的朋友找了几个熟悉的年轻小伙子，又找了一个年纪稍大，很要好的农民朋友，开车把他们送到那片梭梭林。

　　春天的梭梭林，绿叶正在挣扎，风吹得梭梭呜呜发响。有一些来自祁连山雪崖的老鹰在头顶盘旋。她穿着一双油靴，头裹纱巾，站在埋着树苗的空地上。见我们到来，她露着一口洁白的牙齿，笑。房子西南五百米处，一口新

开的水井外堆着冻结的黄泥。先前布设的塑料水管有的破裂了,用透明胶布裹着。

她带我们去看前些年种下的树苗——大部分枯死了,在梭梭林以东,泥土还算肥沃的空地上。死了的和活着的,集体弯腰,似乎向我们鞠躬。民工们看了,嘀咕说:这地方种树,简直是老和尚招女婿——自己糊弄自己。她似乎没有听懂。我看了看朋友。朋友转身,对年长的农民朋友大声说,老谢你把人带好。这位女士说咋干就咋干。工钱不会少大家一分。

老谢也大声说:"这个你放心。有我老谢在,保证完成好。"回到白房子处,老谢招呼着民工把行李铺盖搬到后院,从楼梯上到二楼。里面居然还有十几张床。她说是从临近部队借来的。每一张床上还铺了一个厚厚的棉垫子——至于吃饭问题,因习惯不同,口味不一,由她承担提供蔬菜和面粉,还有锅碗瓢盆及相应佐料等费用。

帮着忙活了半天,晚上迎着冷风返回酒泉的时候,我和朋友一直在讨论。像她这样的人,匪夷所思,行为单一但却古怪异常,与我们乃至当下俗世生活和价值观念格格不入——富有的人在酷寒荒僻之地挥金如土,用重复的劳作实现艰难的梦想。孤僻和奇异得六七年时间独自一个人在荒漠戈壁生活。漂亮的建筑、堆放的书籍、悬挂的油画。距离人类精英思想和圣者襟怀只有一步之遥。在沙漠种树——这是多么乌托邦、悲壮的行为、高尚的徒劳之举。我和朋友讨论一路,心情逐渐悲壮肃穆——快到酒泉时,朋友说,咱俩是不是在做梦呢? 我说,明明亲眼看见,怎么能说是做梦呢?

祁连山上流下的水。

绿洲

　　这是巴丹吉林沙漠以西最大的毛目绿洲——
弱水河横穿其中，大小村落依山而建或在其中深
陷。高大的杨树满身龟裂，干燥的表皮像是岁月
的脸。

我的古日乃,我的蒙根沁乐

1

很多年前,我就衰老了。13岁那年夏天的一个傍晚,西边的落日下血一样,染红了整个巴丹吉林沙漠,那些云彩努力在包扎着天空的伤口——它们的动作太过迟缓,一个简单的包扎动作,时间竟然比阿爸杀一只羊还要长。我站在帐篷西边的一座沙丘上,滚烫的沙子淹没脚踝,我的身体像地下的蛇或者蜥蜴一样燥热起来。血红的沙漠多么沉静,从那里到这里,从天边到地狱,到处都是血红的沙砾,它们在我眼前,简直就是一个海洋呀:开阔的、没有边际的、令人沮丧的固体海洋,我在上面,到底是怎样的一个生命?

我得告诉你们,我是一个人,一个牧民,在古日乃草原,我已经生活了好多年,这里的草原很小,沙子很多,向南的戈壁上有不少的骆驼刺、蓬棵、芨芨、红柳、胡杨树和沙枣树,很多的骆驼和羊只在上面,那是它们的食物,也是我们的食物。多少年来,我们在古日乃,日子风沙一样连绵,吹上来,再落下去,一些人来了,一些人走掉。

从8岁起,每逢学校放假,我就跟着阿爸阿妈一起放牧了,赶着我们家的500只绵羊和30峰骆驼,从古日乃出发,每天都要走差不多20公里的路程。羊只缓慢,骆驼也不怎么乱跑,我们就那样游荡着,在戈壁上,越过短短的沙漠,风化的石头山。远处的天幕永远都是灰色的——那地方有人,有城市和像蒙根沁乐一样美丽的姑娘吗?有骆驼和羊只吗?我不知道,我显然不知道。

我第一次睁开眼睛的时候,大风仍旧在刮,帐篷摇晃,整个世界都在摇晃。我啼哭出声,那声音让阿爸失手掉下一个羊骨,阿妈打碎了一只盛奶的陶罐。后来,我在马背上,不怎么善跑的马匹在阿爸和我身下,偌大的戈壁和沙漠上到处都是它的蹄迹和汗水。我们的羊只最初在我眼里是肮脏的,满身的土尘,它们的便溺糊在身上,很快就干结起来,像一块黑色的铁板,洁白的毛发像是涂了黑色的锅灰。

骆驼太高了,我第一次骑的那峰,尽管有父亲牵着,它仍旧怒气冲冲,大吼一声,吐出了一团青色的口食,甩出两道白白的鼻涕。第二次骑的时候,它竟然向我冲了过来,硕大的蹄子溅起了尘土,眼睛里闪着愤怒的光芒。我惊怵了,阿爸在大声呵斥着它,叫它卧倒,它仍旧不动。阿爸怒了,用鞭子抽打它的臀部,它才趴下了,但仍旧拒绝我爬上它背上的两峰之间。

直到我和它们一起久了,它们才顺从下来。现在,我骑哪峰骆驼,都不会遭到拒绝。是呀,我是它们将来的主人,是天天放牧和它们在一起的人。它们一定知道了,就像它们知道自己的孩子就是将来的自己一样。

从我们居住的古日乃出发,向东20公里的地方,偌大的沙漠当中,有一汪泉眼——不知多少年了,也不知道究竟是谁发现的。几辈人过去了,泉水还是泉水,清亮亮的,好像蒙根沁乐的眼睛,走近听还有咕咕的水声。我们经常在那儿放牧,羊只和骆驼,还有我们,在那里喝水,所不同的是,阿妈用一口铁锅舀了,放在石头堆起的灶台上烧开,羊只和骆驼直接饮用。有时候我渴得极了,看着羊和骆驼咕咚咕咚喝凉水,就十分嫉妒和羡慕。我想我怎么不可以像它们一样喝水呢?后来我喝了一次,不一会儿,我的肚子就剧烈地疼痛起来了。那时候,我才知道人和牲畜们是不一样的。人可以说话,可以放牧它们,宰杀并吃掉它们的血肉,可是人没有它们那么好的肠胃。

不枯竭的泉水仿佛一个招引,每每打开牲口圈闸,我就想到了它。春天时候,父母要去更远的地方放牧——我们不愿意附近正在返青和生长的青草很快就看不到了,到了冬天,尤其是下雪的时候,羊只和骆驼就会因为没有它们而被活活饿死。开始的时候,我不愿意走上百里的路程,还有在荒野中度过很长的一个时间。我想到泉水那里去,那里太好了,四面都是突起的石山和沙丘,因为大,风一般移动不了。我饿了,渴了,随时都有水——水也可以充饥的,虽然时间不长,但可以给我们一个坚持和寻找的时间。

2

向南的路太长了,其间要路过石头城,那里好像是冰川纪的遗物,众多的石头堆在那里,最小的一块,比我们的帐篷还要大三倍,最大的那块,可以覆盖我们的整个古日乃草原。我记得,有一块巨石形状像乌龟,一分为二的那块之间的切口光滑平整,就像大刀一下子劈开的一样。还有一块像是一个躺倒的妇女,乳房高高,小腹脂肪肥厚,头颅低垂,脸庞朝向一边的几块像是婴儿的小石头。在石头城的出口,竖着一面石碑,上面有一行竖写的汉字,父亲告诉我,好像是在明朝时候,高台府的一个守备题写的。年长日久,他的名字没有挡住风沙的吹袭和敲打,而只剩下姓和最后一个字。我曾经在那面石碑下待了一会儿,手指不由自主地摩挲着那些字。我想,写这些文字的人,肯定

也像我一样,在石头城待过一段时间,所不同的是,他走了,我来了。

　　而我走了,又有谁会来呢?这个问题突然从我脑子蹦出来,就像阿爸突然抽出的短刀,一下子就刺中了我的咽喉。正想的时候,阿妈在那边的沙丘上大声喊我的名字,她的声音在戈壁中被风吹着,曲曲弯弯地绕过来,到达我耳膜的时候,只剩下一丝类似半夜叹息的声响。我抬起头来,看见我们的那些缓慢的羊只和骆驼,它们没有声音,低头在稀疏的草丛中啃食,缓慢的步子载着瘦削的躯体,好像一群滚动的石头。阿妈骑的黑色老马也在其中,它的步子快些,它在不停地打着喷嚏。

石头城好像是冰川纪的遗物,众多的石头堆
在那里,最小的一块,比我们的帐篷还要大三倍,
最大的那块,可以覆盖我们的整个古日乃草原。

　　两天之后,我们的目的地到了,大片的戈壁,春天的戈壁,草们生长起来了,从灰灰的枯茎和草根中,冒出浅浅的绿色。远远地看,它们就是整个春天了,绿色覆盖了戈壁,我沉寂一冬的心情蓦然开阔和舒畅起来。

　　　阿妈甩响东风的牧鞭
　　　春天来到了我们身边
　　　遍地青草就像头上的蓝天
　　　我们的马儿在这里撒欢
　　　啊嗬嗬……啊嗬嗬,古日乃的春天,我们的春天
　　　啊嗬嗬……啊嗬嗬,古日乃的儿女,爱着这片草原

唱歌的时候,我特意跑到低洼的山间,我不想让风把我的声音远远地吹跑了。我的歌声在羊只和骆驼之间响起,羊儿们乖巧,它们听到了,就抬起头来,咩咩叫上几声。一个叫了,另一个叫,一个一个,最后成为一片。我的声音和它们的声音,在戈壁上面汇成了一片。而骆驼从不响应,它们只是偶尔低吼几声——我的歌声和它无关。

而走近的时候,我才发现,我歌唱的绿色是多么单薄和微妙啊!那些绿色刚刚冒出来,尖尖的头颅和手指还没有明确的手感。这时候,我就有一种强烈的羞耻感——我知道,我歌唱得太早了。但我绝不是嫌弃那些绿色,而是我太过粗略和莽撞了。我期望的春天是隆重的,丰满的,甚至是绝望的,悲怆的和不用回头的——就像300年前,我们的祖先——汗王渥巴锡率领众多的将军和部族,一路上与俄国和哈萨克联军浴血奋战,冒死东归一样,沿路的鲜血和死亡,杀戮和失败,但道路向东展开,没有什么可以阻挡。我们是英雄的土尔扈特,我们渴望大片的草原,生命和信仰像星斗一样璀璨明亮。

3

这里就是我们的夏牧场了。说是"牧场",我自己都感到羞耻,这里的戈壁滩,和我们古日乃附近的没有两样。只是没有人居住罢了。这时候,太阳开始毒辣了,它的光芒就像阿爸教育我的皮鞭,在身上不断抽打。我找不到一处荫凉的地方。尤其是中午,到处都是熊熊的气浪,火焰一样,烧灼着我和牲畜们的身体。这时候,我再也不怕喝凉水拉肚子了,那些水,到咽喉,还没到肠胃,就被蒸干了。我只好挖开4尺多深的沙子,掏出母亲窖藏在这里的酸奶,揭开黄布红蜡封着的瓷罐,酸酸的味道弥漫开来。我用手抓着稠稠的酸奶,往嘴巴里面填。直到现在,我仍旧认为,世界上最好的东西就是奶了——包括我阿妈的,母羊、牦牛和骆驼的奶——我百吃不厌,即使老了,我还想要。

这是沙漠的深处,戈壁在其间包裹着,像一块被人扔掉的尿布。稀稀落落的植物,相互之间敌人一样,一个不挨一个,中间还隆起了好多类似战壕的沙墙。但我像羊和骆驼一样热爱它们,即使是冷得能杀人的冬天,我也不会烧起身边的灌木来取暖。我阿爸阿妈也是这样。阿爸说,草就是俺们的命呀,没草,没羊没骆驼,哪儿还有俺们?阿爸说这些话的时候,总是要站在戈壁滩上,四周的骆驼刺一声不吭,再大的风也不摇动一下身子,满身的尖刺扎破了我们的皮靴,但是扎不破羊只和骆驼的舌头。

我们的沙漠太大了,比我梦想的海洋还大,比我想象的天堂还宽,比地狱

的疆土还要辽阔。那些连绵的沙丘,一座一座,像是众多的坟茔,我想那下面一定埋了不少生灵的尸骨。它们的骨殖时常被大风翻出来。阿爸说,那大多是骆驼、马、野驴的,人的似乎很少。有一次,阿爸发现一根弯曲的骨头,好像是狼的。我去抓,手指触到,它就成齑粉了,轻飘飘的灰,迷了我们的眼睛。

这里还有很多的苁蓉——一种药材,汉人叫"沙漠人参",传说是野马精掉在地上发育而成的。它们向下生长,只露出一个小小的脑袋,最粗的像我的大腿,最长的像是王爷府前的那根旗杆。后来我知道,它的主要功用是温胃通便,滋阴壮阳。每年春天,村里都有人骑着骆驼,到这儿挖,一挖就是七天以上,收获的苁蓉回去卖给来收购的汉人——他们肯出高价钱。有的人还专门从很远的地方来买。

阿爸也喜欢这种药材,每年挖一些,从旗里买回青稞酒,放在一只大玻璃瓶子里泡,不到两天时间,白白的酒就变成紫红色了。到第七天,就可以喝了,帐篷里有汉人朋友来了,阿爸先抽出短刀,在羊群中找一只羊,粗大的手掌抓住它的脖颈,按倒,刀子飞快地穿进羊的喉咙。阿爸杀羊的身手一直是我崇拜的——我往往看不到他究竟是怎样把刀子抽出刀鞘的,也看不清那白色的刀子是怎样进入羊的脖颈的。更神奇的是,由他宰杀的羊只都没有挣扎过,甚至不发出一声哀叫,身体就静止了。阿妈烧起胡杨大火,帐篷外面的铁锅一会儿就开了,阿爸拎起大块的羊肉,丢进滚开的水里。

肉熟了,阿妈早就准备好了盐巴和大蒜,分别用碟子盛了,放在油腻的红漆茶几上,肉捞出来,蘸着盐巴和大蒜吃。阿爸拿出苁蓉泡的酒,倒在茶杯或者大碗里,就那样喝。我18岁那年,也喝了一次,喝了整整两斤的苁蓉酒。我和阿爸一起唱歌。

> 古日乃草原上,白色的帐篷
> 可爱的姑娘,马兰花的芳香
> 美丽的古日乃呀,那是土尔扈特人的肝肠

我们坐下来,阿爸拍拍我的后背和肩膀,说我肯定是他的种子,是一个好样的土尔扈特。那时候,我长大了,再也不是那个连骑骆驼都要阿爸帮忙的小孩子了。我的胸中如祁连山顶,燃起着浇了羊油的大火。我一个人,走出帐篷,牵了阿爸都没骑过的两岁儿马。我不要马鞍和笼头,我跨上它的背。它奔跑起来,在古日乃黄色的月亮下面,驮着一个少年,在黑夜飞驰,我嗅到了浓重的尘土气息,在大风的内心,像闪电一样。

那时候,我想去远方——一个谁也不知道的地方。那里一定群草如盖,

91

绿风浩荡,帐篷众多,歌声嘹亮。我要在那里活着,像一只古日乃的羊,在青草、露珠和野花丛中,在梦想的姑娘身边,从不失踪,我要用嘴巴和心灵建筑一座草房,养花、歌唱、劳动、相爱、衰老和死亡。

而事实上,我飞驰回来,掀开帐篷的门帘,我就晕了,我倒在木板支起的床铺上,把胸脯里烧灼的火焰,哇哇吐了出来。阿妈拍打着我的后背,阿爸用羊铲铲了沙土,用芨芨草做成的扫把,把我的火焰——呕吐物清除出去。那时候,我不知道具体的时间,醒来的时候,星光亮了,月亮一定掉进西边的沙漠或者雪山了。

4

开始的时候,沙漠是安静的。傍晚,太阳的余晖照上去,众多的沙丘就像少女的胸脯一样。我看得久了,就想扑上去摸摸,用整个身体,在它们之间躺下来。

接着,秋天到了,第一缕西风吹来,沙漠一阵松动。轻浮的沙尘飞起来,在风中,似乎一连串的箭矢,打在我的脸上。我起身,看到好多的蜥蜴和飞起来的沙鸡,它们也似乎感觉到了,叫声和行迹里满是仓皇。

我们就要回到古日乃了,这片夏牧场也开始荒凉,被羊只和骆驼啃了不知多少遍的骆驼草、蓬棵和芨芨,满身的缺口,肢体不全。我从它们身边走过的时候,觉得骆驼和羊只有点残忍——真正的罪魁祸首应当是我们,每年都要带领着一大群嘴巴来这里,稀疏而贫贱的植物无法提防。

羊儿们回来了,在我的马蹄和呼喝声中,在我沉闷的鞭梢当中,它们咩咩叫着,步子急促,骆驼仰头奔跑,拖着一大股烟尘。烟雾遮住了我和阿爸。我们在尘土和牲畜当中飞奔。呼喝的声音在戈壁上奇怪地响起。羊儿们和骆驼是知道我们意图的。只是,在这里几个月,有6只羊被我们吃掉了,有7只不知去向,我们只在某个地方找到它们的零星的毛发。阿爸说,那是被狼偷走了。骆驼倒没有减少,反而又增加了3峰。

回程是愉快的,在戈壁深处,三个月的时光令人苍老。羊群和骆驼平静地走着,它们的蹄子践踏着白色的戈壁表面,深深浅浅的印迹令秋天的戈壁蓦然增添了不少动物的生机。而回程也是漫长的,50公里的路程,要是单人骑马,最多也是一天的时间。而羊只是缓慢的,它们一路吃草,像我一样,见到好吃的东西绝对不会放过,哪怕挨着鞭子抽,换主人的喝骂,也要采一把。阿爸说我这个性情有点不像土尔扈特人。土尔扈特人直来直去,在酒精和歌声中,在马上和草原上快乐地奔跑。而我有些不一样,我天性中好像多了一

些悲伤,一些叛逆和热烈的因素。阿妈说,我的这一点性格像她,一个人不可以没有自己的主张,也不可以轻易放过自己心爱的东西。

走到石头城的时候,蒙根沁乐和她阿妈赶着羊群从北边的戈壁上走过来。她的红袍在戈壁滩上,在羊群和马背上格外鲜艳,像是一面旗帜。隔着一道低纵的沙丘,我就知道是她了,她的腰肢纤细,臀部浑圆,长长的上身像一张柔韧的木弓。她的吆喝声也是我熟悉的,她高亢的,可以击落大雁的嗓音是我热爱她的又一个理由。小时候,我们一起玩耍,一起读书,学校每次举办晚会,蒙根沁乐总要唱歌,她的歌声不但嘹亮了古日乃的土尔扈特,也打动了一个汉族男教师。那个男教师说,他 38 岁了,走的地方也不少,可是从来没有听到过蒙根沁乐这样美丽的歌声。

> 呀呵呵,呀呵呵呵呵呵……呵呵……呵呵呵呵
> 古日乃草原
> 风吹大地披流沙
> 马儿奔跑,戈壁阔大
> 这里就是我热爱的家
>
> 呀呵呵,呀呵呵呵呵呵……呵呵……呵呵呵呵
> 古日乃草原
> 春风吹开千年的梦
> 牛羊奔跑,遍地鲜花
> 美丽的姑娘有人爱上她

这歌词是图布大叔在呼和浩特读书的儿子写的,曲作者是区乌兰牧旗的一个著名作曲家。蒙根沁乐第一次在古日乃唱响了这首歌,不到一碗茶的工夫,就传开了,就连 3 岁的孩子都会哼唱了。我也是第一次听的时候,就记住了。可我从来不敢在蒙根沁乐面前唱,也不敢让她听到。我总是在远离她的时候,一个人,在沙包上唱。唱着唱着,就想起了蒙根沁乐。

5

蒙根沁乐的羊只和我们家的羊只混在了一起。这时候,公羊们开始撒欢了,乍然的汇合陡然使它们亢奋起来。阿妈和蒙根沁乐的阿妈相互问了好。两个妈妈并马而行,唧唧喳喳地说些什么。我在羊群的后面,骆驼们不会迷

路,就随意丢在后面。蒙根沁乐像个孩子一样,一直甩着响鞭,呼喝着羊群。我想我该走过去和她说些什么,比如问声好之类的。我看了一遍又一遍,蒙根沁乐好像没有理我的意思。我蓦然生出些伤感来。我知道,蒙根沁乐是个好姑娘,她一定不会嫁给我们古日乃的任何一个男人。这话是阿爸说的,阿妈也说,这样美丽的姑娘留在俺们古日乃可惜了。她应该像美丽的凤凰一样,寻找一个适合她居住和生活的地方。

阿爸阿妈还说,蒙根沁乐出嫁,她阿爸一定会送给她 600 只羊和 100 峰骆驼的。这对我是一个打击,也是一个吸引,我热爱蒙根沁乐,也热爱羊只和骆驼。我不可以用贫穷迎娶蒙根沁乐,不可以让她和我一起在这风沙暴虐的戈壁滩上受苦。事实上,还有一个残酷的现实就是,在古日乃,不仅仅是我一个小伙子爱上了蒙根沁乐,这里所有的小伙子都爱着蒙根沁乐。我知道我肯定不是其中的佼佼者。我黑瘦的面孔,单薄的家底……蒙根沁乐多么高贵呀,她是我们古日乃的女王和公主,怎么会落进梭梭草一样的我怀里呢?

古日乃——我们的家到了,羊只好像也累了,它们见到还很完整的青草,也顾不得吃了,一只只卧下来,嘴巴蠕动,牙齿咯吱有声。蒙根沁乐骑着马儿回到了她们的帐篷——她的妹妹早已为她们准备好了羊肉和奶茶。当然,我阿爸也准备好了——在回来的前几天,他的胃病又犯了,疼得在地上打滚,阿妈就让他回来看医生了。

我没有下马,看着蒙根沁乐下马,丢下马缰,迈着步子往她们的帐篷走。我想她掀开门帘的时候,会回头看我一眼的——她没有,她的身子很快速地闪进了帐篷。

一直在后面和蒙根沁乐母亲说话的阿妈一定看到了,她知道儿子的心思。她下马,走过来,从我手里拿过马缰,把马牵到我们的帐篷跟前,才让我下马回家。

是的,阿爸煮的羊肉真香,整个帐篷都在流口水。我进去,抓起一碗奶茶喝了下去,青稞面和茶叶混合的味道在我的舌头上泛起苦涩。我拿了阿爸的苁蓉酒,倒了一碗,又一碗,再一碗……我喝下去了。阿爸看到的时候,他新泡的两斤装的青稞苁蓉酒快见底儿了。阿爸大喝一声,夺过我手中的酒碗,斥责说,好久没好好吃东西,这样会把身子喝坏的。我没有吭声,阿妈拉了拉阿爸的袖口,使了眼色,把阿爸叫出帐篷。

6

暮秋,古日乃的四周长满了一人多高的芦苇,白色的头颅在西风中摇晃,悄无声息,但整体悲壮。阿爸说,沙漠里的芦苇是最柔韧的,拨开一丝,可以做刀子使用,再坚硬的肌肉都会被划开。我没有试过,这么多年,在古日乃,每年秋天看到这些芦苇,我只当是风景,是一种包围,从来没有想到要把它们割掉。我一直觉得,在沙漠当中,什么样的植物都是金贵的,不可以斩杀它们,即使烂掉朽掉,成为灰烬或者尘土。

一天傍晚,阿爸说,割一些回来,我们做床席,夏天放牧带上,睡着凉爽。我不想去割,阿妈说,要听你阿爸的话。我看看父亲皱纹深陷、胡子拉碴的脸,犹豫了一下,就出了帐篷,找了一只刀口锋利的镰刀,一个人,绕过连在一起的帐篷,向后面的长满芦苇的水塘走去。

远远地,芦苇出现了,大批的芦苇,白茫茫的一片,它们在风中不停地摇动,干枯的叶子垂下来,像是一把把锋利的尖刀,只是颜色发黄,有些已经焦脆了,一碰就折。

天气还早,我坐下来,温热的沙子给我一种肉体的触摸感。我想到,女人的身体是不是就像这沙子呢?蒙根沁乐的身体一定比沙子更加温暖,她是一团火焰,又是一片清水。我不知道自己为什么这样想,要是蒙根沁乐知道了,她一定会甩起那支长鞭,在我身上响亮地抽三下——其实那样也好,在古日乃,还没有一个小伙子挨过她的鞭子,这也是一件很光荣的事情。

而事实上,蒙根沁乐即使知道,也不会用鞭子抽我了。

我唱起了歌,蒙根沁乐她不会听到了,我也不要再害羞。我站起来,对着西边空阔的苍茫戈壁,我唱起来了。

> 呀呵呵,呀呵呵呵呵呵……呵呵……呵呵呵呵
> 阿爸的鞭梢甩响了
> 阿妈的歌声响起来
> 美丽的姑娘出嫁了
>
> 呀呵呵,呀呵呵呵呵呵……呵呵……呵呵呵呵
> 骏马奔驰向着远方
> 帐篷扎在草原上
> 大风吹不完的思念呀
> 哪里才是我心中的家

我唱着唱着,黑夜隆起,古日乃又一次黯淡下来,我的歌声在黑色的戈壁上游荡。唱着唱着,我的嗓子哑了,我也听不到自己的声音。这时候,大地是

混沌的,远处没有灯光,我回头,帐篷完全隐没了,就像消失了一样。

再一年秋天的一个早晨,我骑马去了达来库布镇,我买了青稞酒、香烟、布匹、面粉、清油和蔬菜,晚上,在一个小酒馆里一个人喝酒,我在那里没有朋友。我想有个人一起喝酒、说话,我要告诉他,我想蒙根沁乐,那个远走的姑娘,她带走了我的命。

而我没有——一个人都没有。我一个人出来,骑马往回走。我不知今夕何夕。清冷的水泥路面过后,冷风吹拂,我的脑袋晕起来。在一片胡杨林里停下来,把马拴在树干上。金黄的叶子簌簌飘落,在风中飞卷,夹杂着大量的尘沙,我坐下来,一会儿躺下——蒙根沁乐,蒙根沁乐,我不由自主地叫着,大声叫着,撕开嗓子叫着,大风劲吹的暗夜,再好的耳朵和内心也不会听到——醒来之后,稀薄的阳光照在身上,我拿出给阿妈买的镜子,在晨光中,我看到了皱纹,看到了迅速袭来的苍老和腐朽。

秋　风　帖

　　秋天了,叶芝说:"树林里一片秋天的美景,林中的小径很干燥。"这个诗句于我没有特别的意义。对我来说,秋风来到,大地萧索,最直接的影响是身体,要是在古代,有一些水墨纸张和书籍,安身立命的粮食和衣裳——简单的物质足够我过活了——而现在,我已不需要了,有一些衣服我去冬已经穿过,它们还在壁橱里,等着我又一年的身体;还有一些新的电能和煤炭,会在又一个冬天将我的处身之所烘得温暖,确保我会安静地度过又一个人间的冬天。我应当无所欲求了,可是不然,最近一段时间,我特别想在某一时刻发生一个故事,遇到一个人……如果可能,我还想趁着冬天还没来临之前,在秋风之中,为自己写一首诗。

　　事实也是如此,这些天,不会有人注意我恍惚的内心,乃至一些不可思议的举动。8月初,在路上,两边的杨树开始掉下黄色的叶子,从我的头顶,再到脸颊、胸脯和脚下,下落的姿势像是一首诗,苏东坡、辛弃疾或者黄庭坚的诗作——我蓦然惊诧了一下:秋天就要来了! 树叶在向我们告别。这是令人沮丧的,我怔怔站住,在还很热烈的阳光下面,像是一个突然中风的人,脑袋急速晕眩,就要摔倒。由此,我也才发现:我的身体已经虚弱到忍不住一片落叶掉落的震动了,这是多么悲哀的事情。

　　这时候,我总是想起夏天里吃的那些中药:熟地黄、淫羊藿、苁蓉、枸杞和淮山药是它的主要成分(其中,苁蓉是沙漠的特产,我所在的巴丹吉林沙漠就有)。还没有起床,就嗅到中药的味道,在母亲房檐下,似乎一片无声的呼唤,让我意志清醒,有一种又生于世的新鲜感。起床,吃饭,熬好的中药不再滚烫,我坐下来,大多时间站着,扬起脖子,一口气将满满的一碗中药喝下去。苦涩占据了我,分布在我的舌苔、咽喉和下颚。

　　暗红的汤药绝对是一种挽救。不长的时间,我就感觉到了它们的力量,纠正了我的体内一些器官的错误,衰弱的,得以进一步加强;稍微受损的,开始回复正常。中药,在那些天,使我觉得亲切,可靠,它让我再一次怀疑和远离生物合剂。中药对于一个人的身体就像一次春天,在暗处发生的疾病是否就是秋天呢? 我知道它们有着内在的类似和联系,也知道,秋风之中,人的身体开始紧缩,张开的毛孔必将慢慢收紧,向内运转。

　　第二天早上,上班路上,看到很多的落叶,虽然还不能掩盖什么,但每一片落叶都是一场灾难,树的,人的,大地的,人间的和生命的。一棵棵的杨树在风中摇动,身上的叶子鱼鳞一样抖动,阳光照耀的碎片是没有意义的,类似回光返照,类似一个人对另一个人的最后抚摸——伤感占据了整个内心,似乎一把宽阔持久的刀刃,挨着人群和众生,一以贯之,无一幸免。迎面的秋风掠过衣裳,手指进入身体,我哆嗦了一下,禁不住说出博尔赫斯的诗句:"散落在时间尽头的一代代玫瑰,但愿有一朵免遭遗忘。"

近处的戈壁是黑色的,大小不一的沙砾密密挨挨,铺排成一个庞大无比的传说。不远处的山岗或者沙丘是荒凉的,没有人,骆驼和黄羊、沙鸡和野兔偶尔经过。风是经常的过客,我看到它长大的风衣,拖着浓重的灰尘,向未知和已知的事物,曲折奔跑——这就是秋风了,它在尘世发生,而我们看不到它的起源。就像故事,或者诗歌,谁也无从猜测。

我又忍不住叹息一声,在办公室,敞开窗户,任秋风在窗户上发出击打的声音,像暗夜深处一个男人的压抑哭泣,像一只大雁或者苍鹰高空中的坠落。桌面上都是灰尘,细碎的,被风碾碎的沙漠之物,来到并贴近了一个人感官和身体——我觉得了神奇,活动的和僵死的事物,在某一瞬间的汇合,像是没有来由的梦境,一场没有前因后果的命运瞬间。

第二天上午,阳光明媚。我一个人,去一个北方的牧区,在戈壁深处,百余公里的路程,先前的草原已经成为传说,穿梭在即将枯干的沙枣树丛中,斑鸠和沙鸡,灰雀还有蜥蜴,它们干燥的奔跑和飞翔让我觉得了荒凉的明亮。我不知道前方究竟是什么,也不知道自己究竟要到哪里。这种行走的状态和意识是最为松弛的,一个人,形同一片树叶,一粒沙子,没有方向却处处都是方向,没有同伴却处处都是同伴。

进入的沙枣树林看起来阔大,其实,不过1000平方米的面积,也很稀疏,一棵和另外一棵相距5米甚至更多。它们之间是开阔的,要是建造房屋,不用伐掉任何一棵。再向前走,遇到几个羊圈和骆驼圈,一边的低矮房屋木门紧锁,里面的床铺上堆了一层厚厚的沙子,破旧的家什尘灰满面,像出土的文物一样。干燥的骆驼和羊粪味道在空中徘徊,我使劲吸了几口,有一种腐烂之后晒干的青草气息。在一所荫凉处坐下来,中午的秋风还有一些灼热,烧过面颊,我喝水,吸烟,耳朵捕捉周围的动静。这里是最为安静的,除了风,除了动物的蹄子和破空声,没有一个人。

我感到孤独,一种被抛弃在荒野的恐惧,正午的安静当中似乎夹杂了太多的不愉快信息,我知道,一个人在沙漠之中的旅程,注定是惊悸和绝望的。没有拯救也没有幻想,行走成为逃生和存在的唯一方式和路径。继续向北,遇到几个长满低矮芦苇的水塘,好像有水,但看不到;在水中溺毙的泥土和昆

虫混淆在一起,我闻到了它们尸体混合的味道。

傍晚,西边的夕阳余光如血,将沙漠涂成一片汪洋。站在一座沙丘上,回首西方,大地连绵无际,近处的沙丘像是一群集体出嫁的新娘,从头到脚的红色婚纱,让我想起了美好的祝福和最深的悲伤。风的确凉了,凉得把骨头打疼,把心脏吹硬。我知道这是秋风,中国西北大陆的,在沙漠和戈壁,在我的行走之中。它就像一个尾随的轻盈魂灵,跟随一张白纸的墨汁和笔尖,像一个人一生都无法去除的爱情和疼痛。我裹了裹单薄的衣裳,收紧身体的温暖,继续向北行走。

夕阳之下,脚下的声音越来越响亮。黑夜正在降临,四处的黑如善于包抄的敌人,蜂拥而上。秋风又紧,凉开始穿透身体,我找了一所废弃的羊圈,靠着搭在一起的枯了多年的胡杨树干上。不一会儿,来自另一种事物的温暖开始发挥作用,从衣裳之上传递另一种体温。我知道,这是它们的赠与,是两个物质在秋风之中相互找到和相互体贴。我对着更大的黑笑了。有人看到的话,肯定说难看或者很傻,这些,我是不在乎的,在一个人的沙漠,没有什么比发自内心的笑容更为亲切的了。

夜晚,秋风呼啸在巴丹吉林沙漠上空和腹部,骨头乃至干枯的血液上。我是戈壁的一部分,类似一棵树或者一株草。秋风吹袭,万物飘摇,到处都是风的歌声。午夜,星星格外明亮,在深蓝色的天庭,那么多的眼睛,不停眨呀眨的,看着我一个人。那时候,我浑然忘却了寒冷,只是仰望,脖子都酸疼了,还不肯低下头来。

凌晨是最寒冷的,秋风丝毫不减,而且加大了吹动的速度和频率。沙子像是凝固的雪粒,触手一阵冰凉。曾经热烈的事物在秋风之夜消耗了全身的温度,需要再次的唤醒和聚集。这时候,我发现自己的身体是空荡荡的,无所附着的空。我只能使劲抱紧自己,瑟瑟发抖,似乎一只脱离羊群的羊羔,在孤苦的环境中,唯有低声呼唤,等待新一天阳光的来临。

太阳升起,我心怀感激,眼泪流了下来,像是一个流浪多日终于回到家里的孩子。看到它站在地平线上的时候,我想到了上帝和母亲,想到了最为肉麻的赞美词。我忽地站起身来,面对着它,伸了一个懒腰,打了一个哈欠,掏出毛巾和水,简单冲洗了口腔和脸面上的灰尘,背起行囊,继续向北——巴丹吉林沙漠的深处行走。这天,我到达了古日乃苏木(乡)所在地,简陋而少的房屋,院外和墙后都是厚厚的黄沙,张着刀刃一样的口。

早些年,我在这里认识一个叫巴图的牧民,50多岁的年纪,脸膛黑红,身材高大,经常骑着摩托在戈壁和沙漠之间穿梭,是一位典型的戈壁牧人。很容易找到他的家,一座小小的四合院,大门极窄,只可容两匹马同时走过。到门外,我叫响了巴图的名字,好几声之后,没人应答。转到屋后,看到一个老妇人在给一大群骆驼饮水,我走过去,站在弯腰汲水的妇女身后,叫了一声大妈。

她是巴图大叔的爱人——脸膛黑红,腰身肥壮。前年夏天,巴图的大女儿出嫁,邀请我来。那时候,夏天在古日乃只是多了一些绿色的草,瘦小的羊群已经丰满起来。大女儿叫多琴,小女儿叫格娜。开门进到房间,蓦然嗅到一种淡淡的花露水味道,从叠放整齐的房间漫溢出来,我揉了揉鼻子,但还是打了一个喷嚏。还没到上午,巴图回来了,还有他的小女儿格娜。没说几句话,巴图出门,到附近吃草的羊群里顺手抓了一只不大的羊,飞快宰了,鲜血在羊的呻吟声中,落在一面黑色的塑料盆子里。中午,手抓羊肉的味道,苁蓉酒的味道,将巴图女儿的花露水味道冲得无影无踪。

我们吃,巴图的夫人和女儿也在,但她们不喝酒,只是看着我们喝。酒是烈性的,有点儿甜,但到了胃里,就像火焰一样。喝到中午,巴图的女儿唱起了牧歌,蒙语和汉语都有,她的声音是我听到的最为高亢的声音,虽不甜美,但有着沙子撞击的清脆和大风吹动戈壁的辽阔。喝到酣处,巴图拿出了自制的马头琴,借着酒意,坐在沙发上拉动,我在那里坐着,在悲怆的音乐当中倾听,想起昔日辽阔的古日乃草原,马背上的人,在草地风尘中驰骋。

醒来已是深夜,口干,喉咙疼。开灯,看到晾在床头的茶水,一口气喝了下去,说不出的舒畅。躺下来,听到外面的风。秋风在戈壁之中的古日乃,像是成群的野兽,在黑夜的天空和大地,重复践踏。我想到昨天,在酒和歌当中,巴图的马头琴,格娜的歌声。我笑了一下,有一种感动,或者慰贴心灵的东西,让我觉到了一种从来没有过的快乐。

第二天一早,起床,我还想要继续向北,一个人走走,巴图说,那边都是沙漠了,一个人去,绕来绕去,肯定出不来。我知道,出了沙漠,就是阿拉善右旗。我从来没有去过,很想一个人走到那里,看看,走走,再返回来。好像是惧怕,我依从巴图的劝说,决定返回。巴图叫女儿格娜牵了一峰红色的骆驼,装上驼鞍,自己也牵了一峰。两个人,两峰骆驼,在戈壁之中,向南行走,因为有风,太阳不热。同行的巴图女儿的身体随着骆驼摇摆,姿态婀娜,像是在跳舞,忍不住让人想入非非。我说了好多话,而格娜却说得很少。她只是告诉我,她热爱这里的生活,最想去的地方是北京、呼伦贝尔大草原和塔克拉玛干沙漠,如果将来有人娶她,阿爸阿妈会赠送给他们至少30峰骆驼和200只羊。

格娜还告诉我,这里300多年前还是另一个部落的驻地,直到流徙于伏尔加河的蒙古吐尔扈特部于清康熙年间返回,他们的先祖才开始在这里游牧

和定居。格娜似乎对此知之甚少,当我再问的时候,她抿了嘴唇,好长时间不说话。直到远远看到我来时路经的沙枣树林,她扬了驼鞭,指着稀疏的沙枣树林说:"我们家以前在这里有个夏牧场。我小的时候,这里的树下还有不少的青草,现在都成沙子了。"说到这里,她黯然了一下,转头看我,我不知道说些什么好。抬头看看天空,已是下午,我停下来,让骆驼卧倒,下来,对格娜说,不要送了,我自己走。她好像有点吃惊,但很快恢复了平静,眼睛奇怪地看着我,然后调转骆驼,向回走了。我愣在那儿好长时间,看着她和骆驼远去的背影,猛然在自己胸脯上打了一拳,疼,蹲下来,继而坐在沙地上。那些沙枣树似乎也感觉到了秋风,叶子落在地上一层,黄黄的,像碎了的金子,我捡起一片,放在嘴巴里,有点甜。这时我才发现,树下有不少的蚂蚁窝,黑色或者红色的蚂蚁忙忙碌碌,衔着或者推着庞大的树叶、羊粪和昆虫尸体,吃力而又整齐地走在回巢的路上。

又是傍晚,秋风又起,一阵比一阵大,我的身体和沙枣树一起摇晃,鼓胀的衣裳像是一个充气皮球。我的脚步趔趄,身体不稳,随时都会被吹倒在地。我想格娜一定走远了,如果让骆驼奔跑起来,应当很快回到家里的。相比来时,夕阳的色彩黯淡了好多,红色之中有一些淡黄,落在戈壁和沙丘上,再也不是血红的颜色了。这时候,我不会想起谁的诗句了。一个人,走在秋风的核心之内——这是不是一首没有流传的、于秋风和戈壁现场、用身体和内心书写的诗歌。

苍天般的额济纳

回到经年的宿地,已是深夜,万家灯灭,秋风劲吹,在黑暗之中,踩到新落的叶子,嗦嗦地,清脆,悠远,在两边的楼壁上,壁虎一样匍匐。我又忍不住想到巴图的女儿,到底回家没有?不能因为送我,而像我一样,在秋天的戈壁被秋风搜刮、着凉……

在这个秋天,我依旧是个多病的人,从夏天开始,到秋天,不过将纯草药换成了中成药和生物合剂:桂附地黄、和中益气、五子延宗、蛤蚧大补等中药丸剂,以及999胃泰、盐酸雷尼替丁胶囊和润舒(氯霉素滴眼液)等生物合剂……听到和看到很多新闻,其中,印象最深刻的是:台风达维在海南登陆、飓风"丽塔"登陆美国海岸,强度三级,海浪高达6米……此外,还无意知道了一个新汉语名词——"控负"。除此之外,从入秋的第一天开始,每周都要去乡村医生的诊所拔一次火罐,后背和腰部一直淤黑。药物和疼痛在身体之上,而秋风,贯穿内外,如魔法般留存。

能不能在传说中找到你的名字

出大门不远,可以看见和到达一个镇子,就像没有多少人知道鼎新这个地方一样,也很少知道鼎新以前的名字——毛目:这有些匈奴语或者突厥语的味道。它的房屋大多是黄土——里面掺了草芥和木板,人工砌起的干燥黄土房屋始终洋溢着土腥。沙子,风暴,羊群,炊烟,车辆和人混杂着烟尘、土尘和声音。夏天的大片杨树容易让人想到一些有关绿洲的诗歌。冬天充满风尘,春天令一些花草和鸟儿们,由于旁边弱水河的苏醒而显得心情愉悦。很多年前,隔着树木和沙土,我总是远望,而没有真的走进鼎新。

但总有一些事情从那边传过来,经由他们和我们的嘴巴。一天傍晚,同室的陕西籍某人尘土满面回来说,鼎新发生一件诡异的事情:一个读高中的女孩突然死了。几天后,她的一个男同学骑着摩托车去赶集。路过一个商店,后面有人叫他停车,他停了。他清楚地看见那个女孩下车,买了两听饮料,又跨上他的摩托车后座。到集市后,他们下车吃饭。结账的时候,饭馆老板说,你带着的那个女孩子不是马家丫头秀美么?他回答说是呀。老板说,那丫头不是前些天突然害病死了么,怎么还在这儿?

要是老板不说这句话,这个男孩子也许不会想起。这句话的结果是:男孩一溜烟一样,骑了摩托车往回赶。路上,大风骤起,尘土弥漫,不知由于车速过快,还是有其他什么问题,车子撞在一棵老了的杨树上——男孩死了。后来同室的陕西人还说,这是那个姓马的丫头死后害死的第三个男孩。我和其他在场的人听了,头发蓦地竖了起来,虽然是炎热的夏天,身上似乎有一层冰雪滑过。

这个诡异故事,很长时间笼罩着我的心情,觉得不可思议,时常有一种诡异的隐疼。后来传来的消息是:这些诡异事情接连发生后,马家丫头的家人就把埋在戈壁滩里的女儿尸体挖出来——多天后,她的尸体竟然完好如初,脸色红润,就连眉毛和头发都没有太多的脱落,这确实匪夷所思。她的家人和村人尽管惊奇不可解,但还是依照术士的说法,在女孩尸体上浇了汽油,烧掉了。当地一律将未婚夭亡的男孩女孩尸体烧掉的风俗似乎由此肇始。

这个虚幻的故事长时间占据着我,多年过去了,许多事情忘却了,而它仍在。换了一种身份之后,我往来鼎新的次数多了起来。1997年的秋天,正是羊只膘肥体壮的时候,当地一个在我们单位务工的男孩子要我和其他人到他

103

家里吃羊肉。刚到村子大门前，羊肉的膻味就扑了过来。在吃喝中，我就马家丫头的事情询问了他年长的父亲。我还没有说完，他就肯定地打断了我的话。

我不知道民间为什么会有那么多的诡异事情。在这个世界之外，是不是真的有一些东西在我们周遭漂浮？那天，本来酒喝多了，再次提起这个事情，头脑便又清醒了许多。同去的一个同事说，想不到在科技昌明的今天，还会有如此怪异的现象发生。那个男孩子的父亲还给我们说了一些其他的事情。他说，有些事情确实怪异，很多人死后，埋在戈壁滩中，过了上百年，后代们搬迁坟茔的时候，尸体竟然还完好如初。尽管很少见，但村庄里的所有人对此并不陌生。同年春天，鼎新镇右边的戈壁滩中就出土了一具大约葬于清朝中期的女性木乃伊。他还告诉我们：在弱水河对面的天仓乡政府左右3里的山中，有一个不大的洞穴，墙壁上画满一个长须老人和女孩子行床笫之欢的壁画——我知道，那是传说中的彭祖。后来村里人觉得丑陋，便用铁锨铲掉了。

老人还说，弱水河边还有一种奇异的植物，长在湿沙中，形状像是马莲的草，采其腰部部分，与蛇心一起捣烂，于午夜时悬挂在红色的腰带上。次日正午出门，不管怎么样的女子，只要遇见，就都会情不自禁，走到哪儿跟到哪儿，似乎完全丧失了理智，即使被肆意侵犯和痛然刀割也浑然不觉——只是现在很少有人知道和使用这种比杀戮更残忍的方式了。老人还告诉我们，1949年以前，还有一些找不到媳妇的大龄男人以此方式获得片刻的欢愉。他举例说，他们村子前年去的独身男人章大声就用这个方法要过一个背地里相思多年的妇女。

在人群迅速失忆的时光中，对于民间秘史的记忆和流传越来越稀少。这些年已70岁左右的老人可能是最后一批民间秘史逸事的拥有者和捍卫者。次年夏天，我和裴云开车去了一次彭祖待过的洞窟。干硬的山岭上，每隔5华里就有一座秦汉烽火台，残缺的垛口，风蚀的身躯，裸露的木板和草芥像是一具不朽的庞大尸体。躬身走进洞窟，沙砾差不多把它全部埋住了。拨开和擦掉灰土，铁锨铲的痕迹尤很明显，壁画只剩下了模糊的轮廓。我数了一下，一共是12幅——十二年一个轮回，传说中的彭祖日御百女，御而不泻，因而活了800多岁。以此计算，内心难免有些激越和伤感。

弱水河是一条古老、禅意、诗意的河流，用现代官方的话语说，这是中国唯一的一条倒淌的季节河。佛家和俗世的诗人们都为它说过话，写过诗。据说，晋高僧、苏武、张骞、唐僧、张大千、林则徐、左宗棠、彭加木等人都从此路过，想必也曾经在这儿饮水充饥。每次到酒泉或酒泉卫星发射中心，就从它身上路过，或者干涸得尽是焦白沙砾，或者白冰千里，或者水流泱泱。有很多次,周末去那儿的水库和鱼塘钓鱼捉鱼,见到了狗尾巴、马兰、芨芨、马耳朵等等花草,而没有见到那个老人家说的那种草——或者见到了无法辨认。大地的神秘总是挑动人类的好奇,而对于这种草的好奇又暗含了一些令自己茫然兴奋的因素。

这么多年过去了,蓦然想起这些隐秘的事情,总有一种疼痛和冲动,疼的是那些还没有完成生命旅程就匆匆逝去的人;冲动的是对那些神秘事物的渴望。近些年,类似于马家丫头那样的诡异事情似乎少了。但最近来自鼎新镇芨芨乡的一个消息再一次让我懵懂起来。一个男人的妻子和丈夫怄气,在沙子上躺了一夜,没多久,便无故死去了。三年之后,男人又和一个寡妇联姻,寡妇每次回娘家都要路过他前妻的坟茔——每次路过她坟前,寡妇就突然昏厥栽倒,口吐白沫,不省人事。

这又是什么呢? 有人说那寡妇总是犯病,而奇怪的是,为什么每次都是在路过他前妻的坟前才犯病呢? 也许,人一直会竭力捍卫某个东西,即使肉体不存在了,但捍卫的决心和能力并没有因此削弱。爱尔兰诗人叶芝在《尘土蒙住了海伦的眼睛》中也说出了关于一个叫做玛丽·海娜的女孩(叶芝说她是"天堂的尤物")的怪异故事,说到了可以医治一切丑恶的"流水间的苔藓"、黑暗水中跳出来的鱼等等,还引用了爱尔兰诗人拉弗特里专门为玛丽·海娜写的诗句。我在读的时候,有一种强烈的温情的魔幻主义味道——但我否认他在虚构,而坚信他确实看到、发现并说出了人乃至大地当中一些最底层的秘密。

以上的情境我不止一次和他人说过,不在这里的人大都表示了鄙夷,而在这里的人也有些半信半疑——没有人像我一样专门去核实某件诡异的事情。就在前天,我在搭乘附近的一个乡亲的车辆时候,我也向他就上面的事情进行了询问和证实——他竟然全都知道。这使我有些惊异——尤其是马家丫头的那个事情,多少年过去,他竟然也还记得。

除此之外,他还告诉我一个关于沙漠红狐的故事——也还是一个男孩和一个狐狸之间的事情,就像传说那样。但有一点不同的是:那个男孩被狐狸娶走了——司机告诉我,那是久远年代中的一个傍晚,在东岔村,落日熔金,暮色四合之际,远处的山岭上突然来了一队披红挂绿、吹打着唢呐锣鼓的人,当着家人的面,就把男孩背着娶走了——没有留下任何东西。多年之后,那个男孩以老年人的面目回来了,带着一个女儿和一个儿子——而独没有和他一起生养儿女的妻子。十多年后,儿子娶妻、女儿出嫁之后,老人才无疾而终。

据说,老人临死,才说出了一些秘密——他年少时候,有一次,在山里挖苁蓉和沙葱,在风暴中被一块石头打晕了,醒来躺在一个女人的床上,那女人告诉他自己是狐妖,想和他一起生活。他为了报答救命之恩,便答应她愿意被妖精所娶。至于狐狸妻子怎么没有跟他回到村庄,他没有说出。他那已经娶人和嫁人为妻的儿女也没透露丝毫——天方夜谭,典型的聊斋。司机说完,我只是笑笑,巨大的戈壁在正午阳光下烈焰蒸腾,更远处悬挂着灰色的苍茫。

从 2001 年到现在,又两年多过去了,我再没去过鼎新镇,倒是还可以常常听到它的一些事情,但大多是携带着真实的人间烟火,类似以上的诡异现象似乎再也没有发生过——它构成了我没有再去的一个内在理由。有一段时间,我读海子诗歌。写这个文字的时候,想起了海子《魅惑》中的这句:"我感到魅惑,小人儿,既然我们相爱,我们为什么还在河边拔柳哭泣。"与此同时也想起了一个叫做莫泰尔的小男孩的一首诗:"一个小花园,和一个小男孩走在它旁边。当花朵开放,小男孩将再也不在。"这两个人的诗歌让我蓦然惊异,虽然和这个文字没有太多的关系,但它们似乎向我说出了一些什么——有些事情和声音不可能故意发生和出现,它们从另一个方向,用虚幻的方式,让我们在某个时候内心悸颤,微微发疼。在这些传说中,我时常不自觉地想,谁可以有这样的故事,在它们当中,能不能找到你自己的名字?

有关鼎新镇的青春往事

　　它是距离我最近的镇子。因为紧靠沙漠，再繁华也显得落寞。沿着额济纳通往酒泉的公路，到鼎新绿洲，沿途的村庄聚集了太多的黄土：黄土做的房子，供人居住；黄土的围墙，是牲畜的家。偶尔冒起的楼房都刚修不久，在成片的黄泥房屋间显得特别孤独和另类。面朝马路的店铺门上，一年四季吊着一张灰色或白色的布匹，在干燥而充满灰尘的风中，舌头一样飘动。

　　十八年前，我从南太行而来，乍然进入戈壁，不禁心生绝望。长年累月地在整齐划一的集体生存，在风吹如雷的戈壁上，鞋里灌满沙子，身上粘着一层细微的尘土。一年的时光总是原地打转，从这里到那里，再从那里到这里，如此的往返让我内心局限，感觉迟钝，浑然忘却了巴丹吉林沙漠以外的世界。皮肤一天天粗糙，胡须顷刻间布满双腮。整整两年，我没有走出过时常敞开的大门。

　　郁闷的时候，一个人沿围墙散步，踮着脚尖，冲外面张望。苍茫天际下，一小片绿洲就像一场丰盛的宴会，郁郁苍苍的白杨树从村庄开始，包围了人们的田地乃至牲畜的牧场。春夏交替时，到处都是花香，尤其是沙枣树，苍灰色的叶子间挂出数万粒小米一样的黄色花朵，含着丰饶的蜜香，把人的鼻子抚摸得酥软异常，将人的意志和心绪浸泡得单一而又纯粹。

　　为数不多的林木间，盛放着一面面镜子一般的海子，悠闲的马、驴子和牛投在水面上的影子，不时被跳跃的鱼儿打碎。附近的田地里长起枝叶高挑的棉花和玉米，五月的麦子在爆裂的日光下一片金黄。满地苜蓿，像是无边的青草，青翠得让人心疼，在四边焦白盐碱地及寸草不生的戈壁滩之间，显得格外醒目。

　　那时候，我不知道这里是哪里，村庄分别叫什么名字，也从来没有产生过去看看的想法——大抵是不热爱的缘故，心里一直有意无意地排斥和忽略。这样的境况一直持续到1994年暮春，一天傍晚，同乡许生打电话邀我一起去鼎新镇玩儿。那时候，我不知道鼎新镇在哪里，距离多远。许生说我太孤陋寡闻，还说，鼎新是附近的一个小镇，从单位，买3块钱的车票就到了。

　　旭日像是个懵懂的胖小子，从远处沙漠上，嘻嘻笑着向天空爬。趁着清风，在大门口与许生汇合，上了一台破旧的"驼铃"牌客车，引擎轰鸣时，就发出一阵聒人的铁响。驰过一段土石路，再穿过一面草滩，进入第一座村庄——比我想象得还要低矮，黄土的房子呈四合院状，一排排地挤在一起。新鲜的杨树叶子在风中不停旋转，发出哗哗响声。成片的沙枣树树枝虬张，

俯在黄土房顶和茅草覆盖的牲口圈棚上。

田里的春麦刚刚出苗,在焦白的土地上,像是孩子们使用的方格本。棉花和玉米已经成形,穿着绿衣,在田地间摇头晃脑。村庄与村庄之间的空闲地带,是长长的草滩,不大的海子天空一样的蓝,丛生的红柳红得如同新婚女子的脸,一些黑色或者白色的马匹、驴子和牛,分别撩着春天的蓬松尾巴,咴咴嘶鸣,低头吃草。

接连穿过的十几座村庄和草滩大抵如此,转过一道弯,迎面就是鼎新镇。许生脸色涨红,不住贴近车窗朝外张望。看到鼎新镇的时候,不禁满心失望。所谓的镇子,不过几十座房子,几家店铺而已。最高的建筑是移动和联通信号塔,再就是两层高的镇政府办公楼和三层高的中学教学楼。依次排开的各类广告牌被灼热阳光烤得油漆剥落,被风撕扯得残缺不全。

这是一个典型的西部小镇,人口不是很多,商贸自然也不发达。跟着许生下车,站在一棵垂柳下面,举目张望,鼎新镇竟然只有一条主街道,从西到东,直冲冲地,像是穿肠而过的一根木棍,两边的参差不齐的店铺门门相对,遥相呼应,但又互不干涉。最好看的是中学院子里一座雕塑,还有围在四周的野玫瑰及菖蒲花。

与许生穿过几家顾客寥落的店铺,到一家美容美发店前,许生一把掀开帘子,率先走进去。我紧跟而入,抬头看见一个轮廓很美的女子,心忽然跳了一下。那女子对我瞥了一眼,目光又转到许生脸上。许生笑了,在不怎么明亮的店铺里,显得满足而灿烂。女子抿了一下嘴唇,轻声对许生说,里屋有饮料,快去拿着喝吧。许生说不渴。那女子笑了一下,说,你不渴,你朋友不渴吗?

许生哦了一声,才介绍了我。她冲我很自然地笑了笑,露出一口很白的牙齿,现出两个很深的酒窝。我一阵惊慌,心里像悬了一只鼓槌,左右摇摆不止。我想,许生什么时候在这里认识了一个这么美丽的女子呢?看到许生和那个女孩的亲热劲儿,心里忽然不舒服起来,有些沮丧,也还有点不安。自从出了校门,我就再也没有这么近距离地接触过女性,也没有一个漂亮女子主动向我笑,说过一句话。

笑容还没合上,我觉得脸庞发烧,而且火势很大。我转过身子,走到门外,一阵风吹来,携带着细微的尘土和菜叶腐烂的味道,从鼻尖掠过。

站在树荫下,看着没多少行人的街道。我思绪纷乱,心里沉寂的水一下子被激荡开来。我有点羡慕许生,他怎么能够找到这样美丽的女朋友呢?他在谈对象、追女孩子的时候,我在做什么呢?想到这里,我不仅怀疑自己以前喜欢或说尊崇的"安静"和"守纪"是不是有些荒唐和过分理想主义呢?

这个突如其来的念头,像是一场无来由的大风,把我内心最真实的欲望

绿洲

及梦想揭露了出来。在此之前,我确实没有认真想过爱情和婚姻。十七八岁年龄,总以为还是小孩子,距离死去活来的爱情及深不见底的婚姻还有很远一段距离。可仅年长我一岁的许生居然已经展开了这一种奇妙而丰饶的情感旅程。

事实上,我也隐约觉得了某种无可逃避的本能和欲望——对于异性,我的渴念一点也不亚于许生。在巴丹吉林沙漠,有很多时候,我强烈地感到了生理、本能的强大,乃至内心情感的激越、浩荡。在无数梦境,星月临窗的黑夜,也曾一个人睁着眼睛,用内心幻想过许多美轮美奂的爱情奇遇。但当再一次醒来,这些泡沫式的思绪就被繁忙、逼仄的日常工作冲刷得了无踪影了,在错列成行的集体生活中,一个人,不过是一颗钉子,一只循环不尽的齿轮。

可是,偶然的鼎新镇之行,闪电般唤醒了我内心的风暴。我不得不承认,与许生恋爱的那位女子落落大方,大大眼睛上,有着弯月的眉毛,高翘的鼻子翕动着两瓣红艳艳的嘴唇。丰裕的身体到处都是弹性,即使一个细微动作,也都蕴含着说不清楚的妩媚。在外面站了一会儿,我觉得百无聊赖,咳嗽一声,走进店里。此时,许生坐在理发椅子上,那女子伸出双手,把一些白色洗发精抹在他的头发上。

那女子努了努下巴,示意我坐下。我"嗯"了一声,坐在凳子上。那女子双手继续揉搓许生头发。许生嘴巴不闲,与那女子说起自己的父母、家里的状况及以后打算。那女子也有模有样答着,每一句话都与许生不谋而合,格外投机。说到高兴处,两个人还不时发出愉快的笑声。

我再一次焦躁起来,心里腾起一团火焰。我知道那是恼怒,还有嫉妒。起身,快步走出去。在原来树荫下站了一会儿,又觉得自己不应当这么暴躁的。想进去解释,又觉得没有必要。转头到一家店铺买了一包香烟,狠狠地抽了几口,情绪才逐渐稳定下来。

这时的街道上突然热闹起来,不知从哪里来的小贩们在路边依次摆开摊子,售卖衣服、蔬菜、小孩玩具、耗子药乃至各类蔬菜种子。路边成行的柳树不停摇着枝条。不断有摩托车呼啸来去,意志飞扬的小伙子后面大都载着浓妆艳抹的姑娘。

我低了一会儿头,心里像是被什么狠狠凿了一下,有一种不明所以的痛。沿街道向南,穿过低垂树枝,举头可以看到终年洁白的祁连雪山,大片的阳光打在上面,反射出一种类似天堂的光。路过鼎新镇政府大门时,看到分立两旁的石狮子,忽然很气恼,抬起一只脚,狠狠踢了一下。

石狮子依旧威武,脚疼得我龇牙咧嘴。又走了几步,看到一家照相馆,几乎没作犹豫,就跨了进去。迎面看到一个个子稍矮的男人,坐在桌子边鼓捣

相机。不大的相馆墙壁上挂满相片。矮个子男人说,这些都是他的手艺。我象征性地发出一声赞叹。浏览间,蓦然看到许生和那个女子的合影——许生的表情之间有一种说不出的自信和妥帖感。那女子的眼睛里似乎盛满了清水,叹一口气,似乎就能荡开无数涟漪。

我叹息一声,扭头走出来。扬起脑袋看天,那么高远又那么深邃,蓝得叫人心生嫉妒。快步穿过马路,走进了对面的新华书店。书店很小,各类教辅书籍占了大部木架。我一眼掠过,在很偏僻角落,蓦然看到斯文·赫定的《戈壁沙漠之谜》和《金塔史话》。

抓在手里,翻了几页,就决定买下来。走出新华书店,心情好了许多,跑到许生所在的理发店,掀帘进门,屋里空无一人。脑海里迅速闪过一个难以启齿但却令人心神激荡的想法。我不知道该喊不该喊许生。在镜子前怔了一会儿,自己竟然满头大汗,脸红得像个大灯笼,胸脯急剧起伏。正在这时,里屋的门吱呀而开,许生咧着满口的白牙探出脑袋,诡异地看了我一眼。

许生说,中午了,找个地方吃饭吧。我看了看他,又看看那个女子,大声说,那就吃饭呗!那女子锁了店铺,胳膊套着许生,我走在他们身后。到一家饭店,苍蝇乱飞,食客倒是不少。许生说,这里的饭店没有大米炒菜,吃炒面吧。不一会儿,一个满身黑垢的中年妇女——为我们端来了大碗炒面,还有一份黑色面汤。

吃饭时,许生和那女子挨得很近,让我想起"耳鬓厮磨"这个两情相悦的词语,又觉得了一种莫名的孤单。从饭馆出来,许生提议说去弱水河边走走,我开始不想去,抵不住许生和那个女子一再邀请,只好硬着头皮跟了去。

穿过人群,路面换成土石,成行的杨树一字排开。再后来是一面不宽的戈壁滩,长着稀疏的骆驼草、马兰和沙蓬。头顶的太阳像是一只硕大的聚光灯管,把所用的光热都倾泻在我们头上。我满头大汗,许生和那个女子却兴致盎然,你帮我遮阳,我帮你擦汗。

我再一次觉得了愤怒,大喊一声,提着两本书,向不远处的弱水河狂奔。气喘吁吁地钻进扭曲但却茂密的沙枣树林里,只见一道宽阔的河床划开巨大的戈壁,不多的流水无声无息,在近岸小水道里缓缓流淌。对面隐约着几座低矮村庄,孤立成片的杨树将它们亲切地围在其中。

河堤上到处都是枝条泛红的红柳树丛。走近水流,可以听到细微,甚至有些悦耳的鸣声。许生和那个女子站在一起,与我距上百米,小声说着什么。这使我再一次觉得了一种不可言状的孤单感觉,一个人沿着弱水河岸,走进一片胡杨树林——枝叶大都干枯了,但仍旧高举。还有不少新生的叶子稀稀落落地附在活着的枝上,在风中不停抖动。

　　不远处草滩上,落着几只黑颈鹤,见我来到,忽的一声,展开翅膀飞进了炙热的空中。一面水潭,不断有鱼儿冒起的水泡,珍珠一样闪亮。

　　我从没想到,沙漠里居然还有这么美丽的地方。除了因嫉妒而导致的愤怒、幽怨,自然的美景是对孤独者内心最真实和有效的抚慰。日落时分,坐在回单位的班车上,打开《戈壁沙漠之谜》,从第一页看起。到单位,夜色已经漫进眼眶。草草吃过晚饭,躺在床上继续读。

　　鼎新镇从前名字叫毛目,民国时期还设立过县政府……斯文·赫定书中写道:"毛目县的邮局局长来这里(指斯文·赫定等人当时在额济纳设立的气象站)旅行,少校希望跟他谈谈,想与他协商气象站和小镇之间的邮政关系。"此外,斯文·赫定还说,"从气象站出发,骑一匹快马,(到毛目也得 4 天时间)到肃州(酒泉)8 天路程"。此外,我还得知,毛目(鼎新)出自匈奴语。曾是乌孙、大月氏和匈奴的领地。我看到的弱水河(当地人称作黑河)之名出自《山海经·海内西经》,唐代诗人杜牧有诗:"昭君墓前多青草,弱水河畔尽飞舟。"弱水河的尽头是居延海(今额济纳境内)。

　　我浑然忘了一天的不快,内心反而滋生出一种极其美妙的感觉,不由得产生了许多虚无缥缈但却美丽绝伦的旖旎联想:古老、类似神话的弱水河、有邮局的县城毛目、斯文·赫定的探险队、额济纳吐尔扈特王子、活佛乃至有毒的蜘蛛、蝎子等等,就像置身于一个充满神性的梦境一样,从里到外都觉得了一种活泼的灵性。

　　关掉台灯,看着窗外的夜幕——满天的星斗在风中纹丝不动。凌晨醒来,我还在想昨天的事情,忽然觉得,许生和那个女子的快乐和幸福,与我在书中的发现,其实都是幸福的瞬间,只不过,前者更贴近心灵,后者是一种浪漫精神的抚慰。

　　几天后,许生又打电话来,问我这个周末还去不去鼎新。我开始说不想去了,忽又想起书中的那些记载,就又改口说去。当晚,和几个同事聊起去鼎新镇的情景,也都觉得很美好。其中一个同乡说,许生在这里谈对象的事儿基本上大家都知道。还告诉我说,许生谈的对象叫赵晓莉,家在酒泉市,父母都是做生意的。

　　再次去到鼎新镇,除了想在物是人非的街道上找出斯文·赫定记叙的某些蛛丝马迹外,心里却又多了一件事——眼睛像狼一样在街道上巡视,内心那么强烈地渴望奇迹。许生似乎也看出了我的心事,用明显的优胜者口吻说:不要急,这事儿是讲缘分的。缘分到了,十匹马也拉不住,缘分没到,十万伏的电压也还是白搭。

　　那个女子——赵晓莉也附和许生的说法,令我再一次觉得了沮丧。赵晓莉咯咯笑了几声说:"杨大哥,这事急不得,要是遇到漂亮的,我保准给你介绍,做红娘。"我说我根本没那个心思,只是看看现在的鼎新镇,究竟在哪儿和以前的毛目城不一样。许生和赵晓莉听了,相互看了看,又一起笑了起来。

三个人走在鼎新的街上,我真的想起了"毛目"这个名字及斯文·赫定书中的记载,蓦然觉得一种恍若隔世之感,也对这个偏僻简陋小镇有了和从前不一样的感觉和看法。时间真是消弭一切的无形力量,上百年过去了,那些人及其痕迹都已荡然无存,唯独文字和传说,还在世间流传。

下午,租车去弱水河右岸,一个小时后,到达鼎新镇对面的天仓乡政府所在地。去商店买水时,忽然发现售货的女子很美,二十岁左右,个子不高,脸色白皙如玉,清秀的眉目间漾着一股玲珑剔透的青春气息。我一下子愣住了,目不转睛地朝她看,浑然忘了自己身处何地,要做什么。她好像觉察到了,猛然把头转向黑白电视屏幕。

许生叫我名字,我哦了一声,收回目光,拿货,付钱。退出商店的时候,差点被门槛绊倒。许生和赵晓莉看到,站在对面树荫下咯咯笑。我走过去,把水递给他们,然后转过脸来,却发现,那个女子斜倚在门框上,看是似无地朝我们看。心一阵狂跳,像是傻了一样,站在原地,看着那位女子。

许生和赵晓莉似乎知道了什么,止住笑声。赵晓莉说,先去看烽火台,回来再想法接近不迟。许生应了一声,拉了一下我。我扭转头,跟在他们身后。走过一道秃岭,再上到另一道岭上,回身再看,那女子已不再斜倚门框了。我想,她可能在屋里。赵晓莉笑着对许生说,看杨大哥魂儿都没了。

我气喘吁吁地在依旧完好的汉代烽火台下站定,俯看天仓乡政府及周边村庄蓦然小了许多,若不是成片的杨树,就像是一堆磐石。

身边这座烽火台夯土版筑,成堆的黄泥间夹杂着一层层芦苇秆,还嵌了数根长约五米的木板。沿一边的坑槽爬上烽顶,本来不怎么猛烈的漠风陡然雄浑起来,呼呼地在耳边咆哮,吹得人站立不稳。放眼戈壁阔大无际,寂寥而苍茫,远处蠕动的骆驼像是奇怪的石头。再远处巨大河床泛着黑黝黝的光,白色的流水如同洁白的腰带,在焦躁的沙漠戈壁当中,细蛇一样曲折缠绕。

再向北,晋高僧、蒙恬、张骞、霍去病、唐玄奘等人当年走过的路上,散落着更多的烽火台,西汉设立的肩水金关、地湾城、大湾城分别散落在弱水河两岸——斯文·赫定等人曾在此挖掘并带走了大量汉简、瓷器、陶罐和佛像。与初始印象不同,我觉得,沙漠并不贫瘠和荒芜,到处充满干渴和死亡威胁,在人类文明史上,沙漠及其创造和诞生的文化也是其中不可或缺的重要构成。

在烽火台上下张望、感喟一番,急匆匆地返回天仓村。我就又跑进了刚

才的那家商店。面前出现的却是 60 多岁的老太太。我的心骤然冰凉,瞬间坠入雪谷。我站在空地上,脑袋一片空白。老太太问了几声,我似乎听到了,又似乎没听到,胡乱买了几瓶饮料和矿泉水,低着脑袋走了出来。

许生从我表情中得知了什么。赵晓莉快步走过去,在商店里转了一圈,也脸色沮丧着回来了。许生没有说话,拧开矿泉水,扬着脖子灌了半瓶。

坐在返程车上,谁都没有说话。好久,赵晓莉问司机:"那个商店的女孩子是哪里人?"司机说:"那个商店嘛,是国光村李长文开的,咱们回鼎新正好路过。"赵晓莉扭头看了看我,我点了点头。

国光村和其他村庄没什么两样,房前屋后栽满苹果树、梨树,各家门前也都有一片绿油油的葡萄架。几个人端着饭碗蹲在荫凉下吃,几个孩子带着一身尘土,在不宽的街道上狂追猛跑。车子还没停稳,孩子们就呼啸而来,有一些成年人也站起身来,看我们这几个不速之客。

许生和赵晓莉就抢在前面,询问一个胡子长长的老人。老人扬起手,朝北边一座四合院指了指。赵晓莉和许生拉着手跑过去,敲开了李长文的家门。我跟在他们身后,进到院子里,心里又高兴又害怕。

接待我们的是一个年届七十的老人,许生旁敲侧击地询问了老人家里的状况,又问老人:"在商店的那个女孩子在家不?"赵晓莉嫌许生问得直接,抢过话头说她在鼎新镇开了一个理发店,正缺人手……老人抖着满嘴唇的白胡须说:"兰兰刚走。"赵晓莉问,去哪儿了。老人说:"兰州。"许生说:"在兰州工作还是……"老人说:"俺兰兰在兰州上大学嗳——"我浑身软了一下,差点跌倒。许生和赵晓莉相互使了个眼色,我知道他们的意思,没说一句话,就出了老人家院门。上车时候,我特意多站了一会儿,把这个村庄,尤其是兰兰的家又看了好一阵子,我想把它刻在心里,一辈子都不忘掉。

赵晓莉和许生沉默一会儿后,说起有关鼎新镇的一些趣事。她说,天仓这地方以前有很多红狐,就住在附近的合黎山。有一年,一个小伙子去山里挖沙葱(巴丹吉林沙漠附近戈壁盛产的野生植物,煮熟后凉拌吃,味道极美)和锁阳(野生于沙漠戈壁,零下 20 摄氏度生长最宜,生长之处不积雪、地不冻。具有补肾,滑肠,强腰膝的功用。主治男子阳痿,女子不孕,血枯便秘,腰膝痿弱),突遇沙尘暴,流沙吹袭,沙丘移动,风后,村人都以为他不可能生还,正在办丧事的时候,那个小伙子突然返回,还带回一个美貌的女子。

那个美貌女子与那个小伙子一起生活了很多年,小伙子变老,死去的次日,女子也失踪了,就连他们的三个女儿也都不见了踪影。还有一个更离奇的故事说,弱水河边有一种奇怪的草,俗名经叶子,据说是唐玄奘到西天取经路过弱水河时,胯下白马打了一个趔趄,背匣里一页经卷掉在水中,衍生出这

种草,中毒的人喝了经叶子草煎的水后,可以起死回生。

我不知道两个故事是真是假,赵晓莉说这些,原意是安慰我。可我听了,却无端地悲伤起来。前一个故事像是一个梦境,后者是一个传说,诸如此类的故事在大地上俯拾皆是。而它们所包含的美好情愫及愿望,却使我真切地感到了一种虚无缥缈感乃至无可接近的疼痛。

或许是我太渴望一见钟情,或许只是想像许生那样,有一个相爱的异性,简单而又真实、温暖地在沙漠中相依相伴。我也不知道自己为什么刹那间喜欢上一个陌生的女孩,也不知道喜欢她什么,更不知道她是否会喜欢我……再后来,我一个人,先后去了国光村十多次,可再也没有见到过那个叫兰兰的女孩子。

我觉得,兰兰就像是一个传说,或者神话中一只美丽红狐,她给我的美和渴望只是一瞬。我去的那些年,兰兰也回来过几次,可就是阴差阳错,我再也无缘见到她。对她而言,只有一面之缘的我,可能早已灰飞烟灭了。要不然,她一定会让我在国光村见到的。

这一年冬天,赵晓莉结束了在鼎新镇的理发生意,回到酒泉。第二年夏天,许生带我和几个老乡去过赵晓莉家。赵晓莉做了一顿丰盛的晚餐,和我们几个老乡一起吃喝玩笑。再两年后,我去上海上学。等再次回到巴丹吉林沙漠,许生早已离开,也没有留下联系方式。有一次,在酒泉街道上看到一个女子,特别像当年的赵晓莉,穿着一件黑色长裙,牵着一个五岁多的孩子,蝴蝶一样飞过。我怔了一会儿,张了张嘴,也还是没有叫出声音。

2003夏末,忽然收到一封发自署名尕兰的挂号信,把我的地址写得极其笼统,若不是当地邮局有个同乡,恐怕难以收到。尕兰在信中说到一些令人哀婉的个人经历及颓废的人生感悟。阅读间,心神凄怆。"十一"长假,我专门去了一趟兰州,在黄河铁桥西岸的花圃边,一个人徘徊了两天,也没有见到那个署名尕兰的人。

又几年过去了,现在的鼎新镇越来越像镇子了,路边的村庄突然竖起了一排排整齐划一的楼房,铁门铁窗,院子里还种了葡萄、草莓和桑树,不知名的花朵滋味芬芳。鼎新镇内,不断崛起的楼房逐渐代替了黄土房屋,街道重新铺过,还搞了绿化。有一次去,看到一个老人也拿着手机接听电话;店铺增添了好多,广告牌也多了高了。站在新修的弱水大桥上,看着流水上的飞驰的黄叶,想起旧年情境,忍不住感伤,也忍不住拍拍栏杆,扬起脑袋,看着天空中丝绸般的流云,再一次觉得了天地的苍茫,人生的匆促,不由重重叹息,想起一面之缘的兰兰,不知结局的许生和赵晓莉,还有消失的青春岁月……一时间恍然如梦。

肆

传说

　　向西的路又开始了，我要走遍整个祁连山，从南到西，我单独行走，没有一个同伴。这令我格外孤单，有时候，我坐在明澈的月光下面，四周寂静，大风在头顶，在身体和灵魂呼啸而过。接着，天阴了下来，黑色的云彩从天际马群一样奔腾而来——大雪下来了，比我眼睛还大的雪花落下来，落下来——我一动不动，也不需要，对于一个孤单者来说，最美的覆盖就是雪花了，大量的雪，沁凉的雪，它们的覆盖使我获得了空前的安静和完美。这时候，世界无声，人类无声，狼群以及其他猛兽进入了梦乡。我多么清醒，在雪中，在祁连山上，多少往事，多少梦想，一匹狼，它是它自己的英雄。

自己的英雄

　　秦岭很高，那么多诗人在峭壁上写诗，我在那里看了好久，没有一个是我认识的。旁边的灌木、荒草淹没岩石，冷清的夜晚，大批的虫子在泥土下面大声喊叫。没有人行走，白天的马蹄昏暗不清，马粪还散发着腐烂的青草的味道。而星斗是明亮的。它们在高空，那么多的光芒，却照不清我未来的途程。就在前一时刻，我路过的村庄的人类正在酣睡，他们用石头、木板和黄泥砌住牲畜的圈门。我在那儿转悠了好久，没有一个可以被我打开。你们知道，我已经饥肠辘辘了，三天的昼伏夜出耗尽了我积攒多年的气力。这一个夜晚，在秦岭——四川、陕西和甘肃交界的地方，我停下来，饥饿使我第一次感到了石头的可靠和温暖。我就在一块巨大的石头旁边，侧身躺着。我清楚看到了那些人类的文字，他们写着什么，斗大的文字弯弯曲曲，绕来绕去，涂抹的红漆像是山羊的鲜血。它勾动我的肠胃，让我口水涟涟，神经慌乱。

　　这里距离人类很远，离天堂很近。连绵高耸的山岭，葱绿的森林里一定有我众多的同类。我听见了它们的长嗥，在深夜，它们一定快乐，咧开的嘴巴下面还滴着鲜血。它们肯定没有饥饿。这是它们的领地，面对一个外来的同类，再宽容的头狼也会拒绝。这一点，我非常清楚。我只有这么等着，在巨石一边，用休息唤回一点气力，用想象充饥，用忍耐打发孤独的时光。

　　在我昏昏欲睡之际，猎物终于来了，一只兔子，它很莽撞，它身体摩擦荒草的声音令我兴奋，我从巨石的侧面看见了它。这一个自投罗网的生命，它完全忘却了深夜的危险，孤身一个，从洞穴中钻出来，东张西望，小心翼翼，天性的防范令我感到了它的无奈和可怜。它似乎也耐不住饥饿了，四周平静，风在树梢运动。它确信安全了，嘴巴便在草根上啃食起来，牙齿嚼动的声音像是地鼠咬噬木板，清脆而且悠远。我起身了，身子一跃，电光石火，就咬住了它的脖子——它太瘦小了，我的嘴巴感觉不到它身体的重量。一股暖热的鲜血喷进我的口腔，这久违了的美味，令我浑身战栗，幸福得手舞足蹈。

　　我伸出猩红的长舌，舔净下巴上的鲜血，又感觉到了自己的强壮。一只兔子，虽然微不足道，但它唤回了我身体和内心的力量。这时候，即使遭遇狮子和猛虎，我也可以从容逃脱。我仰天长啸一声，声音在山谷里经久跌宕，在岩石上碰撞，众多的食草动物噤若寒蝉，或者仓皇奔逃。在这个星星照耀的夜晚，我的心情重又光亮起来，一匹孤独的猛兽，在异乡，在向西的道路上，勇气和自由是我用之不竭的武器和信仰。

我又上路了,其后的空气开始干燥,曾经繁闹的生命沉寂了,它们只在适宜自己生存的地方。我看到了青稞、丝绸、铜器和陶罐,看到了胡马、香料和胭脂,看到了蓝眼睛的民族和弯弓射雕的单于。歌姬头戴花布帽子,脖颈上悬挂珍珠和玛瑙,裸露的肚脐和腰部让我想入非非。在麦积山,有伏羲的石像,喇嘛的红袍,不祥的乌鸦和灵活的绵羊。众多的民众向东或者向西,驼铃敲打酒帆,马蹄扣击卵石——黄土的民居,高挑的玉米,正在成熟的小麦,大豆和谷子一起,在黄土的山岭上起伏摇晃,沉甸甸的头颅几乎垂地。

而山上的青草不多,稀疏的杨树遮不住偌大的黄土和戈壁,在汉朝的陇西,我想起了飞箭穿石的李将军。半夜的时候,我来到他故居那棵高大的槐树下面,冲着陇西飞将军府几个大字的门匾长嚎一声。它是我最喜欢的人类中的一个,一个真正可以让我这样的异类赴汤蹈火拼死效命的人。这样的人不多了,像我们一样日渐稀少。从长安,从骊山,一路走来,我看到沿路的官兵和盗贼、头插草芥卖身的女子、破庙倒毙的行者、酒楼的歌声和官兵飞快的马蹄。我还记得,有一天我饿得要死,眼冒金星。对着一个男人的尸体,我难以张口,我的牙齿有些发软,我的内心竟然充满了怜悯。我不知道自己怎么会产生这样的感觉,我知道,人和我们一样,吞食同类是多么悲哀的事情呀。

我从他的肩头撕下一块肉,肉汁发酸。这个味道我很熟悉——肉食动物特有的,不像羊只、猪猡和兔子那样鲜美和香甜。吐了出来——尽管饥饿,但只要能够忍受,我绝对不会吃掉这个死去多时的人的尸体。不仅仅因为它是腐朽的,更重要的是,一个生命死了,我还有什么理由,通过牙齿和肠胃,成为自己身体的一部分呢?而皇帝和官府不同,人死了多年,他们还会把尸骨挖出来,在阳光下暴晒,用清油浸过的牛皮鞭子抽打。

有一个地方,好像叫下官营,到处都是军营,众多的兵丁拿着长枪和大刀,自制的火炮炮口幽深,大批的弓箭落在我栖身的草丛之中,他们喊杀,布阵,在阔大的操场上练习刺杀。我在高高的山顶上看得清楚,却一直弄不明白,这么一些人,拿着钢铁铸成尖利武器,杀来杀去,究竟为了什么?

黄昏了,我沿着低纵的山脉,缓步行走。黄昏的山上安静极了,鸟们在睡眠中发出梦呓,成群结队的同类胡乱奔跑,它们显然没有我自由,它们在头领的带领下,一会儿向西,一会儿向东,漫山遍野都是它们的蹄迹。我没有想到的是,我们在长安的同类已经不多了,皇帝和他的大臣们经常在那儿狩猎,坚硬的箭矢穿进我众多同类的身体,它们哀嚎的声音在整个长安城里回响。众多的宫殿和楼宇、酒肆和青楼,太多的人声淹没了我们报复的踪迹。就在私自奔跑出来的前两天晚上,我和同伴们还寻迹来到皇帝红色的围墙下,我

们用尽了所有的技能,也没有突破他们的防卫。从那时开始,我感到了作为狼的悲哀,再强大的狼群也不是人的敌手。

第三天,我就出走了,离开了我们的部族。开始上路的时候,我的内心一片慌张,我不知道这世界上哪里才是需要我的地方。那里会不会也像长安城郊一样? 我走出来了,就再也不会回头了。一匹狼,尤其是坚忍、自由的狼,回头就意味着它一生信仰的终结。信仰失去了,生命用什么来做依靠? 陕西的黄土真多,陕西的大风很大,陕西的陵墓到处都是,陕西的羊肉永远都是腥的。我一路走着,就越过了秦岭,走过了秦州和陇西。不要一夜的时间,我将到达金城的皋兰山。

皋兰山名字很好,但山不高,我站在山顶上,看到金城,它的城堞高大,民居散乱,黄河从它中间穿过,好像一把生锈的刀刃,横在这个城市之间。皋兰山上野鸡和野兔很多,因为地势不高,林子和青草不多,几乎看不到我的同类。后来我到了附近的南山,在三台阁旁边停留了一晚。里面有和尚念经,他们的声音听起来不像是在人间,而是在一个白云缭绕的虚无之地。我的身体空了,灵魂澄明,所有的欲望都消失了,干净得只剩下了一颗空冥的灵魂。凌晨时候,有人敲响了钟声,一下一下地,像是敲在我的骨头上。

祁连山到了,高高的祁连山,匈奴人的祁连山,大雪和灵魂的祁连山,我看见了它高耸的白色头颅,感觉到了它隐隐的冰凉气息。它令我惊奇,我想我找到了一生梦想的地方。它像是一个年迈的妇女,上身是积雪,下身是青草和森林。众多的羊只在上面云彩一样漂浮,众多的村庄在它身下坐落。清凉的雪水咕咕有声,从石头的缝隙,从积雪的身下之下,从泥土当中,从青草根部,慢慢地,一条一条,在谷底汇合。它们发着自己的声音,在阳光和夜幕下,不停融化、流动、蔓延和走远。

我看到的牦牛和马群在山脚,众多的鹰隼在空中,众多的诗人在赞美,众多的民众在仰望。鹰们飞呀飞的,那么高,它们俯身下冲——人类的箭矢怎么可以相比呢? 人类的梦想又如何触及? 它们是我的灵魂我的精神,是我内心和生命的图腾。如此高傲、勇猛、绝美的生灵,让我心生忧伤,热泪盈眶。因此,我常常自卑,一匹狼,与一只鹰,一个飞翔,一个奔跑,一个地上,一个空中,多么悬殊的距离呀,我发誓要穷尽一生,找到接近和抵达的路径。

凉州到了,在天梯山上,马莲湖碧水清盈,临水的大佛千年无声。对面的山上有人唱歌,对面的羊群比人更为快乐。我痴迷于人类的歌声,在凉州,人类的歌声里充满了原始的生命的土腥。

....

早知道黄河的水干了
还修那个铁桥做(zù)什么
早知道妹妹心变了
还站在屋顶上看什么
…………

三更里来灭了灯,
亲哥哥用也么用脚蹬。
尕妹子也是个明白人呀,
知道俺哥哥心里想得个啥坏怂。
…………

送哥送到红柳滩,
红柳滩上红柳多。
红柳叶子往下落,
红绸裤裤往下脱。
…………

　　这歌声从山坳传来,越过杨树的众多叶子,越过青草匍匐的山岭,来到了我的内心。我从来没有想到,人类——我鄙夷过的人类,除了那些喊声、杀声和呻吟声之外,还会发出如此动听、摄人心魄的歌声。我想偌大的天地,任何一个地方,都不会再有这样的歌声了。我曾经听到过陕北民歌,他们不乏绝美、悲痛和原始的生命冲动,只是他们太过直接了,有时候直奔主题。人类就应当这样,该怎么就怎么,该自由就自由,就像我们一样,始终保持着一种激情和爆发力,充满了本能、信仰、责任和梦想。

　　转过身去,就是皇城草原了,我伊始的理想之地——美丽的山地草原,裕固族民众高亢的歌声在山间回旋,美丽的姑娘骑着骏马,她们多么美丽呀,还有一种男性的彪悍,这是我遇见过的最美的女人了。我不由自主地爱上了她们,我要守在她们身边,在蝴蝶、松树、刺玫围绕的祁连山腹地,像一只温驯的牧羊那样,守在我心爱的姑娘们身边。

　　在那里,我还见到了吐谷浑、月氏、匈奴、回族和蒙古族民众。他们在草地上游弋,在青草上睡眠、做爱和生产,在祁连山怜悯的大雪和大风中长成、老掉和死去。但不可避免地,我遇到了我的同类,它们的口粮来自民众的羊只、幼小的牦牛和马匹,对于它们来说,再小的牦牛和马匹也是巨大的,一次绝对吃不完。我看见好多它们吃剩下的牦牛、羊只和幼马尸体,在山坡上,在草丛中,在流水边,在岩石旁,我感到心疼——按照裕固民众的说法——一个

120

生命,既然杀死了人家的生命,就要把人家的尸体吃干净。这也是对生命的一种尊重——我的同类也一定知道,但事实上,它们和我都无法坚持和做到。

向西的路又开始了,我要走遍整个祁连山,从南到西,我单独行走,没有一个同伴。这令我格外孤单,有时候,我坐在明澈的月光下面,四周寂静,大风在头顶,在身体和灵魂呼啸而过。接着,天阴了下来,黑色的云彩从天际马群一样奔腾而来——大雪下来了,比我眼睛还大的雪花落下来,落下来——我一动不动,也不需要,对于一个孤单者来说,最美的覆盖就是雪花了,大量的雪,沁凉的雪,它们的覆盖使我获得了空前的安静和完美。这时候,世界无声,人类无声,狼群以及其他猛兽进入了梦乡。我多么清醒,在雪中,在祁连山上,多少往事,多少梦想,一匹狼,它是它自己的英雄。

三　千　步

　　春天又来了,第一场雨,我感到了潮湿,在石塄和泥土中,潮气向上,它们——宁静的毒药,细小的颗粒,刀子一样,从我的毛孔、脂肪、血液和骨头,进入内心。又一个沉睡已经结束,一场梦之后,我的疼痛又一次开始了。睡眠已经将去年的消除,而从此刻开始,它复又重来,漫上我的身体。

　　草木并发,在我洞口周遭,我嗅到了它们生长的声音,像我的当年——在野地,在杂草、露水、石砾和枯木之间,我柔软、细小的身体在时光中,在连绵的旧雨中,节节长长,变粗,我口吐腥气——那些鼠们,兔子和幼虫,它们消失了,在我的口中,我从不咀嚼,太多的直接有时让我感觉不到进食的满足和快感,我只是吞下,有些许的血腥:温热、滑腻、新鲜、咸涩,令我的身体鼓胀。我心满意足,我原始的要求就是如此简单,简单到了我自己不敢相信的地步。

　　这是不是悲哀呢?那个时候,我从来没有想,也不会想。想是一个什么概念呀?它是多么的徒劳或者奢侈!我只知道活着,吃,游走,在湿润的山地,我的满足似乎就是这些。而我不可避免地成长,吃——在某种时候使我的身体逐渐膨胀起来。我纯粹的生存完全出于本能——没有人嘲笑,我和我的同类都是这样。我们活着,兴趣在于捕捉、进食、蜕皮、寻找更为合适的睡眠处所。某一个春天醒来,我的身体被什么限制了,动弹不得,我疼——肉体的疼,让我的头脑第一次清醒。我意识到了危险,似乎感到了向下路途上的轻忽和迅速。我好像没有恐惧——它陌生,在我的经验中没有影子。

　　我知道,我长大了,长长的身体上布满了白色的斑纹,我的身体好像幼年爬过的那一棵百年老树,所不同的是,它满身皱纹,蚂蚁、蟑螂和松鼠在溜滑的青苔上爬上爬下,水渍满身。而我的身体却是光滑的,弹性的,柔软的,更重要的是可以自由伸缩,灵活控制,下落或者上升,都在于自己。这令我骄傲和宽慰。而不幸的是,有一年暮秋,我寻的宽敞洞穴,在春天的中午突然变得狭窄,我醒来,它就卡住了我的身体。在我的记忆中,它是那么阔大,完全可以再容纳一个同伴——但我没有,我一个人觉得孤单,却也清静。那个时候,我不知道同伴意味着什么,吵闹,温暖,厌倦,排斥,伤害,还是互助?一个人总是安妥的,至少不需要相信和猜疑。

　　我伸缩了身体,一冬的睡眠好像一场死亡,那种新鲜的快感和惊异我自己也有点茫然和诧异。接着是疼,周边的石头已经被我的身体磨得尖利,它

们紧靠着我的身体,它们在皮肤的上面,试图打开进入的缺口。它们是不是也要体验我吞噬鼠们时候的血腥和快感呢?我不知道,它们似乎也不知道,它们不像我一样刻意守候和进攻。我动,它们不动,我突然明白:不是石头们想要做什么,而是我想要做什么。

好像是晚上,我出来了,腰部破了,血流出来,一路都是,撒在洞穴里面和洞口返青的草尖和湿润的泥土表面,还很温热。我第一次看见血是红色的,像小时候划破过我脸颊的玫瑰和甜意四散的桑葚。而此刻,疼痛是次要的,我出来了,从死神那里,又获得了一年的生命。这时候,天空格外晴朗,湛蓝的夜空中,星星还是去年的那些,月亮也是,但它的光亮似乎黯淡了,它脸上的黑色皱纹和我身上的伤口仿佛。

我停下来,用春天的草木和去冬的枯叶舔净伤口,遗留的血逐渐变黑,腥气消失。那些鼠们依旧活跃,它们一定意识到了危险,我就在它们身边。一冬的睡眠之后,饥饿感重来。我伸出舌头,长长的,尖尖的舌头像是一张拉开的强弓。这是我的武器,我的箭矢,我多么热爱呀!它让我在某种程度上成为一名优秀的猎手,它支撑并造就我活着——这高过人类所有的梦想。

春天的温暖依次展开,层层深入,转瞬,夏天开始了,阳光让我再一次蜕掉了一层皮肤。那时候,我的身体崭新、光洁、肉感充足,好多同类伸来了眼光——刀子、火焰……让我紧张、羞怯、内心紊乱。我不知道它们在表示着什么,我身体的血液开始升温,周身发烫,有一种类似水流的声音,激烈响起。这是我从来没有过的感觉,它让我冲动、迷乱、轻狂。我低下头,走到泉水的一边,凉凉的水汽抑制了我的欲望。

事实上,我再也无法躲避了,那个夏天,到处都是。我的同类,在忙着繁殖,它们在一起,在隐秘的草丛、水渠和树洞里。我听见它们暧昧的声音,不时发出的呻吟和叫喊。河边的泥土,好多的洞穴里面,它们的果实成群结队。不长的时间,有一些同类诞生了,打开白色的胆壳,匍匐出来,向着水流逶迤而去。我小的时候也是这样的吧——那是多少年之前的事情了?多少时光之后,我的肉体成为现在的样子?我还将生长,到什么时候为止呢?

有同类出现了,身体比我要长要粗,它喘息,扭动的身躯快步走来,向我的身体——我如此陌生,它的动作简单、猛烈而粗暴。我害怕了,我不知道它要做什么。它显得急促,甚至没有认真看一下我的容貌,它太功利了,它要的仅仅是那一瞬间。那个时刻,我感到的异物是刺疼的,它的进入和深入显然违背了我的意志,它在我身体之内,不懈的蠕动像是一把钝了的刀刃——我麻木了,整个身体像一根枯了多年的木头。之后,我忘记了痛,再之后,它缓慢离开,没有回头看我一眼。

我想我要离开了,在这里,掠夺,伤害,疼痛,冷漠。欲望简单、强制、暴力。这难道就是我们世界的规则吗?这一片山地,已经承载了我难以计算的生命时光,它永远都没有陈旧的时候,每当我醒来,它就一片盎然了,水珠和青草,兔子和飞鸟,猴子们蹦跳的树枝上有好多青色的果实。死难的动物骨殖零落成泥,它们的骨头随意抛在那里,我无数次路过,能够清晰知道它在我身体上滑动的感觉。

我离开了,独自在向南的路上,风景黯淡,干燥的土地没有水汽,鸟儿不敢下落。我第一次看见了马匹、驴子和黄牛,笨拙的动物让我陌生和害怕。我的嗓子疼痛,皮肤皲裂,细碎的黄色尘土进入嵌在里面,我不知道自己到底是什么样子了。我遇到的水源很浅,枯草横陈,浸泡了众多野鸡的尸体和毛发。我想我的生命就会在这里停止了,没有人看见,同类们也早已不见。

但我毕竟离开了。再有一段路程,水一定会有的,而且是泱泱大水,足以淹没我十倍的身体。南行的第一个春天,我在西安的灞桥边,找到了足以安身的洞穴,一色的黄土,松动,柔软,我再也不用担心身体在来春被众多的石头划破了。睡梦中,我听见好多胡笳、扬琴和锣鼓的声音,木车和马蹄声犹如雷鸣,好像还有钢铁碰撞和人的嘶喊。轻浮的雪花被草叶弹起又摔下,春水流溢的柳枝河岸,无人的午夜,我继续向南,我沉重的身子下面路过了好多山岭,众多的村庄和炊烟,田地里的红薯和玉米。身穿长袍的人们让我感到惊异,他们身材短小,相互用嘴巴说话,黑夜的土炕上,那么多的我曾经熟悉的声音在响。

再一年,淮河到了,大水平静,我在里面,满身的爽快,水包裹了我的整个身体,好像母亲的肚腹。我笑了——南行以来的第一次笑,至今在我的记忆当中,好像多年拔不出来的刺。又是一些人,好多的男人女人,头戴方巾,鬓插红花。即使晴天,也带着一把黄色的油纸伞,我听不懂他们说话,就连江中船上叫我全身发软的女声,也模糊不清。大雾的时候,柳枝、棕榈、亭台楼阁、来往的船舶和人群,我也看不清他们的面容。

我今生最后一个地方——西湖,似乎命中注定。那一年的黄昏,我的身体突然收缩,好像蜕皮一样,我的肉体去掉了多余的部分,依照人的模样渐渐成形。那一时刻,前所未有的疼痛,弥漫了整个竹林,偌大的林子里还有好多被命名为竹叶青的毒蛇,它们好像我们的幼虫,隐藏在竹叶上面,在露水中存活,攻击,在地面怀孕、生产和出生。

我站起来,江南的后半夜竟然如此寂静。我走出来,我成人的双腿起初好像两根木头,我走路的姿势像是我在河南境内遇见的瘸腿伤兵。但走出竹林之后,我的双腿就收发自如了。我站在西湖的一座桥上,从水中看见自己,

多美的女人呀,桃花的两腮,梨花一样的脸庞,微露的胸口好像天山的积雪。来路上,我从未遇到过这么美的女子。我是第一个从蛇到人,我走过的路程可以让时光僵硬。

这里水太多了,氤氲的雾气是一种洗涤,让我的身体从没断过水,因而不需要再去洗澡,或者到水中游泳。我满意这样的生活,这样活着让我感到美妙、从容和轻松。在这里,我的那些同类形体短小,像根木棍一样。我是它们的王,它们看见我都要躲避,它们在我面前像蚂蚁一般——尽管在我死后,它们会蜂拥而上,用细小的口齿分解我的肉体。

很多年过去了,宋朝的江山在水中摇摇欲坠,草原的马蹄在河对岸哒哒而响。长刀的光亮照白了我看到的宋朝臣民,而笙箫歌舞的后宫依旧热闹而安平,大臣们在青楼上吟诗买醉,陆游和辛弃疾在黑夜指扣栏杆,妄图捞起徐徐下沉的赵氏江山。岳飞的风波,韩志忠的翠微,满目的胡虏和河山已成云烟。我第一次看到了这么多悲壮的男人,他们的歌吟在我窄长的心脏里,好像塞外的连绵北风,摧枯拉朽,铁血浩荡。

时间久了,在温软的吴歌声中,我也渐渐沉溺,无骨的身体更加柔软。但身体的另一种欲望却更加强烈,多年之前的那种感觉重新降临。很多的夜晚当中,绛红色的帷帐后面,一个人激情狂放,张开的肉体江河汹涌。我不知道怎样去消除,我呻吟的窗口一片冷清。第二天清晨,我重新想起,感到羞耻,之后无奈。窗外梅雨连绵,檐角滴落的水珠穿透了青砖、桂树、枇杷、剑麻和椰子,滴落芭蕉的水珠,一颗颗,好像上天的心脏。我一个人撑伞出门,悠长的小巷中行人稀少,临近的窗户中有歌声传出,清香的酒气令我晕眩。

断桥——这一生,刻进灵魂和骨头的地方。那个人出现了。当时,我突然四肢发软,手撑的油纸伞巨石一样沉重,我只好松开,我看见它下落的姿势是那样的轻盈,在空中打了几个曼妙的旋儿,然后落在流动的水面上。我还没有收回目光,他就用一把同样颜色的油纸伞遮在了我的头顶,淋漓的雨水在上面敲出十万个鼓点。我的心彻底乱了,不由自主,整个身体倒向他的怀里。他好像有点措手不及,左肩上的书箱噗然掉落,一地的线装书在雨水中展开,刻板的文字逐渐潮湿、模糊,他的眼神里面有些惋惜,也一定在我与书之间做了瞬间的权衡。

他后来对我说:书可以买到,而一个人呢?这句话之后,我第一次流下了眼泪,为他。在此之前,我从不知道作为蛇的自己还有眼泪,还会哭泣。也就从第一滴眼泪开始,我死心塌地地爱上了这个异类男人。那个傍晚,在一个叫做蕙亭的酒肆,他告诉我他的名字——许仙。这是一个多奇怪的名字,我从来没有听说过,它又是多么的新鲜,让我浮想联翩。他问我名字的时候,我

125

支吾了半天,脸憋得通红。我不知道该怎样称呼自己,从来没有想到过自己要像人那样拥有一个单独的名字。

后来我告诉他,就叫我白蛇吧。他听后,一脸惊诧,他的眼睛里好像有些异样的东西,但很快就消失了。我知道他有些猜疑,笑笑说:我小时候就没有了父亲,没人给我起一个像样的名字。许秀才,你给我起一个吧。他笑笑说:名字是高堂所为,小生不敢!说着,还起身向我抱拳致歉。我有点生气,他显得惶恐,把一碟煮得绵软的大豆打翻在地,又慌忙俯身去捡。在这个时候,我看清了这个男人。江南的小生,他身上有股药草的味道,但我没有嗅到雄黄的气味。告别的时候,我拿走了他刚才遮住我身体的那把伞,还特意问了他家的住址。他说在杭州西湾的竹纸巷。那里有一家药店,是他姐姐和姐夫开的,他在那里暂居,有时候帮忙。

回来正是傍晚,青楼和酒店的灯笼在雾气中迷离招展,众多的将军、诗人、盗贼像猫一样叫着,江上的歌声若即若离,穿过薄雾、柳枝和岸边青草,一直伸展,直到我想看也看不见。又是一个人的夜晚,我想起了许仙,他眉宇之间好像有股清气,眼神总很忧郁,说话的时候,时常的叹息不间断地夹在中间。我喜欢忧郁的男人,他好像是一株永远都在生长的植物,叫我怎么也看不清。

他已经进入了我的内心,我知道我这一生都无法远离和摆脱。第二天早晨起来,天光明亮,夏天的阳光收敛了一夜的露珠。泥土的味道好像许仙身上散发的那种气味。我想我该去找他,送回雨伞是最好的理由。沿路的青石光滑,中间偶尔长着几株青草,人类的烟火从房顶突突冒出。

我到的时候,许仙恰好还在,他正在把一些书籍往书箱里放。他的姐夫是一个没有胡子的男人,光光的嘴巴看起来和年龄和性别不大般配。但他的眼神是善良的,在他看到我的那一时刻,我没有发现我惧怕的那些刀子和火焰。许仙有些惊诧,或许他早就忘记了昨天和我。我的出现,迅速挽回了他对于昨天和我的记忆。他腼腆地笑着,用长袖拂拭了柜台一侧的高脚木凳,神情谦卑地请我就座。他的姐姐也出来了,好像是他姐夫告诉的,他年届四十的姐姐脸孔白皙,身材略短,高耸的云鬓上插着一支银色的簪子。她笑着来到我的面前,两只眼睛像我审视一只猎物那样看了又看。她的脸上始终洋溢着温和的笑容,我的脸候地红了,好像着火一般。

好像没过多久,他姐姐和姐夫就托人来到了我在西湖东山的家——我号令江南同类依靠口衔背驮,和水成泥建成的家。媒人是一个50多岁的老太太,一口的软腔花腔让我听着困难。不过,我知道了她要表达的意思,也抓住了几个关键的词语。我几乎没有犹豫,就点头答应了这门亲事。就连迎娶的

日子,也由着她订了。三天之后,锣鼓响起,临近我的门前,花轿落下,迎娶我的人胸前佩戴红花,红色方巾和一色的红袍像是一团落在地上的火烧云。我站起来,走出院子,转身锁门。我朱漆的大门从此将要蒙尘,从此之后,我甚至不会再来触碰它一个指头。

许仙果然是一个温和的男人,第一个夜晚,客人散尽,华灯初灭,洞房的红色蜡烛不停地往下滴。房间里安静极了,我坐在床上,自己掀开红色的头巾。我觉得我不需要什么来遮挡自己的面容,我的美是独立的,不会有丝毫重复和雷同。许仙推门进来,带着一身的酒气,他靠近的时候,我又开始发晕,但只是一瞬间。之后,我异常清醒,我把他扶到床上,替他脱掉靴子、外衣,摘掉帽子,剩下的许仙的身体显得单薄,肚腹微微隆起,身体还算匀称。我想人——男人的身体到底是什么样子呢?我解开内衣的扣结,一点点地拉开,他的胸脯在烛光下面显得不怎么真实,几根肋骨历历可数,皮肤有些粗糙。而许仙好像没有觉察到一个女子在审视他的身体,他嘴巴张着,鼻息粗重。接着,我拉下他的下身的衣服,一个男人就要完整地暴露出来了,那一时刻,我的心脏就要掉在地上了。

这时候,许仙醒来了,他的第一个动作就是抓住了落在膝上的白色衬裤,这令我惊诧,又让我欣慰——我喜欢和尊重保留羞耻感的男人。他抬脸看见我,脸色通红,我知道那是羞涩的结果。我转身坐下,像人那样,解开自己的衣扣,一下一下地,那声音好像传到了我的内心。只剩下内衣的时候,我侧身躺下,在他的一边,我感觉到后背的温热,慢慢地,使我千年冰凉的肉体有了火焰的感觉。他的手掌伸过来,微微颤抖,落在我的肩膀上。他的嘴巴好像迟了好久,直到他鼻息漫过我耳畔的时候,我才真切感觉到。

我感觉到了他的激动,他的舌头搜索了我的整个身体,就连多年之前被那个同类袭击过的地方也没有错过。他的进入显得迟缓,温和中略微有些粗暴,气息咻咻,好像在进行一场劳作。我感觉到了,温热的异物来自另一个人的身体,没有疼痛,我异常的温情,不由高声叫喊,与我多年之前南来路上听到的土炕上的声音一样。我有些忘乎所以,我要他把我整个吞下去,就像我吞食猎物那样行为莽撞,拖泥带水。

又一天开始的时候,一场梦也随之结束了。在人当中,我感觉到了苦难和琐碎,感到了生命的沉重和内心的空闲。第二年秋天,一场羞辱随着我的生产席卷而来,我们激情和爱情之后的结果竟然是一个人体蛇头的男孩,他没有啼哭,也没有发出过任何属于他自己的声音。在许仙为他编织的柳条篮子里面,他的眼睛一直紧紧闭着,长长的舌头从来没有伸出过口腔。我不知道该喂他吃些什么,我的奶汁好像是人类的,又好像不是,我试着喂过他,但

127

他只是用鼻子嗅嗅,便就缩回了嘴巴。我买来了鸡蛋,打开,不用水煮或者气蒸,他也没有张口要吃的意思。

许仙有些沮丧,他的姐姐和姐夫也感到了惊异,暗地里找了和尚和道人,那个法号法海的和尚已经看出我的真实形体了。在一个下午,他把许仙带到了高高的金山寺。我能做些什么呢?一个人要走,怎么可以拦住呢?我当年不是那样,众多的同类也没有阻挡住我逃离的脚步。我只有等待,在幼小的儿子面前,像一个真正的懦弱妇女一样,用良心和耐心,用尽一生的期望和绝望,彻底等回一个男人。

而一个春天过去了,又一个春天过去了,柳枝换了几换,草木铲掉复又长起,青楼的妓女、船上的歌声,身体和嗓音大不如前。宋朝已不复存在,草原的马蹄和弓箭一阵风卷之后,新的帝国重新站起。没有人再去怀念前朝旧事了,就连许仙,也在金山寺内,度过了不知多少的春秋。我们的儿子已然长成,他的蛇头终于消失了,像我当年一样,一阵疼痛之后,彻底成人。这令我心安,也曾经是我期望许仙重新回来的一个天大的理由。而许仙好像已经忘记了,又一年的秋天,我到断桥上面,一个人面对流水,一边的树木枯叶凋零,来往的马车上乘坐着新一轮的商贾和贵人。

许仙好像来过,我知道他不可能完全六根皆静,跳出红尘。那一把在桥下已然腐烂的黄色油纸伞一定是他留下的,在我的记忆中,除了许仙之外,这个朝代不可能再有人用这种颜色的油纸伞了。我走下去,把伞拣起来,零落的伞骨和残存的布片好像我多年以来的内心。我知道,许仙一直没有走远,他的鼻息和身体就在我的身边。

儿子像他的父亲一样,读书,帮着许仙姐姐的大儿子照看药店。从容貌和形体上看,儿子就是许仙,他们真的是父子,有人说:男孩像母亲,女孩像父亲。这一句人类的经验在我们这儿没有应验。我没有痛苦,倒觉得这是一种安慰。儿子20多岁的时候,我学着许仙姐姐和姐夫,托媒婆找了一个乡下的女孩。人长得不是很漂亮,但异常的聪明和贤惠。对我这个老太婆,也从来没有翻过白眼,吃饭做饭,管家理财,都是她一个人。我想我老了(其实我仍旧像和许仙成亲时候一样,没有皱褶也没有松弛,我得把风光留给儿媳),我在脸上假贴皱纹,染白头发,我不允许它们在风中脱下。

就在朱元璋称帝的那年冬天,许仙死了。半夜时候,我梦见一只大鸟在空中飞着飞着,身体就流出了鲜血。开始是一点,后来是满身的红,那血一直在落,从高高的空中,直线一样,一滴不剩地落在我的胸口上。我猛然惊醒,我知道,我一生最爱的那个人去了。我闭上眼睛,再一次流出了泪水——这是作为人第二次流泪,今后再也不会有了。我采了一张荷叶,让泪水滴在上

面,它落下的时刻,发出一种金属断裂的声音。我不想去凭吊他,对于许仙来说,只有肉体消失,他才真的属于我。

第二天早起,我叫来孙儿和孙媳,还有他们的儿子和儿媳,我说要出一趟远门,也许再也不会回来。他们哭泣,要奶奶和曾祖母在他们身边,我摇摇头,揭下假贴的脸皮,擦掉毛发上的白色。他们惊异,他们不相信我就是他们的奶奶和曾祖母。我笑笑,告诉他们说,我是不会死的。然后转身出门,像一缕烟岚。

我计算了从竹纸巷到他葬身地方的路程,不多不少,正好三千步。在泥土上面,我一次次地靠近许仙,一次次地返回,在他的墓前,像个少女一样,哭呀哭的,但再也没有流过眼泪。连树上的灰雀都觉得厌烦了,我站立的脚下已经寸草不生,蚂蚁和甲虫好像也再没有爬过。我之所以离开我和许仙的后代,是要从地下,修一条三千步长的通道,我不知道什么时候可以完工,但我一直清楚记得,许仙的身体温度和粗糙程度。也许他只剩下了骨头了,沾满了泥土,众多的虫子已经撤离,这个时候,应当是他最干净的时候。我这样想,三千步,三千年的路程,人类要用数百代,我只要一生——连绵的阴雨开始了,我得趁着这潮湿,一步一步向前,泥土下众多的草木根系、石头、煤炭、虫蚁和钢铁,我再次相遇,而却不是我的最终。

霸王别姬

半夜时分,我听见号角。后来是歌声,熟悉、简单、哀婉、凄凉。接着,东边,西边,北边的山上也唱了起来,同样的歌词和曲调,我一下子陷在里面,像颗石头,坐在冰凉的马槽上。歌声连绵不断,仿佛乌江的潮水,一波一波,漫上来,漫上来……摄取了我的魂魄,进入我的内心,熟练地剖开我多年的心事。我的眼泪流出来,鼻子发酸。我低头叹息,声音在灵魂上磨出一把明亮的刀子。它滑过我心脏的瞬间,我感觉到疼,尖锐,并且充满悲怆。黑压压的夜晚没有星星,附近的红杉树压低了身子,小小叶子在静止的风中满目悲哀。

我好久没有这样了。在霸王麾下,我只是一名马夫。转眼之间,已经有十五年的光景了。那年春天,霸王迎娶了虞姬,三天之后,就把我调换到虞姬的身边,还做马夫。所不同的是,霸王性情暴躁,腰悬的长刀随时可以取下我的首级。而虞姬温和、体恤下属,她让我在这个军营第一次拥有了固定的安全感。虽然战场上刀枪无眼,随时可以断送生命,但一个好主人——不,一个好女人,在她面前,我尽管有一些猥琐、自卑和羞涩,但毕竟是荣幸的、安全的和快乐的。很多时候,虞姬喜欢一个人骑马到附近的草地或者山冈上迎风落泪,或者抱着筝,端坐江边。

我第一眼看见她就感觉到,这是一个非常女子,世界多大呀,而她只有一个。我没有想到的是:我轻易的断言竟然垄断千年。和虞姬相比,刘邦的夫人吕雉算什么呢? 她只是一个在顺从中叛逆和下毒的女人。她妄图的江山在男人身上,而不会像虞姬那样临阵歌舞,横断东风,剑刃穿喉。

歌声,一浪一浪,我和兄弟们走出帐篷,三五紧挨,在歌声中沉迷于故乡——青瓦房舍,柳条街巷,浣衣的女子两鬓插花,燕子飞落的屋檐细雨淋漓,盛开的海棠和荷花围在村镇四周,它们的芳香可以持续和弥漫我们的一生。小儿村头嬉闹,莲蓬和西瓜,桑葚和荔枝,众多的枝头悬挂着江东的喜悦和甜畅。那一年霸王起事,我们跟随。在一个破损的年代,杀人的年代,我们图个什么呢? 战争开始了,霸王的铁蹄和长刀比传说的易水还寒,最多的一次,我亲眼看到霸王一口气砍掉了三十四颗人的头颅,鲜血喷出来,尸体栽倒,一层一层的尸体,可以填满我们村庄四周的水塘。我还清楚记得,第一次跟随霸王出征的时候,不知谁的鲜血喷在了我的脸上,滚烫的,腥气的,我差一点晕过去,我不知道战争竟然如此的惨烈,就像杀猪剥鱼那样。我有些后

悔了,想回家,可是每一看到霸王的脸色,我就不敢吱声了。霸王是永远向前的,在他眼里,一个人的后退就是整个军队的后退,一个人的叛逆就是整个江南的叛逆。

后来我习惯了,霸王的战争取得了决定性胜利。后来与刘邦反目——这是多么自然的事情呀。两个人,两个领袖,怎么会是兄弟呢。开始,他们结拜兄弟,对着上苍发誓,言辞凿凿,其情拳拳。两个人甚至一张床上睡觉,一口铁锅里吃饭,甚至共御一个歌姬。但很快,他们疏远了,开始是言语,后来是行动,再后来是战争。霸王杀刘邦父母的时候,我在城楼下面看着,两个人的对话我听得清楚。那个时候,霸王多么可爱,就像一个小孩子,他对刘邦的威胁显得多余和滑稽。我听见范增在前面小声说:这个长不大的孩子呀。然后叹息出声,长长的白须上面滴落一片老泪。

身下的马槽有些发凉,那些凉正在顽强地进入我的身体。也许我坐得太久了,也许是歌声或者回忆的缘故,他们都让我不能自拔。我的妻子今年应当是三十九岁了,在太湖边上的一个小镇;我的女儿也老大不小了,按照乡俗,都应当嫁了人家;我的母亲已经很老,她白色的头发总在脱落,从桑树下路过,也被叶子捋下几根;父亲早就去世了,没有留下一丝属于他自己的东西。很多时候,我想到妻子,我们分开十五年了,十五年,一个女人,她该怎样度过。在战争间隙,我躺在帐篷里,不由自主地想起了她,她的身体我多年没有亲近,她的头发也多年不曾帮着梳理。我以为,所有的苦难她和儿女们一定有办法解决的。她即使另外有人,我也不会怪罪于她,她依旧是我的好妻子。这么多年,一个女人,丧失了身体的权利,这是多么残忍的事情!叫我心疼。我曾经和其他的兄弟们一起,身经几个女人,她们都是麻木的,在战争中,她们最后的权利也变得单调、机械和不可救药。

我隐隐感到,汉军悲凉的歌声只是一个前奏——大规模杀戮开始之前的精神抚慰——他们在瓦解,这些歌声里面到处都是兵器和鲜血。而我却在其中沉迷,包括我的那些弟兄们,他们情不自禁,没有办法控制自己,这是多么残忍的事情。面对柔软的刀子,他们竟然表情漠然,满腹悲伤。我站起来,想要说些什么,可我只是一个士卒,有谁会听?我的腰部发酸,后背的刀疤隐隐作痛。江雾漫上了堤岸,湿润的气息在秋天的草丛和泥土上匍匐,滑行的蛇群一样。我的盔甲冷硬,穿过我抚摸的手指。歌声渐渐消失,汉军的号角好像地狱的声音,破雾而来。他们的灯火异常辉煌,就连树叶都是透明的。这算不算一个征召呢?

我想起那个白须老头范增,前些天惹怒了霸王,解甲归田去了。我想我若是能够返乡——我宁可不要范增的才干和智谋,我只要自己的一条身躯,尽管千疮百孔，但能够活着回到乡里，那将是霸王对我，也是我自己对自己最大的奖赏了。

就在我向往范增归乡的时候（准确说，范增离开的第十五天傍晚），虞姬的贴身侍女来了，她在门口大声喊我的名字，我很诧异。好长时间没有女人喊过我的名字了。在军中，一个男人的名字被女人叫响，有些奇迹的味道。我急忙站起身来，脑海闪过欲望，又很快消失。我知道她一定是虞姬身边的人，她叫响我的名字，是因为虞姬的命令。她大声叫的另一层意义，应当是明确阻止我的非分之想。我答应了一声，自感声音有些发颤。她站在营帐前面，高举的松明灯把她的脸庞照成了暗红色，她的脸庞姣好，鼻子高耸，眼睛和嘴巴有点像我妻子。她说，虞姬叫我去她帐篷一趟，我急忙整理了戎衣，跟在她的后面，她的臀部一颤一颤地，厚厚的棉裤也没能遮掩，我心神荡漾，我想象到了她的赤裸着的身体。

我进帐，虞姬坐在虎皮椅子上，整个身体陷在老虎的斑纹里面。她美丽的面庞上漾着一层哀伤，她的眼神充满了悲壮。我单膝跪地，俯首垂拜。虞姬的声音响起，像是从冰层中发出的，第一个字就让我全身冰凉。她要我去一趟范增病死的地方，带上霸王给她的一把木梳。她的意思是，要我替她为范增梳理一下毛发和长须。我并不讨厌那个老头，在军中，他是最为仁慈的，经由他说情而赦免死罪的将军不下十位。而今他死了，为他梳理毛发和长须，我觉得理所应当，领命的时候，我的声音特别洪亮。

我身下的快马飞蹄向前，路边的灌木模糊一片。到达的时候，霸王的人已经在那里了。我上前传达了虞姬的命令，他们从棺木里取出范增的尸体，放在一扇虫蛀了的门板上，端来清水，请我履行虞姬的命令。我认真地梳理着老头的毛发和长须，不一会儿，清水变浊，很多的沙子和泥垢，断了或者脱落的毛发落了一地，阻挡了好几只蚂蚁的去路。清洗完毕，我把一张崭新的北方粗麻布覆在范增身上，退后几步，向他鞠躬——这一条不是虞姬的要求，是我自己的——对死者尊敬，也是对我自己的尊敬。

战争一触即发，汉军的阵营绵延上百里，旌旗漫卷西风，马匹的嘶鸣，钢铁的碰撞，人声的喧嚣和战鼓的敲响，越过众多的浅水沟和三座山岭。乌江上的连绵战船已经横在了江心。我们看到了，霸王也看到了，霸王好像无动于衷。作为为他牵马多年的马夫，我了解他的脾性，他是一个坚信一人可敌千兵马的英雄，经常的胜利使他过分迷恋他自身的力量。我得承认，霸王的武功是非凡的，若是几千兵马，他一个人完全可以决战决胜，而现在，他面对的敌人不仅仅是韩信一个人，而是刘邦的大部精锐部队。那里面，有他昔日的战友和兄弟，更重要的是，江东的兄弟被那些楚歌率先打倒了，韩信的攻心

计策正中要害，我的那些兄弟们想起了故乡、父母和儿女，深陷在过往的温暖生活中一时不能自拔。尽管霸王下令他的将军们要将士们用棉花塞住了耳朵。可是什么可以塞住他们的想象呢？范增死了，一个干巴老头，在霸王那里，他胸中的计谋完全可以抵挡刘邦的百万雄兵。而他不在了，一个人死了，他还能为生者挽回什么？

而我，一个军卒，我的生命已经交付给了霸王。我就是霸王，霸王也就是我。这是霸王军队的一个传统。虽然也有背叛，但总是细微的局部的。对于我来说，战争的胜负都无关紧要，一个战士，我活着，在军中，在兵器和马匹、火焰、旗帜、枯骨和血流当中，我迟早要倒下的，就像一块朽了的布匹，或者一块北方的土坯，我从不期望能够发出多大的响声。

肉体多么松脆和轻忽呀！我体验过了，那一年秋天，霸王在与韩信的一场战斗中，一个长胡子的汉将用长枪撩开了虞姬的云鬓，铁铸的头盔石头一样砸在我的左肩上。虞姬愣神的刹那，我看到她俊美的脸上蓦然升起了凶残的杀伐之气，她飞速舞动的铁枪旋风一样，带动的风掀开了我脖颈上的围巾，吹开地上的青草，锋利的枪头刺进那个汉将的胸膛，那声音像是骤然撕开的布匹一样，嚓的一声，鲜血冒出了，箭头一样，直射虞姬的胸脯。随后，我听到人体摔落地面的声音，噗——如此的简单，周围的刀枪仍在碰撞，众多的肉体倒下来，倒下来，似乎一堆草芥。我不忍心踩上他们的尸体——他们不就是我么？这种念头在霸王那里是要受到惩罚的，但虞姬不会。有时候，我绕过尸体向前，虞姬看到了，还冲我启齿一笑。那笑在我内心燃起了火焰，那种温暖的、理解的和赞许的笑，我一生都不会忘掉。一个男人，能够引得虞姬这样旷古的女子一笑，生命、故土、往事、爱情、奖赏和功勋算得了什么？我一直感动和铭记着虞姬的笑，在我内心，它是我一生的荣耀和生命亮光。

笑和生命一样容易消失。内心的珍藏和回味显得温暖，但也有些单调。在军营，喜欢和暗恋虞姬的何止我一个兵卒？虞姬是美，在我心里，却不是她的容貌——霸王身边的歌姬比虞姬更为美丽的比比皆是，但谁也逾越不了虞姬身上和内心散发出来的那种迷离、悲怆和深情的味道——是的，味道，这种味道使我爱恋终生，它是我作为马夫，作为战士的一剂彻骨的良药，是氤氲花雾中正中我灵魂的那一点芳香。

我的心情——军中众多的心情，虞姬好像感觉到了，又好像感觉不到。对于一个暗恋者来说，有一些东西在内心明灭就足够了。我还记得去年夏天的那个傍晚，我牵着虞姬的枣红马，驮着她到骊山，她照常用手指弹奏着筝，悲怆曲调在废墟的宫殿和山野蔓延开来，我亲眼看到草叶上的露珠接连滚落泥土，噗噗的声音像是深夜偷袭的士兵，在湿润的山地，它们好像听懂了虞姬的内心,或许是在一个旷世的女子面前无法自持,而选择彻底的死亡。我站在虞姬十步开外的青草地上,满山遍野的蒲公英、杜鹃、黄菊花暗吐香气,高于数丈的榆树和椿树上鸟儿不动。整个大地静止了,在筝的凄绝音律中静止了生命活动。远天流云,大火赤红,暮霭中升起的狼烟垂直向上,直达天庭。虞姬好像也沉醉了,她的手指肥瘦适宜,尖尖长长,飞快的挪动好像鱼儿的舞蹈。

好像是三更了,军士们已经酣睡,警戒的兄弟坐在草丛上打盹儿。而霸王的军帐灯火明亮,他高大的身躯被灯光投射出来,他身边的将军笔直站立。霸王的盔甲发出沉重的钢铁声音。他高绾的长发耸立着——那一定是虞姬为他绾的,我下意识摸摸自己的束发,松懈的布绳一拉就开。每一看到霸王的束发,我就胡思乱想,美丽的虞姬,她是怎样用灵巧的手指,把霸王那些铁丝一样的怒发拢在一起,捆绑结实,并且那么好看呢?而我的头发是松软的,若是虞姬来梳,至少不会耗费她太多的时间。而虞姬是不会的,这一生,我的头发只能由自己梳理了——我时常黯然神伤,一个人在马厩前面,在众马的倒嚼声中,仰望苍冥,叹息出声。

汉军的阵营悄无声息,闪动的火焰照着白色军帐。他们的士兵持枪而立,红缨头盔好像是整齐排列的芦苇。这些头颅和头盔会在什么时候掉下呢?又是在谁的长刀和剑戟之下?我一直弄不明白:将士们请功行赏的时候,为什么要提着敌人的头颅呢?揪着他们四散的头发,断喉鲜血冷凝和下滴——每次看到,我总是不由自主地摸摸自己的脑袋。同乡的展芮说:杀人就要彻底,头颅掉了,身体便不足为惧了。这和霸王的思想仿佛:砍掉头颅,再勇猛和智慧的人就再也不会与我们为敌了。也难怪,暴力是霸王从始至终的武器。而张良的办法是杀心——杀心,究竟比杀头痛苦多少?

现在是后半夜了,夜风冰凉,江雾消退,虫子的叫声绵延不绝。我想这些地下的小小生命,它们一定吞噬了不少人的血肉,使它们的身体强壮,田地肥沃。这种耕种方式虽然代价高昂,但收益定然不菲。我转身,虞姬的军帐还有亮光,虞姬的背影映显,她苗条的身子像是一条年幼的蟒蛇,在松明灯光中摇曳。她在想什么呢?她等的那个人应当是霸王吧——我不敢确定。在跟随她多年的经验中,我隐约觉得,虞姬的内心肯定还有一个人占据着——究竟是谁呢?我不敢确定,但绝对不是我。这一点,无庸置疑又让我倍感沮丧。好在我只是一个马夫,一个跟随霸王和虞姬的无名小卒,我若是将军——可以与霸王或者刘邦相提并论的——我一定要把虞姬拥入怀中,即使一刻血流成河,枯骨成山我也不会放松。

天气更凉了,暮秋的乌江岸上,对峙的兵马在此刻消停,而大批的血腥已

经开始漫霪了,我嗅到了,更多的将士都会嗅到的,不管是汉军还是楚军。我回到自己的帐篷,同睡的战士鼾声如雷,他松软的身子像是一枚黄色的竹叶,只消一根枯枝,就可以让他的生命在睡梦中消失。我躺下来,单薄的被子潮湿,没有一丝暖意。反而加重了我的寒冷。我睡意全无,脑袋格外清晰,我再一次想到了妻儿,现在一定睡着了,她的梦中有没有我——这似乎并不重要,重要的是她有没有足够御寒的被褥和衣装呢?女人总是叫人心疼的,没有男人的女人她靠什么来取暖,什么使她可以时常娇笑和自感安慰呢?战争又要开始了,我想我再也回不去了,两个人就此诀别,地上和地下,一抔浮土和一个生命之间,到底有没有一条真实的亲近方式呢?

太阳出来了,满山的雾气升上天空,众多的鸟儿从树冠飞起,它们似乎也嗅到了浓重的血腥,一只只翅膀慌乱,姿态趔趄,掠过军营上空,飞向远处。这时候,我整齐着装,套上笼头,戴上马嚼,系好马鞍,牵着缰绳,站在虞姬的枣红马的前面。虞姬随时要骑,我不敢怠慢,也不可以怠慢,虽然虞姬是一个温和的人,轻易不会责骂或者杀戮下属。阔大的草地上将军排列,兵勇整齐,但我已经清楚地听到了此起彼伏的叹息。霸王好像也听见了,他黑红的脸腔上升腾着浓烈的杀气,他发灰的胡子好像虞姬的马尾巴,一直垂到小腹。我想那也是虞姬刚刚为他梳理过的——有福的男人,虞姬的手指不仅探进了他勃勃的内心,也给了他真实的形体抚慰。

霸王要开战了,连续几天的沉闷令他无法容忍,而按兵不动的韩信此时一定在军帐内捋着胡须轻声发笑。霸王想象到了,这个出身和刘邦一样卑贱的男人,兵权在握之后,竟然如此的放肆和轻狂。这无疑是对霸王的最大羞辱。他无法容忍,颤抖的手掌一次一次握住刀柄。他眼睛中的杀气像是阿房宫三个月未熄的火焰。他的将军带兵去了,在汉寨前高声叫骂,许久之后,汉军没有一点反应,免战牌悬得高高。他们的饭食热气腾腾,众多军士蹲在枯草上大口饮酒,高唱楚歌。他们的旗帜迎风招展,黑色的"汉"字、"刘"字、"韩"字像是一口口巨大的铁锅,模样怪异而又凶恶。

一天过去了,高度戒备的军士好像松了一口气,我和他们想的一样,汉军暂时不会发动进攻的,霸王好像也这样认为。傍晚时候,暮霭再起,乌江水流无声,大批的鸟儿重回旧巢。星斗隐约,下弦月隐藏在云层后面,但光亮清晰。平静的气氛有些沉滞,我有一种预感:一个悲剧就要开始了。事实上,霸王有三个夜晚没到虞姬那里去了,他失败的结局昭然若揭。这对一个男人来说,是不是最大的悲剧呢?在霸王心里,帝王和虞姬哪一个更重要呢?三天不见虞姬,霸王似乎有些憔悴,昔日的英武在虞姬面前显得委顿,也许只有这个时候,霸王才是真的霸王。他在虞姬帐前徘徊了许久,脚步有些沉重,高昂的头颅略微有些下垂。他掀开虞姬军帐的时候，似乎还有些犹豫，脚步停滞了一下，然后快步走进。

虞姬似乎知道他要来，碎步走到霸王面前，抬头看着高出自己一头的霸王的脸。她的眼睛里蓄满哀惋，冷静、悲悯的光芒在霸王粗糙的脸庞上游弋。她拉着霸王走到床边，没有像往常那样，要霸王替她宽衣解带。霸王坐下来，躺倒在虞姬身边，他尺长的手掌伸向虞姬的面颊，光滑的，粉嫩的，香艳的容颜令他顿生柔情，眼泪噗然溢出，打在虞姬的额头上。虞姬眨了一下眼睛，没有说话。

这时候，霸王绝望了，他的动作充满了虐待和摧毁，虞姬牙咬嘴唇，不发一声。她知道，这一定是最后的了，对于霸王，她知道自己无法再为他做些什么，战争的胜负不是一个女人可以左右的，尽管她曾经瞒着霸王做过一些什么。但在那个男人心里，还有什么比他的帝王梦更为诱人和强大呢？虞姬的失败就是整个女性的失败。她曾经沉迷于幻想，妄图以感情挽回一个男人失败的命运——但事实的徒劳和失败令她彻底回到了霸王的身边，她收拢的心情有些疼痛，但更加坚定。她知道，自己只是一个女人，在死亡之前，她所能够做到的，仅仅是对霸王，也对自己，完完整整地做一次真正的女人——这一个夜晚，她的肉体、灵魂、一生的温暖和疼痛都是她和霸王的。这种感觉令她有了一种前所未有的安慰和激情，她觉得只有这样，自己才算是一个真正的女人。

这时候，我还在睡梦当中。大概是半夜时分，我听见了虞姬的歌声，凝冰一样，在我的耳膜弥漫和敲打。我悲从中来，肝肠寸断，整个胸腔充满了激烈挥动和撞击的刀刃，火光飞溅。我起身来，循着歌声，走到虞姬的军帐前，远远地看见，我的主人——虞姬，她在舞剑，冰冷和悲怆的歌声在剑器的飞速舞动中投射出来，剑光煽动火苗，呼呼的风声撩开了帐幔。霸王站在一边，他的身躯像是一尊雕塑，凝重、坚固、孤绝。他看着他的虞姬，他豹子般的眼睛里充满了无奈和绝望。

虞姬仍在舞着，整个军营都是她的歌声，将士们都醒过来，走出帐篷，一步一步，走到虞姬的帐篷前面，我回头看的时候，众多的人头，众多的脸庞朝向歌声和虞姬舞动的身影上。收剑的时候，虞姬抬手，白亮的剑刃从自己的咽喉滑过——我听见了那种刀割皮肉的声音，细细的，好像青丝割断，指甲滑过花片一样，清晰、独立、婉转、决绝。霸王大吼一声，抢步前来，抱住了虞姬正在倾倒的身体，他大声叫着虞姬虞姬虞姬，眼泪夺眶而出。虞姬再一次睁开眼睛，微笑着，看着孩子一样号啕大哭的霸王。

汉军的喊杀声在黎明响起，铺天盖地，嗜血的弓箭和刀刃横空而至。在

霸王最为悲愤的时候,虞姬的尸体尚还温热,他没有来得及穿上战袍和盔甲,便跨马应战了。一场惨烈的战斗在垓下展开了。虞姬死了,我的内心一下子空旷起来,到处都是荒草和浮冰,黄沙和火焰。这个世上让我最向往和暗恋的女人去了,还有什么可以用来转移和弥补?我抓起长刀,跟在霸王马后,投入到了我这一生中最悲壮的战斗当中,我变得异常凶狠,那些死在我刀下的汉军,他们几乎没有发出任何声响。那时候,我直觉我就是一把刀,我杀得性起,竟然忘了疼痛——不知何时,我的右臂不见了,鲜血喷溅。与我相遇的那个汉军看见我有些惊恐——或许是我的脸色太可怕了——在他犹豫的瞬间,我轻易地砍掉了他的头颅,他的鲜血喷在我的脸上,我抹掉,看见又一把刀刃,向着我的脖颈——我转身看见了霸王,他的头颅没了,长长的身躯被一把长剑撑着,他没有倒下去,像一根倾斜的长形石头,他的姿势好像在叹息,又好像是抢抱虞姬尸体时候的模样。我笑笑,栽倒,在垓下,我倒地的瞬间,水声澎湃,大风骤起,大雪噗然降落。在渐趋安静的大地上,一群乌鸦飞来了,它们哇哇的叫声,由远而近,而后无声。

兰若寺:梦境的忧伤

若干年后,蒲松龄骨殖成灰,《聊斋志异》流传于世。作为其小说主人公之一,我仍旧活着。民国十一年仲夏,我再次回到兰若寺。松柏镇的烟火依旧茂盛,酒肆林立,过往军人和商贾的马匹拴在脱皮的梧桐树上,长刀和包裹搁在黑漆木桌上,猜拳行令的喊声从敞开的窗户传出来,掠过行人的耳膜、飞旋的尘土和对面的青砖墙壁,在幽蓝幽蓝的天空跌宕,在青楼的欢笑和呻吟中消匿。我走得累了——两个月的路程足以让我觉到了道路和目的地的艰苦与漫长,直到看到松柏镇城墙的时候,才长长出了一口气。

坐在一块长满苔藓的石头上,我擦掉额头上的汗水。五个百年过去了,松柏镇的松树仍旧清脆,一根一根,就像当年姥姥扎我手指的钢针,闪着晶亮晶亮的光芒——蓦然想起来,手指忽地又疼了起来。我低头看了看,把纤指蜷回又松开,如此几个来回,我才确信我的疼痛是臆想的。

有些残破的城门上镶嵌的三个大字——"松柏镇"颜色暗红。我依稀记得,那字是宁采臣写的。他的字是柔软的,就像我的身子,没一点生硬的地方。我站在高高的城楼下面,把那三个字看了足够一炷香的工夫,太阳在头顶,穿透了我打着的青灰色雨伞。地表的温度潮湿氤氲,像茧丝一样,一点点漫过我的身体,我大汗淋漓,浑然不觉。

这时候,采臣已经逝去多年,我们的重孙子也都九十多岁了——而我还活着,我的这种"活着"好像成为一种惯性,多少年来,我一直感觉自己在数着时光的肋骨——时光的肋骨就像刀子一样,一下一下,在我面前,或在我的四周乃至遥远的地方,一次一次,一个一个,将人命带走——我悲痛,眼泪横流,但看得久了,也就无动于衷。

我清晰记得,采臣死的时候,我们家后院多年不开花的海棠一夜间花朵满缀,清香的味道在半夜,在摇曳的煤油灯光中,浮荡到我和采臣的面前——采臣依在我怀里——他确实很老了,皮肤松弛,斑点遍布,无精打采,瘦得让我不忍心看见。

采臣的头发白过我的肉体。他的皱纹让我想起匕首的划痕。自从他病倒之后,我就一直抱着他,在我们那张油漆剥落的雕花木床上,听着他粗重的带痰的呼吸,抚摸他几乎只剩骨头的身体。暗夜,我总是想起我们的当年——而采臣从不提及,但并不等于忘记。尤其是我们第一次见面——我觉

得，那始终是我的一个羞耻，每一次想起，就有锥子一样的东西在我的心脏扎，羞红的脸颊火焰升腾。我总是觉得，一个风华绝代的女子，在男人面前情感和身体的失败，应当是一种不可饶恕的耻辱性罪过。

好在，可资安慰的是，从那一刻起，我就深深爱上了这个男人。但爱和羞耻、罪过之间不会有冲突。就像我和采臣一样，人鬼殊途，坎坷一生，却相爱百世。我在采臣内心，贯穿了他整个身体和灵魂；他在我灵魂当中，是可触可摸的血肉之躯。

人人都说：人死如灯灭。采臣闭上眼睛的那一刻，照耀我的那盏"灯"也随之熄灭了。满树的海棠花一夜之间谢落，第二天一早，落在地上的残片仍旧鲜艳。我们的子孙围着采臣的灵柩大声哭号。来帮忙的人，杂乱的双脚在花片上踩来踩去，不一会儿，花片都烂了，粘在鞋底上，嵌入泥土中。

我在黑色的棺材面前跪着，只有眼泪，没有哭泣。临死之时，采臣将嘴唇附在我耳边说：我死了，你不要哭。当时，我不知道为什么。他告诉我，如果我哭了，他就不会真的死了，灵魂会始终在我身边徘徊不去。他不愿意再让我守着他苍老年迈的身体和形如无物的灵魂，垂眉低首，毫无生机地在嘈杂人世活着。

正午时分，采臣的尸体就被抬了起来，沿着宁家庄西边的田间小路，一直走到凤阳坡上，早就挖好的墓穴像是一张嘴巴，巨大、湿润，还有新鲜的草根和卵石。不一会儿，人们扬起的尘土，黑色云朵一般，落在采臣的灵柩上，不一会儿，就耸起了一座坟丘。

他们都走了，只剩下采臣和他的坟茔。我不走，我们做知县的重孙在采臣的坟旁盖了一间房子。我一个人住在这里，清水在背后的河谷里，不大的流水珍珠一样，日夜鸣响；茂盛的树木秋枯春荣，年年不竭。尤其是春天盛开的花朵，勤劳和欢快的蝴蝶与蜜蜂，嗡嗡着，似乎是尘世间最美的音乐。

劳作的人们就在不远处，他们戴着斗笠，穿着白色的汗衫——我一直坐在采臣坟前，看看天空，再看看近处，更多的时间目光在杂草疯长围困的采臣坟茔上。那些疯狂的草呀，我怎么铲都铲不尽，春天还没有真的来到，它们就蔓延开来——我一直在和它们做着不懈的战争，我不要它们掩住采臣，不要野草成为我和采臣之间又一道障碍——我不能够容忍生命对生命的覆盖和掠夺，就像我恨不得时光也在我的身体上刻下苍老和皱纹一样。

夏天，那么多的果实和花朵，那么多人在田地里干活。我的重孙们经常来看我，带来许多好吃的东西，叫我曾祖母或者老奶奶，我笑了，我总是在想：他们是多么年轻呀，清洁的身体光洁、弹性，白得像雪。如果采臣能够返老还童那该有多好,我也一直不老,即使他一次又一次地老去,但又可以一次次新生。

那么,我们的身体和内心,爱情和灵魂将永无止境——每次这样想,我就会笑出声来,一个人,站在低纵的山冈,徐徐的风像是采臣抚摸的手掌,温情得让我真切地感到了这个世界,竟然是那样的美好和永恒。可是,每次冥想之后,我都忍不住叹息,流泪。清澈的泪水打在衣襟、草叶和花瓣上。

我一直穿着采臣多年之前给我做的那件白色长裙。他用十两黄金打制的簪子还插在我的青发之中,只是那把红漆木梳陈旧了,齿掉了,残缺不全;但我仍旧使用,每次梳头,都感觉有一只手掌在捋我的长发。我感到幸福,在那面同样不老的铜镜面前,我失血的、苍白的面庞依旧动人——大大的眼睛,忽闪的睫毛,红润的嘴唇和洁白的牙齿——我多么美啊……而失去爱人的美,是不是一种残酷呢。

有一天黄昏,我在睡眠当中,看到采臣忽地站在了我的床前,依旧是当年在兰若寺的容颜。他轻声对我说:明年夏天,我们一起回到兰若寺吧。那儿是我们的开始,让我们回到那里。我点点头,对他笑。他俯身亲我额头。我明显觉得,他身上有着一种汗液和泥土混合的味道。我不知有多少年没有嗅到了这种熟悉的味道了。我一阵激颤,正要拥他的时候,而他却起身走了,眨眼之间,就没了影子。

猛然醒来,睁开眼睛,仍旧是夜晚,屋里屋外一片漆黑。我再也不能入睡了,坐在黑夜,怀抱自己,像大水之中的岩石,黎明时分孤独的星辰。大地寂静,世界空旷。我感觉自己就坐在尘世的内心,周身寒彻,但却心胸澄明。

紧接着,大地蓬松,冰层解冻、树木抽芽,青草弥漫,阳光清鲜。这一年春天,似乎明成祖年间,世道一片混乱,到处都是兵戈和战火,流离的百姓一路向南。我不知道,到底发生了什么事情,只是觉得,那些战火和刀枪,都没有我的采臣重要。

春天还没到来,采臣坟上的青草就开始疯长了,平均三天,我就要替他清理一次杂草。因为劳碌和紧张,也因为就要动身去兰若寺,这个春天过得异常迅速,我恍惚觉得,我的汗水还没落地,它就走远了。到五月初,天气骤然热了起来,我锁了房门,又看了看采臣的坟茔,笑了一下,叹息一声,沿着多年不走的黑土乡路,走出了村子。

村庄消失,我也就消失了。我早已不属于那个村庄了,或许本来就是。多少年前,采臣把我带回来的时候,我只是一个幽灵和一把骨灰,后来我奇迹般地成为血肉之身。开始的时候,我觉得十分兴奋,尤其是和采臣在一起的

时候,我贪恋,包括肉体,我梦想着自己永远都要这样。而梦想成真的时候,采臣却无法抵挡时间的消磨,把我一个人留下来,自己去了遥远的地方。

路上的风景与当年没有两样,照旧的官府,照旧的木车、马匹和人群,往年的烟火和青楼照旧兴旺。走到嘉兴城,在一家酒肆吃饭时,蓦然和一个张姓的秀才相遇,他过来搭话,我回答。他用一面白色的手帕给我写了一首诗。那诗是向我求爱的。我看了看,笑了笑,觉得有些新奇,但没有动心。

告别的时候,我把手帕还给了他。还有一个商人,他说他第一眼就爱上我了——我知道,这种感觉我也曾经有过。他说他要用万两黄金为我建造一座"佳舍"——我从来没有住过那么昂贵的房子,而我想,黄金的房子,没有人,没有采臣,也仅仅只是一座房子而已。

又一个傍晚,我在荒郊野外迷失了方向,茫然四顾之时,有马蹄声音传来,不一会儿,一个人骑着红色的马匹从我身边掠过,看她的穿戴,似乎是女人。她在离我10丈左右的地方勒住了奔马,大声喊我,要我和她同乘一匹马——我从来没有骑过马,在马上,我感觉到了道路的短暂,迅疾的马蹄声在空旷的夜晚显得格外清脆。

到达一个名叫新港的镇子,我们下马,一起吃饭,同住了一间客房。她告诉我,她要去南京,她的未婚夫考中了状元,等着她去完婚。她说的时候,眼睛忽闪忽闪的,满脸都是幸福。我不由得想起来当年——在距离兰若寺千里之遥的宁家庄,采臣正式娶我的那天晚上,我也是这样的——女人的幸福似乎都是男人给予的,没有男人,女人所有的幸福都显得虚妄。

第二天清晨,我张开眼睛,她早已不见了——也难怪。一个心有所爱的女人,心情自然迫切。我起床,洗漱,化妆,在清水中看到自己的脸颊。我笑了笑,我想我还是当年的美丽模样。这使我高兴——采臣在兰若寺等着我,在我们相爱的地方再次见面,我们还会像从前那样。

这样想着,我加快了脚步,早晨的时候像飞,掠着草叶和泥土,身子像蝴蝶一样在官道上蹁跹。在我心里,再长的路也不足为惧;再多的人,也比不过我的采臣。一路上,那么多的媚眼,那么多的小生——他们哪能比得上我的采臣呢?

我穿州过县,遇到土匪和盗贼,商人和骑士,妓女和嫖客——我觉得他们的活着都没意义,钱帛和功名,快感和杀戮——所有的东西都如此浮华,我从不看在眼里,放在心上,我知道自己一生,注定要在厮守、缱绻和分离,乃至在残忍的等待和渴盼中度过。

松柏镇终于到了——这个令我刻骨铭心的地方,当年,在我手里死去的那些人,肯定有出生并在这个镇子长大的。虽然事隔百年,但谁可以忘却那些疼痛呢?路过一面老墙的时候,一个上了年纪的老头还在说,当年他的祖先也是在兰若寺不明不白死去的。他说他的先人死后,裸露的脚底上有两个黄豆大的血口——我想起来了,那是姥姥教给我们的杀人方法。那些年,她一直用老态龙钟、皱纹密布的嘴巴对我们说:那样才可以不留痕迹,并且获得最新鲜的人气和精血。我突然感觉到了悲哀——一些事物,总是在伤害中才可以更好地存活,只有掠夺才可以旺盛自己的生命。

　　两边房屋还是当年模样,衙门两边的石头狮子怒目金刚,看起来凶猛,可是它们当年并没有阻止我们的杀戮。兰若寺那么多的佛像,多少年的香火也没有使它们获得灵性。我匆匆穿过街道,出了西门,路过一条小溪,清亮亮的水珠在石头上飞溅,叮咚的响声像是我当年丢弃在兰若寺的那对手镯。有些黑色的鱼儿跳出水面,又落进水里;有一些飞翔的鸟儿,从树林飞出,又从外面回来。我突然感觉到,这世界是如此的重复——从哪里来还到哪里去,是一个永恒不变的法则。

　　通往兰若寺的山路好像宽了许多,两边的巨石四周都是青草,野兔、狐狸蹿来奔去,青草浩荡,泥土湿润。迟开的花朵在风中摇摆,柔韧的身子像我柔软的腰肢。我向上走着,当年的柏树林依然庞大,丰硕庞大的树冠遮蔽了大片天空,阳光从缝隙间像箭矢一样飞射下来,照着地面上厚厚的一层落叶。

　　远远看到兰若寺,我百感交集,想到当年的杀戮生涯,想到第一次见到采臣。我的心有点发慌,坐在一面石头上,就要见到采臣了,我得梳洗先打扮一番,要让他看到当年的我——尽管风华不可能绝代,而容光一定要焕发。这一次,我想我们再也不会分开了,无论还要忍受分离、疼痛、针刺和杀戮——我们都要生死一起,世世相守。

　　兰若寺四周偌大的柏树林里依旧阴森,不知名字的鸟儿叫声幽深。到处都是腐烂的落叶,都是坟茔和纸幡,旧坟新土,年年如此。当年的兰若寺照旧破败,掉落的大门内外蒿草掩人,猛然蹿出的蟒蛇比我的身子还粗。

　　我又看见了当年壮丽的佛龛,东西两厢的僧房门窗完好,好像有人重修了一样。院子当中的草和藤蔓俨然一个小小的森林。踏进门槛,我的心剧烈跳了起来,我想起那个叫燕赤霞的人,他一定是不在了的,而当年的姥姥和几个姐妹会不会还在呢?我的采臣究竟到了没有,现在又在什么地方呢?我想着,一边用木棍拨开纠结成团的蒿草,向着当年采臣住过的那个僧房,一步一步走去。

　　虚掩的门吱呀而开,破旧的房间灰暗、冷清、阴森。灰色的蛛网好像棉花团一样,牵满整个房间。我拨开,一步一步,靠近采臣当年睡过的那张木床。它已经腐朽了,我还没有走到,带动的风就把它吹塌了。

　　我的采臣呢?他明明要我到这里来的,而他现在何处?我出门,坐在已经烂掉的门槛上,把包裹放在膝盖上,打开,取出铜镜,我看到,自己忽然老了,不知什么时候,满脸的皱纹,满头的青丝变做了白霜,竹笋一样的手指一下子布满了皱纹,身体臃肿起来,小腹上堆起了厚厚的一层脂肪。我感到惊异,感到悲伤,我不知道自己为什么一下子变得苍老——这简直就是对我的一种残酷嘲笑。

　　我的采臣就要来了,我如何去面对他呢?他一定不会认识我了。我这么苍老,他从来没有见过的。我猛然起身,把铜镜举起来,朝一堆乱石投过去,它的响声惊动了僧房内的老鼠,但还没有碎裂。就在这时,西边的僧房门吱呀而开,一个身背长剑的老头走了出来,他灰白的眉毛扬了一下,眼睛依旧炯炯有神。

　　他叫出了我的名字:聂小倩。我一下子怔住了,心神茫然。这么多年来,没有人喊过我的名字,我自己都要忘记了。而他喊出了,声音是那么熟悉,把我的思绪拉到了数百年前。我茫然应了一声,问他是谁。他说你都忘了老朋友了。我迅速想到了燕赤霞。他微微点点头,脸上的笑容让我陌生而又熟悉。我走过去,站在僧房的台阶下,问他我的采臣呢?

　　燕赤霞没有回答,我接连问他,他还是不回答。我告诉他,采臣明明告诉我的,他要我来这里。过了好久,燕赤霞才开口说,采臣是来过了,好像是前年今天。我急忙问燕赤霞采臣去哪儿了?燕赤霞将了将长须说:你那个杀人如麻的姥姥还在,小妖和姐妹也还在,照样从事当年的营生。前些年,有一个山东的老头到这里,一身寒酸,且迂腐不堪,也像当年的宁采臣一样,借宿在荒凉的兰若寺,若是有他燕赤霞在,恐怕早成为一堆枯骨。临行时候,他把我和采臣的故事讲给了那个老头,几年后,书坊里流传着一本叫做《聊斋志异》的书,上面就有我和采臣的故事。

　　我笑了,没想到,我和采臣的爱情也会成为故事,被书写和流传,成为一种传奇。我觉得安慰,忍不住想起当年——文弱的采臣和杀人如麻的我,在兰若寺一见钟情,历尽磨难,远避千里,度过了那么多的美好时光……又被文人秉笔书写,成为流传——这是多么美好的一件事情啊。我向燕赤霞要那本书,回到房里,一字一字地看完——那就是我和采臣的当年!我哭了,眼泪落在墙角的尘埃上,溅起一团回声,心脏咚咚跳着,像我和采臣平生在这里的第一夜,羞怯、慌乱、激越而神圣。

我突然感到了恐惧——自从离开之后，我从来就没有想到，什么时候再回到她们这里。而事实竟然是如此的残酷。采臣要我来，我想只是两个人，谁知道当年的那些人一个都不少。我颓然坐下来，冰冷的石头上苔藓满身，光滑但不至于让我跌倒。

因为劳累，夜里睡得很死，没有听到一丝风吹草动。大致是清晨时分，我还没醒来，阔别多年的采臣回来了，背上果真背着一把剑——锃亮的枣木剑鞘，红色的缨络和逼人的锋芒，铮铮而鸣，满含杀机。我扑在他的怀里，嘤嘤地哭了起来。我仰着脸问他："我老了，丑得像个老太婆，你还会像当年那样爱我吗？"采臣看了看我，呵呵笑出声音，抚摸着我花白的头发说："你什么时候都是我的小倩，年轻，或者老了，死了，也还是我宁采臣的。"

我也笑了，笑得花枝乱颤，手舞足蹈，不能自已。还没入夜，我们就关闭了房门，在僧房里疯狂做爱，呻吟和叫喊的声音传遍了整个兰若寺，震得屋梁上的灰尘簌簌直落。我好久没这样欢愉了，简直就是一场肉体的盛宴，我全身心地觉得了饥渴，觉得了进入饱满、湿润和动感。住在隔壁的燕赤霞似乎嫉妒了，哐当一声打开破旧的房门，在空旷的院子里舞起长剑……后半夜的时候，屋后风起，姥姥他们来了，她在僧房外大声喊着燕赤霞、宁采臣和我的名字。采臣起身，帮我穿好衣服，便取了枕边长剑，飞身出门。

我听见刀剑撞击的声音，燕赤霞和采臣怒吼的声音——大风卷起落叶，星光在乌云中逃遁，就连那些聒噪的鸟们，也噤若寒蝉，不知去向。好久，我开门，看见院子里留有一团黑色的鲜血，那血已经凝固了。燕赤霞、姥姥她们和采臣都不见了，我大声喊着采臣的名字……星光重回，大地渐次明亮，还是没有人回答。

天光大亮的时候，闹钟响了，我惊醒，大汗淋漓，湿透全身。老了的母亲在院子里先是铲草，那草不高，显然区别于我在梦中兰若寺见到的那些；而后浇花，水珠如蜜，珍珠一样打在青草、花叶和花冠上，噗噗的声音在清晨显得格外响亮。

伍

故乡

　　我无数次想起母亲的话：谁到最后都要
回到原来的地方。很多时候，我甚至能够触
摸到这句话粗糙而结实的纹理，有时像是一
根尖利的针，刺着我的心脏；有时似乎一团
棉花，暖着我最寒冷的部位。

故乡

我爱的黄金是你们

妻子一直在疼,在深夜,凌晨和中午——众人午休的时候,她的疼显得格外清晰。我和岳母在一边——我不知道该怎样帮着妻子免除疼痛,它太顽强了,一个人,在另一个人的身体内,他的动作模糊不清,而他给予的疼痛却令妻子无法安静。我只好在床边,抓紧她的手,让她咬、掐、撕破、出血。我听着她的喊叫和呻吟。而岳母的镇静让我愤怒,又不敢吭声。她总是在说,没事的没事的,生孩子就这样,忍一忍就好了。

我知道,疼不是用来忍的,它是用来被消除的,我不愿意在疼痛中获取一些体验。我甚至拒绝针式注射,拒绝一些衣服的毛刺对我肉体的骚扰。而现在疼着的,不是我,是妻子,她怀孕了。她的身体内有了一个人,我看不清的他的面目,但我已经隐隐感觉到了,他总有一天会来的,在我们,在他们,在这个人世上,像我一样活着,长大、尘土、油烟、伤口、鲜血、开心和疼痛。

一天,一天,又一天过去,在疼痛之中,时间的消失让我感到悠长和绝情。第三天下午的时候,医生叫响了我的名字。我在她后面,进了房间。她递给我一张打印的文字,说,你看看,看清楚,想清楚,再签字。我站着,那张纸在手中沉重,令我手指颤抖,那上面写满了我的恐惧。我的脑海霎时空白,好像发晕。我抬头,看了她的眼睛,说,我得回病房一下。她说去吧,和你媳妇商量一下。

妻子照旧躺着,疼痛使她的面孔有了皱纹,嘴唇裂开了口子,还有清晰的血迹。我走过,坐下来,把纸递给她。她看了,也好像没看,就递到了我的胸前,说,签吧。我看着她的眼睛,说不签。她拉过我的手,眼睛看着我,咬牙点头说:签吧。我摇摇头,说不签。她又攥紧了我的手掌,说签吧,我和孩子一定没事的,你放心。我再摇摇头。坐在一边凳子上的岳母起身,拿过那张纸,看了看,说,签吧,这能有什么事儿!一股火焰从我内心腾冲而起。我转脸,碰上她皱纹的愠色的脸,以及她看我的目光。我缓慢收敛,轻声说,万一呢?她站起身来,大着嗓门说,哪儿来的万一!我不语,看了看妻子。她也看着我,再次攥紧我的手掌,又使劲地点了点头。

我签字了,熟稔的名字竟然生疏起来。我找不到了它们的肢体,我停了又停,好像过了很长时间,才写完"杨献平"三个字。墨迹没干,我就起身回到了病房。妻子和岳母问我签了没有,我没有说话。走到妻子的床前,她的面孔骤然新鲜起来,像平生第一次见到那样,怀孕所致的斑点,方方的脸蛋和细

147

细的眉毛。她的嘴唇也清新了许多,她的手指细长,长长的指甲可以嵌入我的心脏。

我坐下来,一直看着,抓着她的手掌,轻轻摩挲。内心涌起来一些令自己无法抑制的暗潮,汹涌、激荡,拍打着我的胸腔。护士敲门进来,大声叫着妻子的名字,随后进来的推车、白色的被褥让我感到压抑和害怕。我扶妻子下床来,又让她躺倒在推车上。出门了,我推着她,她的脸就在我的胸前,我推着,向前走。走廊太短了,医生值班室、护士站、消毒室、病房,好像一些轻薄的纸张一样,从我眼前滑过,晃动。我看着妻子,她也看着我。我的眼泪掉下去,打在她的额头上,她抬手要帮我擦掉。我躲开了——我不知道自己为什么要躲开。妻子冲我笑笑,张开的嘴巴里面舌头红润,牙齿整齐而洁白。而我却笑不出来——有一个巨大的东西,它覆盖和垄断了我的内心。

手术室到了,一道大门,上面是玻璃,下面是木板,浅黄色。它好像常年那么开关着——被人推开,又被惯性唤回。护士叫我走开,她接过了推把。我没有松开,紧攥的手掌凝结在那里,护士又大声说了一声。妻子拍拍我的手臂,说,没事的,你等着,我很快就出来了。推车一点点远去,在大门之内,在长长的走廊上,钢轮摩擦瓷砖的声音单调得近乎阴森。我的眼睛贴在玻璃上看着——护士摇曳的白色衣衫,拱着脖子回头看我的妻子,天蓝色的围墙上没有灰尘。另一道门开了,推车停顿,右转。一点点进去。看不见了,我还是要看。接着,传来的是另一扇门闭合碰撞的声音。

医院太大了,那么热烈的太阳,也没有把它烤热。在门外,在红色的铁皮凳子上,我坐下来,又站起来。岳母一直坐着,一直在说,没事的没事的,一会儿就出来了。我没有听见,反复起身、走动、张望、坐下。我的身体发凉,胳膊和脖子上泛起了细小的疙瘩,我双臂抱紧,系上衬衣的所有纽扣——还是冷,那种冷好像出自心底,就像在我的身体内放置了一块不会融化的寒冰。氤氲的冷不绝如缕,一点一点上升,浸透了我的皮肤和血肉。

我不停地掏出手机——时间缓慢、悠闲得有些病态,好像睡着了一样,骨头松懈。我在大门外来来回回走,我的皮鞋在水泥上敲出响声。有人上楼下楼,有人经过有人进去,但不见人出来。我反复使劲盯着把妻子挡住的门,它在走廊的尽头,像是一个居高临下的王,或者一个坐禅的僧人。我没有它们的耐心,我需要尽快看到我的妻子,看到从妻子身体中走出来的那个人。

终于有人出来了——一个漂亮的女护士,她出来了,从手术室,像一只白色的蝴蝶,轻轻地飘出来了。她怀中抱着一个婴儿,由远而近,她的浅跟皮鞋敲着地面好像是木棒敲打骨头。我想推门进去,可又想起来了护士和医生的叮嘱。我只好把脸再次贴在大门的玻璃上,看着她迈着轻巧的步子一点一

148

点地向我走过来。岳母也贴近大门,说,孩子出来了。她的语声有些颤抖,我知道她高兴。

我也看见了他,和她妈妈一个模样,令我惊奇的是,他居然睁着眼睛,两颗黑色的眼珠慢慢转着,他一定看到了我,看到了他的姥姥,看到了陌生的墙壁、行人和妇产科明明暗暗的长走廊。

岳母想抱住他,护士说不可以。她有些怅然,呆呆地站立了一会儿,转身对我说,我们去看看孩子好吧。我说妈你去吧,我等她。又一个护士出来了。她告诉我,就快出来了。我的心落了下来,但瞬间又提起——见到了那才是真的,在生命上,我不愿意猜测和道听途说。我承认我有一种与生俱来的不幸猜想症。那些躲在身体和生命四周的黑色面孔,我害怕它们。

好像又过了很久,钢轮摩擦地板的声音响起来了,推车载着妻子。我冲过去,把大门甩得爆响。妻子面色苍白。她看到我,咧嘴冲我笑笑,然后又闭上了眼睛。我再次接过来,推着她,看着她好像睡了一样的脸庞。亦步亦趋的护士高举着瓶装药液,一直白色的塑料管线,在一根空心针的带领下,以点滴的形式,进入妻子的身体。

妻子的身体赤裸,隆起的肚腹瘪了下来,白色的小腹上覆着一层棉纱,四周未干的血迹、过分苍白的肌肤——我知道,这就是他——我们儿子出生,来到人世的地方。那肉体、生命和信仰的缺口,一个生命从那里跳跃而出。他当然体会不到疼痛。我和妻子也不需要他来共同体验——也不要他疼。我们抬起妻子,她的身子轻了好多,但不能弯曲。我托着她的臀腰部,由两个护士主导,把妻子平稳放在床上。岳母早就关闭了空调,她说,生产后的女人是不可以见风的,我母亲打电话也说,还要我给她准备一套棉衣。

妻子睁开眼睛,看着我的脸,我把她的手掌放在大腿上,看着她失血的苍白的脸。她笑了笑,颤声说了一句什么,我听不清。我把耳朵贴近她的嘴巴。我听见她用喉咙在说,给老家的妈打个电话吧。我嗯了一声,没动。岳母也说去打一个电话吧。我迟疑了一下,又低头看了看妻子。

阳台上尽是阳光,尽管傍晚了,她的火焰仍旧灼热,我感觉到了脚底的灼烫。我对母亲说,生了,剖腹,大人和孩子都平安,男孩。母亲在电话里舒了一口气,说那就好。又交代了一番注意事项,挂断电话。整个房间好像一个巨大的蒸锅,热烈的空气在我们身上跳动。妻子睡了之后,我走进婴儿护理室——他一个人,在小小的木床上躺着,我走近,他睁开眼睛,一直看着我。他的脸蛋,眼睛,眉毛,都是妻子的。嘴巴和脑袋像我——岳母也这样说。我就在他身边着,看着这个刚刚谋面但早已熟稔的人。他对我好像也不生疏——他还在妻子肚腹里的时候,每次回来,我总要把耳朵贴在妻子隆起的肚腹上听他在里面的动静——肢体、心脏的活动,搅动羊水,声音沉闷而清脆。我隔着一层皮肉一次次叫响他的名字。给他听音乐,说一些故事,朗诵诗歌。他好像听到了。有时候他闹,我打开音乐,他就安静了,我知道他一定在听,也一定听懂了。

而现在他出现在我们眼前——我们是熟悉的,那是一种天性的因循和传递。他哭的时候,嗅到妻子的体味就会停止下来。而妻子,刀口长长,裂缝深深,她甚至不能够吃东西,只是水和药液,间隔小便——我接在便盆里,再倒掉。看着她疼,咬破了自己的舌头和口腔。而他也开始活跃起来,哭,吃,拉撒。妻子挣扎着要抱儿子,我不让,岳母端着,他的嘴巴找到了母亲的乳房,他吃着,小小的嘴巴喝喝有声。

这时候,只有到凌晨的时候,气温才有所下降。第三天的时候,妻子的刀口有所愈合,医生说可以出院了。我说那我们就回家吧,妻子点点头,嗯了一声说,带上咱们的儿子。我笑了笑,笑得有些勉强和不自然。我知道,一个人来了,虽然早就在我们的生命和生活当中了,可他是真切的、隆重的。尽管如此,我还是有些猝不及防。一个人,一个生命,他来到,他成长,他向前——大致的过程多么简略呀,其中的过程和细节我怎么也不会明了。

回家路上,岳母抱着他,妻子在后排捂着小腹坐着,我在前面,车子很慢,没开空调。沙漠上的气浪像是伏地的云雾,在空寂的正午戈壁水泥路上,缓慢行驰。回家第七天的早上,岳母出去买菜了,妻子搂着我的脖子说:“我进手术室的时候,你为什么哭?”我说:“我不知道。”“在儿子和我之间,你要谁?”我说:“两个都要!”“只有一个呢?”我想了想说:“要你!”

我说出的时候,儿子在妻子身边睡着,他表情沉静,完全没有听到我的回答。我看着他酷似妻子的脸,听见他均匀的呼吸,不知道将来他知道后会怎样想。也许,等他的后代出生的时候,他的妻子也会这样问他。他怎么回答,我不想知道,也不必知道。再几天之后,我一个人去了儿子出生的医院,向医生和护士再次表示感谢,并拿回了他们医院开具的出生医学证明和给单位的通知书。

出生医学证明

新生儿姓名:杨锐(巴特尔 Bateson)

性别:男

出生日期:2002 年 6 月××日××时××分

出生孕周:39＋3 周

出生地:甘肃兰州市××场区

健康状况：良好。体重：4200 克。身长：50 公分
母亲姓名：章××，国籍：中华人民共和国。民族：汉。身份证号：（略）
父亲姓名：杨献平，国籍：中华人民共和国。民族：汉。身份证号：（略）
出生地点：中国酒泉卫星发射中心医院
医院出生证号：（略）

×××××××××医院（盖章）
2002 年 6 月 20 日

×××××××医院通知书

致×××××××：

你单位章××于 2002 年 6 月 1 日 11 时入院至 2002 年 6 月 10 日出院，住院计 10 天。

最后诊断 1. 初产头浮（妊娠 39＋3 周 1/0ROP，于 2002 年 6 月××日××时××分行剖官产娩一男婴，重 4200g，评 9 分）；2. 巨大儿。

出院（转院）时病员状况：母婴健康出院。需休假天数及其他建议：1.按规定休产假；2. 产后 2 月禁房事；3. 产后 42 天门诊复诊；4. 不适随诊。

经治医师：签名（医院盖章）
2002 年 6 月 20 日

我爱的黄金是你们

妻子刀口基本愈合的时候,我们的儿子也长大了许多,身子变硬,尽管脖颈还不足以支使头颅自由转动,这对我们来说,就是一个进步。到这时,我才想起,我竟然没有给妻子和儿子照过一张相——我甚至觉得,应当把妻子做剖腹产手术时的实况录下来——留给儿子看吧。等他成年了,或者有了自己的爱人之后,他们一起看。我拿了相机,妻子抱着儿子,在小区的大门外的马路上,衬着葱绿的杨树和整齐的楼房,他们就永远留在了那个时间里。连同那些静态的建筑和树木,地上的黄沙、水泥和行人。

　　我要上班了,走出家门的时候,突然感觉到了离开的生硬——他的便溺不见了,身上的奶香被土尘替代。妻子的仍旧不能够自由伸展和行动的身子逐渐模糊。周末回到家里,妻子格外热烈,她早早打了电话,问我几点钟回来。我还没有进门,就嗅到了饭菜的香味,在整个楼道里,给我隆重的迎接。公文包还没有放下,妻子就过来抱住了我的腰。儿子在床上睁着眼睛,或者努力练习翻身,他吭哧吭哧的声音细小但清晰。

　　我得承认,在儿子满月之前,在内心,我仍旧没有真的把他看做是我和妻子之外又一个家庭成员。对他,总有一种外来者的感觉。他有时候哭,哭得没完没了,我哄他,他越是起劲。只有他妈妈的奶汁可以阻止。他含嗫妻子奶头的嘴巴很可爱,但吃的时候手脚不安静,一只手总是挥舞着,在空中找一些什么似的。三个月之后,他变得白皙、俊秀和丰盈,整个身体像一团新鲜的棉花,我喜欢含住他的小手,很香,有妻子的奶味。

　　在此之前,我竟然没有主动亲他一下。妻子的奶水充足,有时候他吃不完,挤在碗里,要我喝。我尝尝,很好喝,但没喝,放了一会儿,只好倒掉。8个月,他会爬了,在床上,在地毯上,撅着浑圆的小屁股,两个膝盖着地,像个皮球一样快速跑动。10个月,我们要给他断了母乳,妻子怕他哭,也不敢见到他撕人肝肠的哭,犹豫了一周左右,我把他抱到了姥姥家。岳母说,孩子到天黑的时候最想妈妈,怕他哭。我抱着他,给他喂牛奶,他居然喝了,而且没有哭一声出来。等他满一岁,他就可以站起来,自己走路了。令我高兴的是,他走了没有3米长,就自己跑起来了。虽然会跌倒,会因为疼痛而哭,但不要紧,他会走路了,有时候散步,他比我和妻子跑得还快。

　　他喜欢各种车辆、篮球、音乐、书,这些令我高兴。妻子多次问我:儿子大了,你希望他从事什么职业呢?我说我不知道——他的未来还在未来,我们看不到。他能够含糊说出妈妈的时候,妻子教他喊我爸爸,他不叫,一直不叫。我想我那些心思他是不是知道了?这使我忐忑,惭愧,有时候拿别的原因来欺骗自己,我对妻子说,他不叫我爸爸,那肯定有他自己的想法。直到1岁3个月时,他叫了我爸爸。我受宠若惊,抱着他在地上转了10圈,自己头

晕了,而他不晕,我停下,他啊啊着要我再转。

儿子是爱闹的——男孩大都这样。他有充沛的体力,只要睁开眼睛,就总是在动,在发出声音。一岁半,他俨然一个3岁小孩的身体了,喝奶的时候总是要抓住妻子的袖口,或者胸口。吃饭用手抓菜,米饭不要我和妻子喂,自己用左手拿着勺子吃。我周末回来,他扑上来叫爸爸——不是一声,而是连串的,一声比一声高,辽阔洪亮,尾音拖得很长。我和儿子一起的时候,就是抱着他转,他喜欢被我倒提着走,或在床上静止,他啊啊笑着,尤其开心。他喜欢坐在我的身上,有时候故意把光光的屁股搁在我脸上。我抱着他睡觉,快要睡了,他一声一声叫着爸爸。我出差,他指着墙上我和妻子的结婚照叫爸爸。有别人来了,我的微机、书籍、茶杯、衣服不让人动,甚至他母亲动了我的东西,他都会喊:爸爸的爸爸的。

我知道,每年秋天的时候他会有一次大的感冒,持续一周以上,总要住院才会痊愈。周末的时候,他会坐在我腿上,让我放音乐给他听,他喜欢古筝、小夜曲和管弦乐。好动的他似乎只有这时候才是最安静的,虽然会睡着,但他喜欢,这是一件美好的事情。再过半个月,就是他两岁的生日了。两岁,多么新鲜的孩子,我有时候想,我自己要是自己的孩子多好呀。可是我看到自己的尿液是浑浊的,而他的却如同清水一样;我看到自己身子上有了不少的皱纹,皮肤黝黑,而他的却绵软、白嫩、蓬松和舒展;躺在床上,我会做点什么,辗转反侧想事情,而他睡就是真的睡着了,只有梦呓、笑声和哭声……在此刻,他已经睡了好久,和他妈妈一起。而我在微机面前,说着关于他们母子的一些事情。他们是安静的,我却是活动的,在安静的凌晨,我不知道自己到底要说些什么。我想我走进卧室的时候,一定会看见他们的睡眠、半掩半露的身体、均匀的呼吸、翻身的梦呓——我不知道他们梦见或者没有梦见什么,我只是想说:妻子和儿子,两个贴近我的生命,现实中可以让我触摸和亲近的人——我一无所有,我爱的黄金是你们!

在春天慢慢疼痛

似乎一夜间，其实是我的茫然和疏忽，巴丹吉林沙漠的花朵们又一次次第开放，青草和树叶也不甘落后。最可爱的是果园花朵下面安静的苜蓿。除了无止的风，它们什么也不想，在漫浸的渠水中，孩子一样摇头晃脑。围墙外成排的葡萄藤长出绿叶，身体在空中悬挂。四边的马莲草一丛丛散开，与刚刚冒出地面的沙蓬一起，遮住了干燥泥土——这是巴丹吉林一年中蓬勃的时节，很多年来，我在其中观察、行走，一次次地在水草氤氲的绿意中沉醉。

而对我来说，2009年这个春天残酷得不可一世——3月9日凌晨1时30分，父亲在南太行村庄，自己建造的房屋中，毫无波澜地故去了。卧病七个多月，瘦成一把骨头，最终华衣锦袍，奢侈而又悲怆地躺在了土下。记得临回西北时，在路上看到父亲崭新的坟墓，心尖颤了一下，胸腔里似乎一下子堆满冰凌，冷得骨头都疼。快到市区时，从车窗看到，一间店铺上写着"售水晶棺材"……我们怎么没有给父亲买一口呢？

不是我吝啬，而是我不知道。离开家这么多年，乡村的风习早已遗忘得一干二净了。父亲故去后，很多细节和讲究都是年长的村人告知。我遇到不知道的事情，也主动询问几位长辈。记得摔瓦盆时，开始以为到坟地再摔，起灵时，一个堂哥把钻了几个窟窿的瓦盆递给跪着的我，要我摔。

到坟地，我在最前面，正要走向坟穴，负责拉我的人却让我跪在距离坟地外三米的地方，眼睁睁看装着父亲的棺材被人抬去，放在坟穴里。这时，我们还不能哭（乡俗说，这时候哭，会把自己也埋进去）妻子哭喊着向前扑，怎么也止不住。我呢，果真没哭，心里一直有个声音在说，这以后，父亲真的再也见不到了。

一个人就这样去了，从虚无到具体，从生命到骨肉，像是一股不停轮回的旋风，在世上来来去去，肉体是唯一的景象。肉体消失，一切都等于乌有。内心的痛和怀念都那么缥缈和不切实际。

等我回到巴丹吉林沙漠，寒冷依旧，但春天已在萌发。空气发暖，把皮肤熏得发痒。孩子们在放学路上扬着一头热汗。看着风中摇摆的柳枝，墙根冒头的草，我想，在故乡，在那片坟茔下面，父亲是我们种下的一颗灵魂，春风吹动，万物生长——父亲会不会也在生长呢？他的身体是否会再一次突出地表，还做我们的父亲，他的灵魂可否真的像传说那样万世不灭呢？

我和妻子老是做梦,不管中午还是晚上,每次都梦见父亲——形姿各样,就像真的一样。妻子总是在半夜惊醒、梦呓,一身的汗,扑进我怀里,用被子蒙住头,浑身打哆嗦。我抱着她,看着挤在房间的夜色,想父亲,生前、故时,乃至插满花圈和柳树枝的坟茔,肚腹胀满,胃疼,一声接一声叹息,流泪,喃喃叫父亲。

我想,父亲的死,已经成为我们一家人最大的心灵灾难,在我一生,这一灾难无休无止,除非也像父亲那样,安静离开,不再开口说话。这个想法异常残忍,但是无法遏制。每一个人的人生都有同一个方向。爷爷奶奶之后,是父亲……这是一个链条,不约而同地奔赴,前仆后继地投入。这是一个更大的悲哀,唯一能使人觉得高兴的是,每一个人前面,都还有更多的人。

上班没过一周,接通知,请假,再一次去北京,在偏僻的昌平城郊,封闭的院子里,看到逐渐盛开的玉兰花,黄的白的都有,在干枯的草坪上,把京都郊区的天空和大地衬托得格外素洁和哀伤。有一个中午,躺在床上,我又做了一个梦,很恐怖,一下子惊醒,但很快忘了内容。打电话回去,妻子也说这段时间以来,她也一直做梦,梦里面总有父亲。

站在朝南的窗前,目光沿着天空下滑,在一朵白云处停住,然后向下,我固执认为,那朵云下,一定是我的故乡,父亲的坟茔在那里伫立,亡灵在熟悉的村间走走停停,看他生命之后的人和诸般事物。

我总是想起父亲故去时的模样。我和妻子凌晨赶回家里,父亲躺在原来的位置,身手冰凉。我掀开敷着的白色毛巾,看到父亲:脱水很厉害,长脸变短,下巴掉落,干净的唇上没有一丝胡须,左眼仍旧睁着,似乎一直在看着什么。我觉得,父亲故后的面相像是另外一个人,戴着一顶黑色的瓜皮帽,穿着肥厚的大衣,盖着三床崭新的被褥,在梧桐木做的棺椁内安安静静地躺着。那姿势,像一个沉睡的婴儿,又像是涅槃的高僧。外面那么吵,他一声不吭,仍旧保持了生前的沉默习性和超强忍耐力。

父亲生前,在土里山上求生活,在田间地头抢镢头刨地,坐在树荫下抽烟,看远处近处的人,听远远近近的鸡鸣狗叫;在连绵的山坡上率领羊群,从别人手里接过钱财,手里的镰刀割下紫荆,背回来编篮子、花篓子。有些年,他和同龄人到外面打工,给人盖房子,放工后,自己挑着行李卷儿,近一点儿就步行回来,远点儿乘车。回家的第一件事,是坐在门槛上,点根香烟,很有滋味地抽,再从内衣兜掏出一沓黑糊糊的钱,嗒一声,递给母亲。

六十岁了,附近村里有人盖房子,母亲还让父亲去。一干就是半个月以上,结算工钱时,母亲接,通常会少要几百,算是送工。父亲照常在地里家里忙。母亲说，2007年春天，父亲的病已经"显苗"了，可母亲还逼着父亲把鸡粪往地里挑。父亲说，俺挑不动了啊！母亲说，不挑咋办？父亲就拄上一根木棍，一手掐着腰，嗨呀着，一步一挪地把鸡粪挑到田里。

说到这里，母亲就哭。好几次扑在父亲身上，叫父亲"老头子"，然后眼泪鼻涕一大堆。父亲尸首停放在屋里时，衣服上落了一层灰，母亲一遍遍用手拍打掉。我跪在灵前，一次一次地为父亲点燃柏香和蜡烛，昼夜不停，并不间断地点燃卷烟，插在堆满香灰的碗里——烟卷烧得特别快，像有人在一口口地抽。父亲生前没有什么嗜好，唯独抽烟和吃炒花生。我想，父亲一定在抽我给他的香烟，那么贪婪，直抽到把过滤嘴都烧着了还不放手。

跪在地上，我哭，喊着对父亲说："爹，献平心里有愧，献平没有照顾好你。献平回来迟了。"接着叫爹，俺的好爹！父亲似乎听到了，脸上盖的马头纸轻轻掀动了一下，我抬头，看到父亲的脸，一直未闭的左眼睛似乎在看我，还像往常一样，不怒不喜，一脸黯然。从家里到麦场停灵时，我在前面，打着招魂幡，拄着柳木哭丧棒，大声哭。过桥的时候，就大声哭着喊叫说："爹，过桥嗯，过桥嗯！"按照乡间讲究，是生怕父亲跌倒或者（灵魂）落在某处。

从家到对面的麦场，转了一个圆圈，路过两座村庄，很多户人家。我在最前面，低头哭，叫父亲。沿途的人都看，胆小的，在自己门前点了谷草（用来辟邪，阻止亡灵入户骚扰）。到麦场上，安顿好父亲的灵柩，我们跪下，继续痛哭。傍晚，花钱雇请的歌舞团和吹鼓手来了，很多人来看。我和弟弟坐在父亲灵前，或者跪在谷草上。外面的毫无休止的喧闹让我悲哀。我想，人活着的时候，吃苦受罪，风吹雨打，到死了，没了，却还要被这么多的人惊扰。生者何以忍心，亡者灵魂何以得安？

长辈和亲戚们说，这都是做给乡亲们看的。妗子、小姨安排我和弟弟及

妻子、弟媳和干姐姐说,在麦场要使劲哭卖命哭,声音越大越长越好,要让别人听到,叫乡亲们看看你们孝不孝顺。

我觉得更加悲伤和无奈。一个人活着时候,在村庄和家里可有可无。死了,没了,又能惊动什么呢?谁会真正悲痛,对这一个生命从内心表示惋惜呢?一个人的生命到最后不是受到虔诚的尊重,且还要如此花样繁多地打搅。一个人在乡间数十年的生命存在及其价值,到最后却只能被子孙的哭声和"排场"大小来计算衡量……我看着父亲的棺椁,外面的歌声和笑声淹没了夜晚的一切,像是一种蓄意已久的覆盖和抹杀。

母亲说,11年前,奶奶死的那天,灵柩也停放在麦场上。那时候还没铺水泥,满地黄土。晚上,大雨滂沱,父亲和弟弟把奶奶的棺椁盖住,两人在泥坑里泡了一夜……除了雨,就只有奶奶的亡灵陪着他们。我想,现在父亲故去了,他那么善良和卑微,上天应当会有所表示的。果不其然,他们正在歌唱、蹦跳、欢笑的时候,雨越下越大,越下越猛。但歌舞照旧,很多的乡亲们打了雨伞,津津有味地看。几个乡亲和表弟拿了雨布,帮我们盖住棺椁。夜里十点多,歌舞停止,人群散去。除了滴滴的雨声,大片的黑夜,万物无声,抬头不见一粒星星。我从内心觉得了安慰。对孝服同样濡湿的弟弟说,这就对了,本来就应当这样,这是父亲对我们的惩罚。唯有这样,心里才好受些。说完,还特意走出细雨中,在空旷的麦场上站了一会儿。

夜雨把山川笼罩,把灵魂洗净。唯有自然才能表达对生命的重视、珍爱和怜悯。唯有被惩罚,才能减轻负罪和失去父亲的痛苦。我想,我们父亲的一生,虽然籍籍无名,知道他名字的人不过数百个,恩惠不过十数人,但他也是一个人,一个高贵的生命。他的死同样可以说是"人类自身的损失"——所有人的夭亡都是我的夭亡,所有人的痛楚都是我的痛楚。这是一种境界,如果每一个人都会如此深刻和悲悯,那些所谓的"仪式"和"排场"将不会在亡者灵魂前发生。

第二天,歌舞和吹奏声照常上演,观看的、忙碌的、吊唁的,像是不约而同参加某种集会。我在父亲灵前看着,忽然觉得心疼和愤怒,为父亲,为这些忙忙碌碌,龇牙咧嘴的人。任何人都逃不脱死亡,现在观看他人,而后是他人观看自己。我觉得了一种"合情合理"的残酷和冷漠,一种对生命和灵魂的轻视——这是一种固有并且传之久长的"习性",生者在死者面前取乐,获得愉悦和享受,而逝者,在狭窄的棺椁当中,又该是怎样的心情。

在村里,人人都说父亲"老实",是"好人"。一生难说1000句话,对任何人任何事都不发表意见。在他去世之前,我也这样以为,可到他真的"不说话"了,想起他以往的种种细节,我发现,我们都是错误的。其实,父亲心里有本账,他比我们家乃至周边的任何人都"聪明",他不说,是他明白,他不表达,是他觉得没有必要。他是一个以超强忍耐力对繁杂乡村世界及"人群"利益纷争采取"不合作"态度的人,是一个用沉默的外衣完成自己在人世独立人格和姿态的人。

村里长辈说,父亲年轻时很调皮,凡农事都会做。还时常给关系不错的堂嫂子们开玩笑,拧怪话。患病七个月,远远近近的亲戚和乡亲都来看他。他去了,很多人都叹息着说他是个好人,甚至说"咱们村里最后一个好人"没有了。"死者为大",这句俗语是南太行乃至中国乡村,所有生者对亡者最大的尊重。每一个灵魂都需要拜谒,每一个生命都应得到发自内心的尊重。

故 乡

第二天早上,天气放晴,雾霭在对面的森林里,将高耸的山峰缠绕得像是仙境。起灵时,我们这些"孝子贤孙"被带到灵棚外,向父亲跪下。我接住瓦盆,看了看,双手扔在地上,哐当一声,直击耳膜。帮忙的人拿了绳索,捆绑了父亲棺椁,抬到拖拉机上。

我抱着父亲的遗像,打着招魂幡,拄了哭丧棒。走在队伍最前面,低头哭。我想父亲就要被送到野外了,就要在爷爷奶奶的骨殖前成为另一个崭新的亡灵了。我明显地觉得了一种疼,来自心,来自骨头。我哭我的好爹、苦命的爹、忍耐的爹、舍不得的爹、再也没有了的爹。几次,我返身跪下,扯着嗓子,要喊破一样,喊爹。后面的人一直在催,我只能被人架着,引领着父亲的亡灵,向坟地走。

在路上,我哭喊,我不想整个世界听到,只想父亲的亡灵听,不想更多的人看到和联想,只想父亲在天上看。从对面路上,我看到母亲在家院子里哭,

在地上打滚，一声声喊她的"老头子"。我的鼻涕眼泪落在白色孝服上，招魂幡在风中使劲拉扯着我的手。到坟地下的马路边，我下车，跪在迟到的父亲的灵柩前。我再次喊爹，喊俺其实不傻的爹，好爹，心里有本儿明白账的爹。

后面的弟弟、妻子、弟媳、干姐姐等也都大声号啕。

父亲的灵柩到了，红色的棺椁，像一座山，在拖拉机上，载着一个人的肉体和灵魂。我觉得震惊，猛然想，一个人的最终竟然以这样的方式离开——围拢和送行的人群当中，唯有他毫无知觉，不闻世事，不计得失，是那么的安静和自由。

灵柩到马路边，再向上是小路。他们拉跪着的我，让我起身，带头往坟地走，我哭着，引着父亲，向他早已知道的墓穴所在地走。爬上一面坡，再路过几块麦地，赫然张开的坟穴像是一张兽口，那么安静而又残忍地等待父亲的肉体和灵魂。

他们把父亲放进去，叫我去铲头三锹土。我止了哭声，跳在父亲的棺椁上，从左边铲了两铁锹土，又从右边铲了一铁锹，放在父亲身上。然后，跳到空地，向着填埋父亲棺椁的乡亲，重重跪下，请他们帮我把父亲埋好。

在炕上抽烟、呻吟、说笑和张望的父亲不见了，家里一片空荡，母亲眼睛红肿。我看到，墙上父亲的遗像比以往更生动，更睿智，更自在，更威严，不论从哪个角度看，他都能看到我。当晚，躺在床上，我看四边的墙壁上，都是父亲，微眯着眼睛，穿着我在兰州给他买的那件中山装，直立着，不眨眼睛地看我。

或许，父亲仍旧没有离去，他在我们家的每一个地方，用从前的沉默眼神看。他再也不用下地干活，不用出外打工，不用呻吟出声，也不再对母亲和我们大声说话了。他完成了在世间的"功业"，成为灵牌上一尊端坐的神。

第二天，和弟弟一起去"后代"（母亲的娘家人）家"谢孝"（乡俗，带麻花去"后代"家致谢），妗子和嫂子、表哥都说，生前，恁们都对恁爹不赖，他去了，心里也没愧见了。我嗯嗯着，心里想，对父亲，我可能是不孝的，尽管在他病重期间多次回来，陪在他身边，但是，这也不过是个形式。如果能延长父亲的生命，使他真正好起来，健健康康地再活几年，和母亲做伴，让我每次大老远回来进门就看到他，叫他爹，这样似乎才是真的孝顺。

回来路上，我对弟弟说，这以后，咱俩就是没爹的孩子了。弟弟嗯了一声。回到家里，我又对妻子也说，我以后就是没爹的人了。妻子嗯了一声，叹息。在村里见到其他的亲戚和乡亲，都对我说，恁对恁爹不赖啊，伺候到了，花（钱）到了，丧事也办得挺好。我说我心里有愧，对不起俺爹，以前总以为爹年纪不大，病灾不会来得这么快，谁知道……他们说，这没办法，每个人的命都是有数的,谁都要过那个时候。我听了,咧咧嘴角,站在院子里,看着冒出芽尖的椿树树枝和地面上返青的茅草,不知说什么好。

第三天,去给父亲上坟,我和弟弟带了铁锨,给父亲平整了坟茔。大概是夜里刮风的缘故,父亲坟上的花圈有些散开了。白花伏在崭新的土上。哭丧棒插得不够深,我逐一朝里面按了按。好让它们趁着春天,在父亲身上和灵魂中成活,长成参天大树。我重重跪下来,点燃纸钱,呼呼的风,把黑色的纸灰吹成蝴蝶。点了七根香烟,插在父亲的墓石之间,又给爷爷奶奶点了七根——它们呼呼而燃,烟灰直立,风吹也不倒。

我们哭,我趴在左侧,趴在土上,土下是父亲。妻子、弟弟、干姐姐和弟媳妇等都跪着趴着哭。哭声在山坳激荡,被翻地的乡亲听到,在山顶的枯树枝上缭绕。我哭苦命的父亲,说自己想父亲,舍不得的父亲,哭,下辈子还要恁作俺爹俺的好爹……再几天后,去烧"头七"纸,看到父亲的新坟,肠子似乎被剪断了一样,拉扯着疼。再一次趴在土和父亲身上,我哭父亲的一生,父亲的苦和悲、疼痛和忍耐,沉默和委屈。

走出好远,回头再看父亲的坟茔,若不是白色的花圈,周边的山坡和田地没有什么区别。沿途间,也有几处坟茔,有的竖了墓碑,有的只是堆了几块石头。年代久的已然缩小,刚去世的似乎庞大一些。

晚上,妻子做梦,梦见父亲给她说话,特别清晰。醒来,复述给我。父亲对她说:"咱家人话儿多,事儿也就多。都缺乏忍耐力。啥事都是一样儿,忍一忍就都过去了。很多事儿你不说就没事,说了就是事儿。有些话不如不说,有些事儿做了反而成坏事。看看、听听、想想就行了,不碍大事的事儿不做不说的好。"

这些话,再一次证实了我的判断,父亲并不是"老实""不惹人"的"好人",而是对任何事情采取了忍耐的态度,对任何人事都保持沉默。他让他们与他无关,让自己躲在人群中而不被发觉,重不重视是别人的事,他用眼睛和心灵,做出自己的判断,但从不告知任何人——有几次,去邻村偿付父亲的医药费,在马路上,远远看到父亲的坟,心揪着疼。我想:坟茔就是每一个人的最终。而每一座坟茔也都会含纳一个人,他的身体决定了他在俗世的一切,而他不息的灵魂及后世子孙的"记得"、"祭奠"和"怀念",才是死亡的真实及永恒的所在。

清明节前,我仍在北京。想回去祭奠父亲,母亲在电话中说,弟弟和干姐姐等人提前一天去了,你刚走,就别再往回跑了。单位也不放假,我也就没有回去。但总觉得心里不安,距离这么近,三个小时可到,可我却没回去看父亲,实在是自私。第二天,我生日,和鲁青坐在饭馆,喝了一瓶啤酒,起身后,

忽然觉得晕。两个人步行到住宿的地方,沿途的柳树绿意垂拂,旁边的田里麦子整齐成长。有几只飞得很高的鹰隼或者别的什么鸟儿在蓝色的天空中保持飞翔的姿势。我对大门的卫兵说,看那鹰,并扬手指给他看,三个人在灼热的日光下,同时张望高空的鹰。

低头的时候,我想到生命的自由和灵魂的轻盈,越过草坪,到大厅,却又忽然想到生命的短暂、不可逃脱乃至丧失的悲痛。那一夜,和许多朋友喝了一些酒,半夜渴醒,睁眼就想到:我就要 40 岁,如果活到 70 岁,就只有 30 多年的时间了……我知道这个念头是父亲引发的,我对自己生命的计算也是以父亲作参照,且多算了几年。

这令我沮丧,悲哀如毒素蔓延。我躺在那里,浑然忘记了口渴。只觉得自己像是一张在空中悬浮的叶片,与苍蝇、飞蛾没有什么区别。在大地上,人和蚂蚁、昆虫形体各异,但命运雷同。我开始回忆,旧年——其实也就是几十年、几年前,那个自卑但举止癫狂,有时也不可一世的人,他的想法和作为看起来是那么狂妄和无知。他崇尚的荣誉、追求的生活乃至比天还高的梦想,都不过是一些半空掉落的羽毛,轻盈但近于虚无,美妙却没有任何重量。

两天后,车到秦岭,满山的绿,浑浊的河水载着新旧参半的村庄,从危崖和田地之外奔淌。山上的紫荆、野杏花、茅草随风鼓荡。金黄的油菜花片片开放,在视野内外,把灰暗的原野照耀得就像天堂。到天水,一树梨花占据一座庭院,孩子们在泥地上奔跑,四面的黄土山上,零星的牛羊像是百年不遇的过客,随着飞驰的列车,逐渐消失在原来的地方。

我知道我也在逐渐消失,就像过往的城市和村庄,山川河流,人类的痕迹,乃至亡故和存在的生命——每一个细节,一个眼神,一句话,都注定是过去的。到兰州,过黄河的时候,我用手机在诗歌中这样说:"我觉得自己正在遗失/在黄河上游,滩涂柳丛之外/命运一样越走越远,也越走越深。"过乌鞘岭隧道,我想到躺在地下的父亲,在遥远的村庄外围,他是孤独的一个人,一颗灵魂,在黑夜,谁为他点灯?

四月初,2009 年,第三次从故乡步入巴丹吉林沙漠的时候,我只是穿了一件衬衣,沿途的村庄之间,梨花开成诗歌,桃花比梦境还红。戈壁上飘动着稀疏的骆驼刺、马兰花、梭梭和红柳都萌芽了,在干燥沙土上,像彻悟的神祇,望着永不可及的天空,无忧无虑地生长。很多坟茔坐落在寥落村庄外围,墓碑和石头,是最基本的构成。那些亡者也像我刚刚逝去的父亲,成为人世必不可少、简单而又隆重的一道风景。

我想我应当好好做些事情了,以前都是荒废、飘忽。从现在开始,要学会忍耐和沉默。有父亲在,总以为自己还年轻,往后还很长。以前,自己那么容易受蛊惑、爱冲动,在物质世界中像是一只热烈的蚊虫,追着丰腴的、光鲜的和显赫的使劲叮。父亲的死,让我的灵魂一下子沉静下来,而且沉静得前所未有,看得和想得多了。

在这个春天,我注定是疼痛的,我再不是以前的我了,就像一座四面漏风的房屋,一颗孤立于荒野的石头、一根连根拔起的树。这一生,我再也无法喊爹了。母亲说,父亲生在三月,也逝在三月。所不同的是,他的生日在农历三月,故在阳历三月。我不知道这是不是巧合,但最大的现实是,父亲不在了,虽然在故乡,可距离……我们之间如此亲近却又那么遥远。

我的生日也在农历三月,以前,母亲老说,父子俩生日都在三月,要是孙子也生在三月的话,就会很好(世俗命运)。可是,父亲却没有了。从3月9日到4月16日,像是一个世纪,漫长而又煎熬。这时候,南太行的故乡早已满山绿意了,播下的种子已经悄然发芽,麦子向成熟和被刈除加速前进。河里越来越少的水继续敲着堆砌连绵的石头,向着低处流动。

在巴丹吉林沙漠,一年中最好的时节徐徐展开。忽有一天,看到雇来的农人将小区成行的柳树头部枝杈一一锯掉。新鲜的叶子只好跟随树枝,在人的拖拉中,被装上三轮车,突突地转弯,消失不见。柳絮掉落一路。儿子回来问,为什么要把树都锯掉?我看了看,无言以对。最好的解释可能是树枝顶住了高压线,或者这种柳树本来就要这样反复被锯掉,才能更好地活。

有几天夜里,沙尘暴再次来袭,但比往年要轻得多,窗外到处都是摩擦的响声,风把很多互不相干的物体拉在一起,在人迹稀少的黑夜,将沙漠的土尘带向更远。无人知道它们的踪迹,就像亡者的灵魂。或许无处不在,或许子虚乌有。打电话给母亲——说去干姐姐家住了几天,在那里赶集,或者帮着做零碎活。回到家,我劝她再去另外几个亲戚家住一段时间。

母亲总是说,别惦记我,都好着呢。可一听,她的嗓音不对。她才对我说,嗓子上火了,长了一些小疙瘩,不碍事。弟弟给她输了几天液,干姐姐也给她输了几天。我说等弟弟的事情过去了,就来我这儿吧。母亲一直说,过了秋天再商量。我说,你不来我十月就回去拉你!母亲说,再说吧,再说吧……我似乎知道母亲为什么不愿意来,又似乎不知道。每次想到这个问题,我就想,父亲亡故,最悲伤的人当是母亲,我的悲伤和不安是另一层的,而母亲,则是牵肠挂肚的哀恸。

或许,我不能真正理解母亲,我们的悲痛可以找人诉说,而母亲,没了父亲,她只能闷在心里。在这个世界上,可以跟她放开说话的……只有父亲。父亲去了,到处都是她一个人,即使儿孙围绕,身在街市,可有谁能够让她的内心也像这春天一样繁闹呢?

在这个春天,风还朝着去年的方向,人还是那些人,更远处的,总是在消失,在诞生。而我,真正的疼痛似乎从出生的那个春天就开始了,只是不够明显。2009 年的这个春天,好像是一个加强,一个开始,在春天,我在慢慢地疼,从父亲亡故开始,在渐去渐远的个人生命当中,像是一滴水,从滴落的刹那,似乎就没有了尽头。

再醒来,新的一天的阳光把我照见。我感到幸运,骑着自行车,与同事们一起上班,生活还像往常。无数次想起父亲,心猛然收紧。再看一些人和事、建筑,乃至植物和景观,总觉得它们在无休止地晃动、脱落和深陷。

日落时分,飞鸟超低空掠行,鸣声清脆,零星的海子边沿,芦苇新生;扭曲的沙枣树嫩叶发灰。盛开的花朵们把空气摇曳得格外黏稠,到处温热。半夜惊醒过来,想到的问题与在京时一般无二——我叹息一声,窗外的月光透过粉红色的窗帘,把我的身体映照得空洞而又卑微。有风吹过不远处的新叶,轻轻的哗哗声,似乎是一种隐蔽的朗诵。

房　间

　　"一个人怎么能躲过那永恒不灭的东西呢?"(赫拉克里特)——听说过这样的一个故事:十个男女,一个房间,让他们自由选择,分头进去,一个小时后……尽管会有很多的蛛丝马迹,但没有人真正知道之间发生了什么……在房间,"什么都是不可靠的",弹丸之地,安身之所,广阔到了世界,又窄小得像鸟笼;触目都是,但却形同于无。房间的诞生绝对是一种文明的成果,当身体告别了赤裸年代,应运而生的房间,从自然转向人为,第一个实践的那个人,我觉得了他的一种温暖的智慧。

　　或许他的实践带有自私的成分,但也是一种好意,并直接导致了一种文明的诞生。很多年过去了,宇宙洪荒,时光变迁,当我看到的时候,房间的形状是简朴的,一些原始的石头,被敲打成长条,一块一块,整齐地摞在一起,再用大而单薄的石条覆盖起来——它的内部很黑,从窗棂投进来的阳光像是一张发黄的纸张。我啼哭的时候,黎明正在上升,黑的凌晨吹着春天的北风,桃花开放在冷寂的山野。

　　我以为这就是世界上所有的房间了,大地再广阔,人再多,也都在这样相同的房间里生活;两条腿走进来走进去:一面是光明,一面是黑暗,交替的日夜之中,人生了,人老了,人哭了,人笑了,在庞大的时间当中,人的面孔换来换去,房间纹丝不动。就像院子里的梧桐树叶——不管是正面还是背面,都是一样的形态、声音和动作。

　　再后来,我看到了整个村庄,形体和建材一致的房屋,形成了众多人的肉体和灵魂居所——黑漆漆的木板门吱呀一声关闭了,又吱呀一声打开了,时间带走人,人留下痕迹和骨殖——但凡与人相关的事物都暗含了一种暧昧的意味和情愫。当我跟随母亲走到别人家,迥异的气味让我觉得了害怕和陌生,尽管我还不明人世,但也能判断出这不是我所要的地方,这种直觉决定了我身体乃至灵魂的归属。

　　这种本能一方面是母亲赋予的,另一方面,大致就是房屋对于个人的影响了。我出生的房屋在村庄下方,房下是村路,通往附近的大小村庄,也通向这个世界的任何地方。但在很长时间内,我没有走到过村庄之外的世界任何角落,只是在方圆十里的村庄外围转悠,从山岭翻过山岭,从河流穿过河流,遇到疯狂的野猪,还有成群的狼,空中的飞鸟大都是灰色和黑色的,间或的

164

白、绿和红时常让我觉得神奇。但更多的是恐惧,很多破损甚至坍塌的房屋,蠹在空旷或者幽闭的山野和路边,像一具具时间的尸体,散发出令人惊惧、狐疑的光辉。

小姨家是最漂亮的,后来又有了电视机,石家庄产的"环宇"彩电;二舅家也有了一台黑白电视机。最干净的是几个表姐的闺房了,床单、被罩一尘不染,墙壁上挂满了电影海报……始终如一的美丽表情看久了就会有些害怕。但她们总是阻止我进入,与其说怕我身上的土落在她们私有的物体上,还不如说怕灰尘沾染上她们的身体。

有一年冬天,我住到一个闲置的房屋里——北风吹得房顶的石头呜呜乱响,院子里的椿树总是有干枯的枝条半夜落下来,摔在石板上,发出很脆的响声。古老的房屋里充满了干土的气息,猖獗的老鼠们左冲右突,嗵嗵的声音像是魔鬼的脚步。要不是还有一个同学在,我肯定会吓破胆子的。他均匀的呼吸就像是一剂镇静药。不过几个月,我就离开了那座老房子,没有再回头看一眼,它留给我的记忆只是半夜的北风和老鼠,还有睡不着时关于异域事物的猜疑和联想。

这时候,我在乡村中学,简陋的房屋吹进尘土、寒冷和阳光,还有马路上的车鸣以及村庄的吵闹声。老师的办公室兼宿舍是最神秘的。三年,我好像没进去过几次。伙房是一个套间,有一个停电的晚上,在烛光之中,我和一个女生两两相对,不知道我看她的眼光是怎么样的,她看我的眼神迷离而又暧昧,而且脸蛋是绯红的,洁白的牙齿似乎流水冲刷了万年的石英石。

我不知道为什么这样。如果没有那个房间,这一情境不会在我生命当中出现。尽管只是一瞬,没有发生人们通常预想的那些……多么美好啊,我觉得了一种经世的美,房间的美和两个少年内心干净的美。很多年后,学校人去房空,古老的核桃树依旧青葱——每次路过,我会想起很多事情,而这一幕却是第一个浮现的。多年以后,我在诗歌中说:"那个夜晚干净得暧昧,两个少年,两朵笨拙的花儿,开放是必然的,但不够及时。"

也就是在这一年,我看到一系列不相同的房屋。第一个是石盆村新建的戏院,大得可以盛放一个世界。里面黑洞洞的,尘土的味道铺天盖地,我和很多同学在那里观看了80版的《射雕英雄传》和《陈真》,还参加了两到三次"六一"联欢会。第二个是乡中学教学楼,两层,红色的砖,绿色的栏杆,木质加玻璃的窗户,很多孩子们楼上楼下奔跑,呼啸往来,老师们夹着课本,趴在栏杆上看对面的青山、河沟的流水和周围的田地。第三个是市区的楼房,更为精美和庞大,每一扇窗口都隐藏了一个秘密,我怎么看也看不透,想破脑袋也不

知道谁在里面,又发生了什么,主人公是谁。

这令我觉得了一种差距,不仅仅是城市和乡村的,还有人与人的,肉体和肉体,灵魂和灵魂的。看到市区楼房的时候,第一个念头是,"世界上还有这么好看的房屋?"潜意识是,"这些楼房绝对不是私人修建的。"但具体因由或者道理一句都说不出来。

直到第二次,送本村的一个堂姐远嫁路过市区的时候,从车窗看到的楼群像是一个梦,海市蜃楼的,虚无缥缈而又结实存在,它高高的围墙和带有玻璃的大门让我觉得了一种拒绝,还有自卑、懦弱、向往和畏惧。与此同时,一种蓬勃的欲望在内心升起:长大之后,我也要住在这样的楼房里,自由选择一个房间,把它装饰和保护成自己的灵魂肉体的一部分,谁也不可代替和掠夺。

而我不得不回到自己的村庄。母亲和父亲盖了新房,又盖了一座,我开始独居了,空旷的房屋坐落在山坡上,母亲栽下的梧桐树眨眼之间就超越了房顶,墙壁上的丝瓜藤蛇一样向上匍匐——打雷的时候,感觉雷声就在房顶轰然炸响——我害怕雷会将房屋劈开,众多的尖锐石头将我覆盖⋯⋯淫雨霏霏的夜晚或者凌晨,凉风吹进来,我赤裸的身体,像被冰清玉洁的手指抚过,睡眠真正成为精神和肉体的双重享受。

院子里还种了苹果树,春天的洁白花朵照亮了整个房间;要是再有月光漏进来,我肯定睡不着,想月亮里的嫦娥,梨花一样的伊人⋯⋯尽管她们是乌有的,但谁也不能限制和篡改我的想象。漫无目的,轻得像是一只鹰,在传说和个人的时空中,自由、美妙、快乐而忧伤地穿梭往来。房背后的杂草丛中还有不少的野兔,飞鸟和害虫。它们鸣叫、飞翔和爬动,像我多年之后读到的那些关于乡村的唯美诗歌。

还有一些黄昏,我坐在风吹雨淋的房顶,被风吹着,在朦胧的远眺和近观中胡思乱想,快乐和悲伤。没过多久,母亲请了木匠,为我打造了许多松木家具,新崭崭地放在房间,说给我娶媳妇用。我心跳了一下,但不知道谁会和我一起拥有这个房间,就像父母一样,一生一世,在这扇门洞内外,走出来走进去,劳作、吵架、恩爱、痛苦、欢乐、生育、年轻、苍老。

爷爷奶奶的房间充斥着旱烟味,与灰尘一起穿梭,还有说不清楚的身体味道。有一次去刚结婚的表哥家,看到新婚的房间,床铺,挂历,窗玻璃上的大红囍字⋯⋯忍不住暗暗嫉妒,想自己啥时候能结婚,有一个人,像我美丽的表嫂那样,成为我的妻子,在同一个房间里,完成两个人的一生?再有一年,有个同学结婚了,十八岁,妻子是邻村的,当时只听锣鼓和鞭炮声,歌声与吃酒席声,人山人海之后,黑夜降临,偌大的房间,只剩下两个人。

我也想那样,但事实是残酷的,一方面自身条件不允许,一方面没人愿意

故乡

嫁我。我很痛苦。新房逐渐老旧,新鲜的墙壁开始有了时间的痕迹,丝瓜藤绿了又枯了,飘飘落叶像是诗歌,但在我眼里没了诗歌的韵律和美感,只是单调地、悲伤地落,掉在地上,被脚步和秋风打扫,被泥土深埋。

然后是大雪。纷纷扬扬,像百年不遇的爱情,千载难逢的灵魂合唱。我抑制了悲伤,离开十八年的村庄,古旧的房屋连同山川草木人和牲畜,毫不犹豫地把我扔在了他们之外。多大的世界啊,从北到西,走了好几天,我才到达。沿途的城市都是高楼,这大概是城市与乡村最根本的区别了,一个低矮简陋,一个高大丰裕。路过郑州、西安和兰州的时候,我很想下车,加入到那些在街道上行走的人群中。

这是一个简单的功利主义梦想,但却没有考虑到"加入"需要什么样的物质和条件。直到到达目的地,阔大的巴丹吉林沙漠,铁青色的戈壁,给我以巨大的打击。我不想从乡村到乡村,从简陋的房间到简陋的居室,或许我需要的仅仅是房间的更换。当车辆穿过更为陈旧的村庄,迎面一片彻夜照耀的华灯的时候,我沮丧的心情忽然好转过来,下车的第一眼不是看地面,而是看近处的三层楼房,灰色的外表,比乡村的房屋更为陈旧,但它是楼房——而且很高,有那么多窗户,白色的玻璃后面悬挂着厚厚的窗帘。

一个房间就是一个世界,厚厚的窗帘遮住的,不仅仅是在我外部的众多声响,还有整个世界。再亲近的他们都是遥远的,哪怕房间的墙壁是由纸做成的——而事实上,最初的几年,我没有获得拉上窗帘的权利,白色的玻璃外面浩大的西北天空,总是漂浮和飞腾的灰尘,还有不时传来的呼喊声、脚步声和歌声。再过几年,我终于一个人拥有了一个房间,还有窗帘,关门门板,拉上窗帘,我感觉到一种无限的大,个人的大和精神乃至灵魂的高度自由。

我感到放松,幸福感让我晕眩,我跳在床上,脸埋在被褥里哈哈狂笑,然后翻转身体,把自己重重地摔在床上,闭上眼睛,想起旧年时光,又张开眼睛,看到白色的天花板,没有清理干净的蚊子和苍蝇好像在舞蹈,嗡嗡的声音是最美的音乐。夜很深了,我怎么也睡不着,拧亮台灯看书,眼睛停留在汉字的表面,内心却在房间徜徉……第二天早上醒来,隔壁的一个同事说他听到了我昨夜的奇怪笑声。

四个人的办公室,中午和晚上,很少有人加班,做别的事情。于是办公室顺理成章成为我自己的房间。好多书籍在这里,好多的忧伤和不安,伴随着白昼烦闹的烟气和灰尘,声音与体液,偌大的走廊空空荡荡,一粒灰尘撞在墙壁上都会发出声响,偶尔的来客似乎都是从窗纱爬进来的蚊虫,它们飞舞叮咬,围着灯泡和我的身体,丢掉性命或者饱餐一顿。

苍天猴的额济纳

对面也是楼房,敞开的窗户总有一张漂亮的脸,头发甩过,青春闪烁,谭咏麟或者刘德华的歌声一会儿大了,一会儿小了,之后是高跟皮鞋敲打水泥路面的声音,嗒嗒地,来了去了。转眼就上班了,下班了,太阳升起,太阳落下,安静的黑夜除了风声就是我的呼吸;有时候饿了,站在窗前,不知道哪里有可以填饱肚子的。有时候特别想有人来,脚步轻轻的,忽然站在我的背后,让我嗅嗅那种芬芳的味道,让我笑笑,然后用光一样的语言,让我内心燃起一团火焰。

哪怕是余烬,我都感激不尽,所有的眼泪都流给她!离开办公室,黑夜更黑,下楼梯几次摔倒,肉体在巨大的空房间发出轰隆隆的响声,像故乡的雷声,路上的冷风或者微风吹着沙尘、枯败或者青葱的树叶,乌鸦和麻雀在用梦呓歌颂着大地的安静。脚步敲响的只是自己,只是一个人在沙漠旅程中的某种悲苦宿命。回到房间,灯光乍亮,到处都是陌生,电视的声音仿佛来自天堂或地狱。好多的面孔,悲欢离合,作假的庄重,表演的道德与慈悲。

然后是无边的安静,好像一座坟墓,一个人在里面,即使天崩地陷也只能顺从自然。那时候,我从没设想过明天。未来好像是一个不存在的词,一个空洞的概念。我只是现在,此时此刻,须臾不离,将来的一秒我都觉得陌生和遥远——除非早上有重要的事情,我会牢牢记住,大脑也会准时叫醒。漫长的睡眠之后,睁开眼睛,满世界的无意义:沮丧、疲倦、哀伤和孤独,理想和工作都若有若无,轻如鸿毛。

冷水漫过脸颊、脑袋和手臂,让我顿时清醒,看到的阳光也是新鲜的,世界又开始蓬勃、生动和美好起来。有一年,我第一次离开在沙漠的房间,和另外一个人到附近的城市,先登记了房间,又一同到车站接了他爱人。我回到自己房间,等再出来,锃亮的门锁上挂出了"请勿打搅"。站在楼梯口,我愣了一下,脑海一片空白,全身潮涌。瞬间又恢复平静。

一个人在大街上,看到的都是楼房,无数的窗户紧闭着,若隐若现的窗帘到底遮住了什么?有什么不可以让阳光照耀,让人看到?站在一棵树下,我仰着脑袋,长时间看一扇有着兰花窗帘的窗户。洁白的花朵,阳光怎么晒都不变色,也不枯萎,时不时还晃动一下。我想:兰花为什么会悬挂在人的窗户上,花朵掩盖了什么,什么使它晃动?

这些古怪的想法让我觉得自己的可怕,忽然觉得自己陌生起来,像一个精神病患者。不一会儿,身后围了几个人,一个个转身走开了,还向我所望的地方看了看。当我低下头来,眼前的人和车辆好像来自另一个世界,面目怪异,行为奇特,与我格格不入。

　　陌生的、面目单一的、数字的房间,干净整洁,落地窗大得可以容纳十个人并排站立。厚厚的窗帘是红色或者黄色的,茶几、卫生间、床铺、壁灯、电话和电视,所有的物品安静无声,属于一个又一个的人,有人管理,但没有主人,就像整个房间,入住者除了身体是自己的,其他都是空茫、无所属和形同乌有的。

　　但房间会发出声音,电视,只要打开,就会发出人声;还有电话,总是在半夜响起,甜腻或者暧昧的话语让人有一种不切实际的空洞感;卫生间的水声总是让我觉得了大地的存在。很多年前,我和一个人住在同一个房间,两张床,两个人,看起来亲近,实际上陌生,睡着觉还睁着另一只眼睛。不信任是保全自己的武器,也是最大的离间。

　　1992年,我二十岁,趁着西北的冬天,一路向北京。夜很深了,偌大的北京,偌大的心脏,华灯掠起庄严,跑车飘出脂粉。浓郁的灰尘之中,大批的欲望穿街过巷,在不像黑夜的黑夜徜徉——朋友早休息了,即使还在,也不想打搅,一个人住在北京站附近的一所宾馆里,什么都是陌生的,就连空气也包含了一种迷离的味道。凌晨了,窗外街道和广场上依旧人头攒动,市声喧哗。明亮的灯火代替了月光,穿过厚厚的窗帘,像是一张陌生而又十分亲切的脸,让我觉得了一种美妙的安全感。

　　更多的时候是一个人,闲置的事物,不知道它们到底指向什么,很多东西都是无用的,一个人,一个夜晚,根本用不到那么多的东西,房间的功能简单到了只是洗澡和睡眠。我总是想:在我之前,有很多人来过,睡过,又走了;我之后,还会有很多人来,像我一样,睡了走了。房间就像广场,就像乡村的田野,荒僻的树林和草坡。

　　要是两个人,比如朋友,那么陌生的房间也是亲切的,不是自己的却更像是自己的。如果朋友特别知心,可以说很多的隐秘心事,那种感觉,就像一场恋爱,一场心仪已久的美丽邂逅。像刹那间的爱情,狭小的房间仿佛阔大的疆场,再多的骏马也能奔腾起来,再悲伤的个人也会有瞬间的喜悦。若是一般的朋友,则感觉是迟钝的,不合时宜,充满尴尬意味。

　　有一次,和另一个同事,他居然提出要两个房间。或许他觉得,单独才是有意义的。很多年前,我也是这样,但不是和同性,而是异性。一个房间包容的不仅仅是睡眠,即使单纯的睡眠也可能遭到强有力的质疑,房间的暧昧性表现得淋漓尽致。当我一个人躺在另一个房间,想到这栋楼宇的另一个房间还有一个熟悉的甚至爱恋的人……最近几年,蓦然在一座城市的酒店房间发现,除了必需的物品之外,还多了一些明码标价的:避孕套、洗液、神油等等,很人性化,名字也好听:快乐雨衣,我哑然失笑。

然后是无端的焦躁,蓦然觉得了狭隘房间的空旷性。事实上,当一个人住在陌生的房间时,那些标志着某种情境的事物才会更强烈地怂恿起人的某些本能和要求。它驱使的只是肉体,不是灵魂。当夜晚结束,阳光穿过窗棂,拉开窗户,市声扑面而来,这时候,最紧要的一件事情就是离开。又一天的时光,全世界的人都在启程。

石头变成砖块,黄泥换做水泥,钢铁支撑起来的房间,美观而坚固,高雅而文明,体现着现代意识和人文精神。而石头的房子,是原始的,有一种回到先祖怀抱的恍惚感。从城市多次回到乡村,住的房子依旧是父母亲手为我盖了20多年的石头房子,昔日的丝瓜藤还在春天匍匐,暮秋脱落;幼小的梧桐早就伐掉了,成为家具或灰烬;房后的草坡依旧茂盛;新栽的栗子树苗一年一年长大,像村庄又一些新生的人,几天不见,就开口叫我伯伯或者叔叔了。

家具还是原先的,母亲说给我娶媳妇用的那些,床也是,还有那些被褥和墙上的年画——躺在里面,有一种时光倒流的感觉,旧事旧情蜂拥而来,像墙角的蛛网、书柜上的灰尘、时间的红锈和生命的碎屑……安静中的乡村充满了神灵一样的气息,尤其午夜和凌晨,一声响动都可以是一个传说,一丝风吹就可能唤醒一个寓言。

2000年,我在异乡举行了婚礼,新婚之夜,想到多年前在乡村时的嫉妒和梦想。我是一个多么怀旧的人啊,忧伤而快乐,健康而又懦弱——几年后,在医院某个房间,我们的儿子出生了——母亲生我是在自己家,大姨接的生,她孙子是由医生接送到人世——站在白色的幽深的走廊上,看到妻儿平安,我忍不住眼泪横流,打电话给母亲,哽咽出声。

几年后,先后几次带着儿子回到我的乡村,依旧在旧时房间居住。我很认真对他说:这是父亲出生的地方,我们的根系和灵魂所在。可惜他年纪还很小,听不懂这些。但有一点让我欣慰:他没有排斥,没有因为缺少空调、地毯、天花板、水泥路、霓虹灯、众多的吃食和玩具而不开心,嚷着离开。这使我多次想起黑格尔的一句话:"助成民族精神的产生的那种自然的联系,就是地理的基础。"我想,每个人都是地理的产物,天性与之紧密相连,尽管地理只是人自身诸多内容的一部分。

在乡村的房间,我感到庆幸,看着黑暗的屋顶,感觉自己就像躺在巨大的旷野中,星光就在睫毛上,大地像是一块磐石。人也和草木一样,在时间中荣枯,在光明和黑暗中旅行。回到异乡,最初的几天,总是不习惯,呼吸窘迫,没有限制但浑身不自在,到处都是戒意,无形且强大……这似乎就是人的悲哀了,明确如墨,但又无可奈何。

　　很多时候出门,在城市和原野间漫游,每一个房间都是陌生的,即使两次下榻,也还是陌生的。众多的房间就像一个巨大的肉体收容站,天黑了缩进去,天亮了走出来,其中的内容大抵是可以忽略的。一个人在异乡最大的悲伤不是孤独,而是空洞,身体乃至灵魂的空。华灯和人群,车辆和风景,它们专属自己,独立存在,观看者无论怎么样也不会与它们真正融为一体。

　　而乡间的房屋是安全的,充满了粮食、尘土的味道。在西北,我多次在大地上的村庄过夜。轻微的呼吸都可以听到,一声咳嗽可能会卷起一片白色的尘土。有一次在祁连草原上喝酒,醉倒在帐篷里,不省人事。早上,有雨滴正好落在眉心,一滴一滴,打在骨头上,心灵上,我一动不动,直到阳光落在胸脯,清晨的祁连草原,青草没膝,花朵盛开,飞舞的白色蝴蝶,高处森林,冠盖洁白的祁连主峰,浩荡的清风吹动万物,远处的世界不复存在,只有我和我们。

　　还有帐篷和羊肉,流水和牧歌,高蓝的天空只知道运送白色的云朵。从那个时候开始,我忽然想到:世上最美的房间不是人类建造的,而是由大批的青草和森林、阳光和清水,还有少许的花朵。被它们接纳和覆盖的人,世上最美的房间,最美的人,我相信他们是最奢侈和最有福的。借用哲学家的话说:就像梦境,就像永恒。

  我骑着一匹黑色的马,沿着达来库布镇走了一圈,数尽了生长在这里的胡杨,最后的数字令我吃惊,原先以为庞大的胡杨林,竟然只有1206棵。

陆

附

录

　　还没见面，我就已经大致想象出他的样子了。

　　果然，他风尘仆仆，顶着一颗光脑袋来了。几千里的地理阻隔，还是能带给人一些可以察觉的异样——那时，他正是心有旁骛而情绪混乱的阶段，在来北京的短暂几天里，他左顾右盼，东奔西走，犹如一只额济纳戈壁的野生动物，飞蹿在都市的灯红酒绿中，既兴奋，又茫然。

　　这只动物就是杨献平。

自然动物

——杨献平印象

梁东元

还没见面，我就已经大致想象出他的样子了。

果然，他风尘仆仆，顶着一颗光脑袋来了。几千里的地理阻隔，还是能带给人一些可以察觉的异样——那时，他正是心有旁骛而情绪混乱的阶段，在来北京的短暂几天里，他左顾右盼，东奔西走，犹如一只额济纳戈壁的野生动物，飞蹿在都市的灯红酒绿中，既兴奋，又茫然。

这只动物就是杨献平。

严酷的自然环境，总是能孕育出一些与众不同的生命来。在额济纳荒漠中，有些动物是人们常见的：蜥蜴有着与戈壁本身一样肤色的外表，往往在你不经意间突然从脚下一闪而过；乌鸦们则成群结队，它们有着比内地同类更大的体形和更黑的衣裳，常常聚集一处，毫无忌讳地泄露出某种生命终结的消息；而有些动物则远离人世，难得一见，例如灰熊、猞猁和狼狐这样的肉食者，以及盘羊、野驴和红羊这样的草根阶级。但无论各自的结局如何，它们总是特立独行，自成一派。

在额济纳行走多年，因为我那本《额济纳笔记》的缘故，也因为对额济纳大地的一腔深情以及对文学、历史、自然等等诸多方面的感应与认同，我们最初的接触只是书面上的一种相互了解和相互交流。出于对文字的敏感，我在阅读他给我的一些作品时，虽然能看出一些不成熟的思想和字句，但也发现了那些字里行间所散发出来的奇异天性，每每令人为之感叹，起而徘徊……

那个晚上，我们在位于中轴路东侧的宏状元粥店里第一次见面。

居延海，祁连山，裕固族，土尔扈特人，广阔壮美的西部地理和人文历史，逐渐形成了一种烟雾缭绕的氛围，和窗外灯火相互交融，一起弥漫，温暖而诡异。无意间，酒过数巡，当我谈到那年在森林中参加土尔扈特人的一次"三七"仪式时，似乎又回到了额济纳那间简陋的林中小屋——房间里坐满了从四面八方赶来的同族亲朋，主人蓬头垢面，手捧哈达和银碗向来宾敬酒致谢，人们交谈咳嗽的声音和香烟饭菜热气混合在一起,朝南一面的墙壁上开了一扇窗户,正午强烈的阳光射了进来,形成一束来自天堂的逆光,笼罩着或坐或站的人群,影影绰绰,虚幻而又现实。按照当地风俗,死者在去世后的三七二十一天之内,亲人们不能梳洗打扮,不能饮酒作乐,而今天的聚会,就是这一禁忌的一个结束——新的生活从此仍会像死者生前一样,一如既往,一切照旧。时间在流逝,几番酒喝过,突然间,一位中年妇女和老额吉的歌声响了起来,古老而原始,高亢而尖锐,犹如一道闪电,穿云裂帛,雁走鹰飞。有人和声而起,含混不清的蒙古语随着错落有致的音阶,在升腾而上的烟雾和越窗而入的逆光中起落穿行,牧人聚会本身的感染力已经不需要任何具体的翻译与注解,似乎一生的快乐和悲伤都化作了燃烧不已的烟酒和绕梁不绝的歌声。

这时,我们再次举起了酒杯。

这时,我发现杨献平早已泪流满面。

无论是沉雄苍凉,还是优美婉转,杨献平作品最突出的一个特点,就是诗意化表达。这种诗意化完全是出于天性,出于生命本身,没有刻意粉饰,没有雕琢做作,自然而真挚。我们从他的文字中,常常能领会到他那种独有的奇思妙想,并且,不是灵光一现,而往往珠玑处处,光芒四射。

比如,他写额济纳大漠的生活,"戈壁的坚硬从车轮传到我的身体,在滚滚烟雾中,我渐次深入。一路上压着了骆驼和羊只的蹄迹、粪便,骆驼草、沙蓬、马兰花的身体。还有一些胡乱奔跑的蜥蜴、蚂蚁、短蛇和枯了的植物根茎。路过南山的时候,我在风化的石山下面休息了一会儿,喝水,吃东西,小便,然后起身。这种时候,我觉得十分自由,什么都可以不放在心上,也都不用顾忌……"

也只有在如此寂静纯粹的地方,他才有如此细致入微而又准确传神的感觉。

他写南太行的日子:商队马铃叮当,敲着颗颗含铁的石块,在时间当中,没有留下踪影。"我第一次对故乡的灰尘有了明确的概念:不仅附生在人的身体上,还存在于人的内心和灵魂当中。我想到:所谓的'尘世'之说大致由此而来。走到自己家门前,忽然觉得这一座曾经崭新的房屋破败得令人心疼,老了的石头堆起冒烟火的家,父母双亲和兄弟居住的巢穴。""一堆老人坐在阳光下面,黑粗布的棉袄不知穿了多少个冬天,一人一根旱烟袋,吧嗒吧嗒抽,青烟冒出来,还没到房顶,就消失得无影无踪了。他们在皱纹中深陷,在时光中体验到了生命的迅速与艰难。"

在他出生和童年生长的村子里,乡村欢乐与底层暴力,人间喜剧与心灵屈辱,和草木一起生老病死,与溪水一道顺流而下,如此艰难困顿而又充满温

馨的生活,给他带来一种异乎寻常的感受和非同一般的表达,是再自然不过了。

能够奇思妙想的人,必定异常敏感。人和人的区别,往往与此有关。同样的境地,同样的际遇,大部分人往往会习以为常,视若无睹,神情漠然而无所反应,但对于杨献平来说,就总是别有意味,反应过度,浮想联翩而议论纷纷。敏感的人还又容易偏执,常常冲动行事而不计后果。有一阵子,他开始评判他人,既拿诸多无名之辈祭刀,也向一些名流大家开火,虽然不乏真知灼见,却也暴露出些许偏狭之气,在中国文坛首先要闻声辨色闻气嗅味的氛围里,令人不免为之担忧。他在做天涯社区"散文天下"版主期间,怀抱一腔热情,梦想一展宏图,却没有看清楚这里虽然名为"天下",其实不过"市场"的本质,一旦事不如意,不仅身先士卒阵前厮杀,还化身马甲与人叫骂,不惜把自己的才华腐烂为一堆无聊而又无用的堆积物。随后,他又自立山头,自竖旗帜,画了个所谓"散文原生态"的圈子,进行乌托邦式的精英纯粹写作。他还引火烧身,被一个爱慕其文字的女子纠缠不休,方寸大乱,不得安宁。

那几年,他和张利文、徐佁周三个人是我较多关注的后生一代,他们各自从作品中流淌出来的不同凡响的才华,令人期待有加。如今,徐佁周正为生计所困,在遥远的他乡打工度日。他的才气可能受贾平凹和刘亮程影响,多少流露出一些"作"文的故意,可惜就连这样的坚持都难以为继。说起来,我至今还没和他见过面。一直以来,我只能偶尔从网上得知他的一点消息,目前,他还很难看到安生之日,但愿生活的艰难能够给他日后带来写作上的非凡成就。张利文则面壁悟道,习得真经,不仅创作丰收,自成一家,生活中也左右逢源,一路顺风。与他的从容不迫和机智老练相比较,杨献平显然缺乏足够的生存智慧。

凶猛而胆怯,狂妄而自卑,信心十足而又茫然失措,鄙夷不屑而又渴望招安,其实,这样的动物,这样的经历并不奇怪。

不管是普通人还是天才,生存总要面对各种打压,成长必须付出代价。

敏感的人往往具有非同一般的人生经历。在我看来,单就对文字的天生敏感而言,和杨献平属于同类动物的至少还有两个人,就是北京的周晓枫和山西的张锐锋。说起来,周和张更多的是一种贵族化或学院派的写作,常常奇峰突起而气象万千。不过,他们在触及社会和人生痛楚方面,往往不及杨献平的尖锐和深刻。尤其是周晓枫,她后期的写作开始转入人自身内部,虽然也可能发现并挖掘出另一番难为人所知晓的世界,但也不免给人一种生僻艰涩妖气缭绕的感觉。此外,张锐锋和周晓枫早已成名成家,蜚声文坛,杨献平则还只能暂且潜伏于深山大漠,昼伏夜出,即便发出孤独而悲凉的嗥叫,也因为某种不单单是地域性的边缘化,难以在文坛内陆引发什么大的动静。

人生来就是不公平的。

既然如此,何必又强求后来的赐予?

真正的公平,其实还是时间——最终,上天会给每个人安排好一个合适的座位的。

人该经历的,就不应当随便阻止。所有应该或已经发生的,就必须坦诚担当。虽然,我历来坚持自己"不打旗子、不看脸子、不入圈子"的三不主义,但实际上,我从杨献平身上,也似乎看见了自己的过往。并且,"我无数次想起母亲的话:谁到最后都要回到原来的地方。很多时候,我甚至能够触摸到这句话粗糙而结实的纹理,有时像是一根尖利的针,刺着我的心脏;有时似乎一团棉花,暖着我最寒冷的部位。"

只不过,这个原来的地方,并不是故乡,也不是他乡,而就是自然。

动物也好,人类也好,顺其自然,是因为我们都来自于自然。

最终归于自然,也是因为,我们本身就是自然。

高空的火焰

——从杨献平散文到散文的品质

蒋　蓝

"从史诗时代到散文时代"的命题出自黑格尔,是《美学》当中一个著名的命题。大意是说,社会的基本性质从古典转入现代,是从诗歌的时代进入到散文的时代。自然,这里所言诗歌和散文都是比喻性指称,但是命题的合理性在于把握住了诗歌和散文迥然各异的特点。比如,诗歌有几个重要的身份符号,一个是英雄,一个是理想,还有一个就是激情;放之于红色语境,诗歌时代可以蜕变为激烈、斗争、牺牲、鲜血等等意识形态符号。黑格尔将现代市民社会比喻为"散文时代",而与"诗"所象征的古典时代相对,他断言近代浪漫艺术将随着机器工业的发展而告终结,诗的高蹈将让位于散文的批判。到了21世纪,在经济一体化的冲锋号声中,时代以叫春的态势猛然加速。可以肯定地讲,汉语生活面临的情况,比黑格尔所批评的"散文时代"更严重一步,汉语生活进入到了"随写时代"——任何一个人都可以对书写与文字不抱有丝毫敬畏之心。这种汇集起来的"群体涂鸦"效果是惊心动魄的,它除了为环境提供一个"昌盛"的和睦背景外,书写正在离文化与文学越来越远。

有一个堪可玩味的文化现象就是,在诗歌、小说领域,过去那些被道德家命名为"异端"的观念和高强度的技术主义笔法,已经获得了登堂入室的权利。门卫已经被撤换,不可一世的尊位早朽坏不堪。"先锋"诗人、"先锋"小说家的称谓,已经获得了"去掉式",他们以诗人、小说家的身份进入了母语之河。而在散文领域,我们见不到惊慌失措的老朽,他们几乎都是些马拉松式的演说家,腰力十足,深刻讲述着典型环境里的典型人物与反映时代主旋律的关系。这就是说,以宏大叙事为特征的散文话语霸权,在后极权时代的加时赛阶段仍在持续,并以其强劲的口令甄别写作中的同志或异己——这正是当下"散文处境"的现状。

我在诗歌之余,致力于思想随笔和意识形态文化批评的写作。严格地说,当下的思想随笔与散文是有本质区别的,但这并不妨碍我对散文的判断。

我注意到,在"新散文"的阵营里,杨献平是一位十分突出的散文家,他吸引我的,首先在于他展现出了一种具有个人经验性的整合写作能力。

很显然,一个没有多少经历的人,很难触及经验性写作;而一个无法对经历进行处理的人,其经验性根本就无从谈起。任何经验不可能绝对,比如,足不出户的天才就不在此范畴内,他们高起高打,不可言状。谈及经验写作,让我想起一些诗人老是要跟"非非"纠缠语言、语感、语义之类的问题。理论家周伦佑说,如果"非非"连这些问题都没有解决,就好像隔着玻璃在研究鱼和水的关系。目前,在这个只能依靠经验性写作才能发力的写作层面上,我倾向于谈论诗或散文,而不是语言、语感。因而,在论述杨献平的散文过程中谈论题材、语言、审美、阅读史、生活史之类就没有太大的必要。因为严格地说,比起过往的写作人,我们的确难以再发现什么了,很多所谓的"洞见"不过是换了一个说法,又闪烁在文学爱好者的低空。尽管它们均是经验的构成部分,但还不是文学的经验性。从个人化的生活史中彰显既符合历史语法、又迥异于其综合方式的言说,我们可以通过这一言说的指向,去达那看不见的所在,以"说出即照亮"的命名方式,正在成为一种检验写作人能力的标示。

我们知道,经验性写作并不同于互文性写作,后者只是在技术层面上打开了文体之门。经验性写作是大于也高于互文性写作的,后者不过是前者的局部技术呈现。在这部名为《沙漠的深度:巴丹吉林的个人生活》的散文集中,杨献平的言路如硫酸一般为我们打开了通往未知领域的道路。很清楚,他并不知道事情的终结局面,也无须知道那些隐匿在文字反面的结果,重要的是在于展现身体摊开、向着光亮匍匐、目睹光亮拉成的枪刺缓慢地通体而过的过程,直至自己被穿成一根火烛。蜡一般的身体以最具体的细节,昭示的每一个勾连,就仿佛历史的一次陡转,并在身体记忆中留下的划痕。这样的过程,我视之为"证铁的过程",对杨献平来讲,毋宁说是一个"寻光的过程"。这在《三千步》里得到了丰满地放大,直至溢出——"我要从地下,修一条三千步长的通道,我不知道什么时候可以完工,但我一直清楚记得,许仙的身体温度和粗糙程度。也许他只剩下了骨头了,沾满了泥土,众多的虫子已经撤离,这应当是他最干净的时候。我这样想,三千步,三千年的路程,人类要用数百代,我只要一生——连绵的阴雨开始了,我得趁着这潮湿,一步一步向前,泥土下众多的草木根系、石头、煤炭、虫蚁和钢铁,我再次相遇,而却不是我的最终。"

这三千步的过程,既是杨献平对心目中终极事物的丈量,也体现了历史投射在文学水面的影像。也就是说,一具热身体到一具冷身体的距离,从涌泉到天庭的距离,从正面到反面的距离,从蛰伏到高蹈的距离,从源头到左岸

的距离,从 A 到 N,其思想的言路成为他抵达身体尽头之后的另一条险路。他获得了一种脱壳的自救能力,从一座虚构的危楼,利用渡鸦的叫嚷来到一段坦途。那里,时光静息,有宝石之蓝。

言路透迤出来的痕迹,体现了经验性写作的根性,那就是朝着经典的体位而攀升。在我看来,经典的指标太多,甚至是一个道德含量占据了极高比重的指称。每当我们面临这样的判断,总应该提醒自己必须极度小心。经典是不能自证的,经典必须经历一个相对宽容的时代的检验,要被好些资源不同的价值梳子反复梳理,就像从多面镜子中返回来的物像。我们在赞美经典的同时,其实没有放弃以经典的坐标照应自己写作的雄心。在一些人眼中,他们未必是注目于那些可见的文字与形象,而是瞩目于那些不可见的德性,因为在时间长河里,可见的毕竟太短暂太可怜,不可见的德性普照反而是经典的宿命。在《论土地与静息》中,加斯东·巴什拉说,经典写作中的诗歌"不是游戏,而是产生于自然的一种力量,它使人对事物的梦想变得清晰,使我们明白什么是真正的比喻,这类比喻不但从实践角度讲是真实的,而且从梦的冲动角度讲也是真实的"。这个说法有些神秘意味,我想,朝着这样一个巨大的目标,经典写作的价值,会逐步成为使当下诗歌、散文写作归位的主导性力量。

我认为经验性的经典写作不同于经典本身。经典写作具有两种倾向性,如果说经典是一个美学的常数,那么经典写作就是向其无限接近的一种趋向,是一个永不停息的动词。其一是具有一种向上超越的动姿,它突然向上,并持之以恒,是趋向于恒久的爱的行动;其二是具有一种普照性,接近于博尔赫斯所言,一切都是深思熟虑的,天定的,并且是深刻的,有如宇宙般博大,并且一切都可以引出无止境的优美歧义。在"一尺之棰,日取其半,万世不竭"的趋向过程中,行动(写作)本身所具有的意义,已经足以告慰经典了。在这个意义上,博尔赫斯的话就显出了一种通透的高度,他说,"写作者的荣耀在总体上还是取决于一代又一代无名的人们在孤寂的书斋里对其作品所表现出来的激情或冷漠。"

因此,作为散文家的杨献平,与作为诗人的杨献平,置身于一个急功近利的"散文时代",应该明白自己的价值向度:以诗的激情,擦亮散文的批评之刺,在"深入骨头"的同时,还应当对权力语境予以穿刺,施以放血疗法。独立思想之于写作人的重要,犹如黑客之于虚拟世界、伤疤对身体的恒久占领,就犹如经验性对个人性经历的本质重铸。

其次,杨献平的散文体现了汉语较为纯粹的散文叙事品格。

从来没有公式告诉我们什么是汉语的叙事品格,连喜欢进行学术总结的学院派也没有拿出证据。在一个职业越来越细化的世界上,一个人的能力往往被局限在一个极其狭隘的领域,从事针尖削铁之舞。你只要稍微越出一点,就会造成不专业的印象。举个例子,我一向敬佩的作家张承志、张炜,小说、散文一直为我所喜欢,他们兴之所至写的那些白话诗,看几行就知道,这些分行之作适宜放在笔记本里——自我抒怀,自我激励;它们不专业,不符合当下诗的审美方式。当然,至于是否"暗合"百年以后的诗歌美学,那是另外一回事。他们是在诗意的角度理解了诗,但没有从技术主义的环节上去考虑诸多文字细节。既然杨献平同意写作是着眼于"骨头和体制"的,同样的道理,散文的写作应该具有一种当下散文的经脉。不是一味地迎合公众趣味,而是我们的文字应该符合散文的美学常识,在这个基础之上,再来体现自己对庸常表达的突破。文体符合散文理念,又对其散文理念的冗滞部分予以突围,彰显自己的独特性,在这一点上,杨献平做得较为出色。我们从祝勇的《旧宫殿》、周晓枫的《黑童话》《后窗》、玄武以及张锐锋等人的散文中,均可以得到这种印证。

实际上,在普遍缺乏"散文美学原则"的前提下,散文界早就出现了一个可怕的"体制散文",并企图予以代之。在这个"绝对权力"面前,少数散文家保持了清醒的认识。在论及格致的散文时,周晓枫强调了"文学中有毒而动人的品质"。这种"毒",应该既有对"体制散文"的怀疑和破坏,又有对散文题材的专注和深入——"善于在日常生活中验证生命的脆弱与无助。"(祝勇语)在我看来,"体制散文"激烈追求的,恰恰是违背了散文的美学原则,新散文里出现的异质因素,是在着力于私人叙事的前提下,力求彰显散文叙事的言路,这正是对"体制散文"的反动和纠正。杨献平以自己的话语系统,逐渐在他所能触及的范围内,拉长了自己的火焰。

在《自己的英雄》一文中,杨献平将自己一度进入蛇身的灵,招收回来,放它到一匹狼的体内——灵不是"英明舵手",也不是"伟大领袖",他的灵只成为狼中之狼。从每一次撕咬中,从每一次奔跑里,将黑暗撕开一个身形,让凝滞的时间透出光亮,让莽野在狼的四肢丈量下投射灌浆的地脉。飞驰的身体,犹如一匹疲倦的丝绸皱纹密布。作者尽管不断变换叙述方式,但散文的叙述机制被稳定地控制在自己的视线之内。他没有求新而胡乱出格,他没有沉迷过分的心理描绘而出现文体失重的现象,保持了一个严肃作家对散文自始至终的尊重和尽力贡献。不妨读一读他在结尾体现的个人观点——

"向西的路又开始了,我要走遍整个祁连山,从南到西,我单独行走,没有一个同伴。这令我格外孤单,有时候,我坐在明澈的月光下面,四周寂静,大风在头顶,在身体和灵魂呼啸而过。接着,天阴了下来,黑色的云彩从天际马

群一样奔腾而来——大雪下来了,比我眼睛还大的雪花落下来,落下来——我一动不动,也不需要,对于一个孤单者来说,最美的覆盖就是雪花了,大量的雪,沁凉的雪,它们的覆盖使我获得了空前的安静和完美。这时候,世界无声,人类无声,狼群以及其他猛兽进入了梦乡。我多么清醒,在雪中,在祁连山上,多少往事,多少梦想,一匹狼,它是它自己的英雄。"

请注意,你把你的灵放到狼体,是希望获得狼的决绝与心事;你把自己收回来,你不再是狼的英雄;狼也不是你的英雄。狼"是它自己的英雄"——这恰恰是本文思想的独到之处。如此细微的区别,提醒我们在阅读杨献平的文章时,应该十分小心。

新散文之于散文,很难在长短上较量高低,更难在叙事侧重点的挪移上分出胜负。个别作家为获得"陌生化效果",依靠小说语体来写散文,写另类散文,写新散文,固然可以获得一些应时性效果,但既然你只能运用小说叙事,而从表面上看是缺乏散文叙事的言路;而从根性上说,是你不具备散文叙述的语言意识,所以,那些貌合神离的散文只能叫散文化小说。但是,反过来说,有没有小说化或情节化散文一说呢? 所谓情节,心理描写、细节处理等等,不过是散文叙述方式里的一个元素而已,放大一个元素而企图囊括为散文的基质,如果不是出于自我的化装技术,那就多半就是妄人所为了。就是说,所谓"小说化散文",自然可以成为一种独具风格的私人叙事,在当下散文叙述格局中,不是说无法成立,而是说它至多秉承了体制散文的演绎套路,是体制散文在后极权语境中的一个变招。

我要说的第三点,对思想的开掘和敞开,使杨献平的文本为"新散文"提供了异质。

我注意到一个说法,很多人认为,新散文只是一种文体层面的革命。我不清楚散文界怎么看待这个说法,说不定已经认为很"出格"。但如果这个说法移之于民间诗界,或者直接移之于"非非主义",就是一个典型的妖魔化事件。我们不能说新散文已经建立了自己的价值体系,但它一直在厘定自己的价值向度,这自然包括了文体意义和思想意义方面的自我确认。祝勇的理论文本《散文:无法回避的革命》为新散文确定了一个清楚的价值向度,张锐锋、杨献平等人的不少评论文章,正是在这一向度上的深度"引爆"。只是就新散文目前的呈现态势来看,文体方面的作用被一些追随者高标到了一个"摇晃的位置",甚至就是本末倒置的位置,这显然是有违于散文机理的。

出现在杨献平散文中的"异质",不是惊世骇俗的,也不是如我这般一味沉醉于思想演绎的,他有些像一个潜泳者,必须从细节的底部返回水面,他需要厘定方位,确定潜行的方向。因此,思想以折射的方式进入到他的文本世界,并尽力照亮了他未知的领域。我这样说,容易给读者一个误会,以为引述一些格言警句,或者在文章的结尾现身说法予以中心思想段落大意式的总结。杨献平一旦进入到自己的河流,他其实是注意到了天空的流云的,他能够看见高空的火焰。因为散射的光将他的行走方式包融在其中。他经常采取突然斜刺出水面的办法,集合那些被水折断的光,开始以流金的质地,附丽于自己的骨头:他说:"向晚的阳光、一边芦苇、花棒和青草,野鸭游泳,燕子不飞——安静的人,在水声和其他的生命之间,肯定美好。虽然内心的热忱和单纯容易被繁复的日常生活淹没掉。"但流淌在内心和文本当中的光与水,又岂能被日常生活消解得了?!

杨献平在给我的来信里,谈到了对新散文的认识,"我觉得当前的新散文大都存在着一种对生存的漠视,对矛盾和创痛的逃离,没有思想,只是在内心中建造一些空中楼阁。缺乏激情,缺乏对自身对时代的抚摸和关照,更缺乏思想。新散文应当具备一些素质:我在一个文字中说过:我们当前的散文写作有三条出路,一条是良知、人性、自由、深度的知识分子写作。一条是纯粹的民间写作。这方面,我的意见是:民间写作紧要的因素有四个,一是在场(真实的在场而非矫情的在场),二是想象,三是穿透(本质),四是抵达(共通和终极)。第三条是具有新异性的文体创新。"

这就是说,执著于文本意义本不是错,在一个着力点必须向思想价值倾斜的当下,我们必须拆开捆绑在文本中的意义,重新在文本之上确立文体价值与思想价值的漫漶与独立。在这个平台上,杨献平已经觉察到了很多高空的气象,但对河床上的运动似乎在规避什么,因此,对文本价值与思想价值的两方面呈现还不是十分清晰,在统摄力上显示出后劲不足。驱除文字里的急躁,将一些浮在字里的聪明或直觉沉下去,你不是在充满动感的细节里等候思想的灵光乍现,而是应该意识到,思想本来就是细节的果核。

如果不希望体制之结成为自己的咽喉之刺,那么,独立的思想一定要成为你骨头的骨头。

再回到我开头讲的话。

祝勇在《散文:无法回避的革命》结尾指出:"体制散文的终结,使得散文的未来呈现出越来越强烈的不确定性,正是这种不确定性,为平淡无奇、濒于衰朽的散文领域设置了悬念。可以这样认为:实验不仅是散文的目标而且是散文生存并发展下去的动力依据。"而处在一个后极权语境下的散文写作,实验的多重意义已经被环境定义为思想上的颠覆力,既然如此,那也不妨敞开说,颠覆既往价值,正在成为实验写作者的合法权力。

作为一个具有诗人激情的散文家,坚持对极权语境的批判是十分关键

附录

的。在一个流行物欲与理性主义的穿花舞步的散文时代,在一个体制散文成为最高语法的时代,维护散文的纯正,就是彰显散文的合法性,宣布体制散文的非法。这个问题,希望杨献平加以注意。首先建立自己的价值尺度,才能具备文学的向度。不是我可以容忍什么,而是我要反对什么,将成为我的同仁与那些面目可疑的自由主义鼓吹者最大的不同。此话愿与杨献平共勉。

诗人帕斯说:"今天我独自与一个词语搏斗。那属于我,我又所属的词语:头还是尾? 鹰还是太阳?"对我来说,那个发亮的词语是高空的火。空心,但是带焰。

历史精神与生命品性的双重叩问

——读杨献平散文

大 兵

　　纳博科夫的《文学讲稿》说:"一个善于创新的作者总是创造一个充满新意的天地。"对杨献平而言,不管是基于历史真实和个人想象的《中国的匈奴》,还是建立在真实基础上独立营造的"巴丹吉林沙漠边缘与漠野"和"南太行莲花谷"等文学场景与区域,都是在当下文学景观中从未出现的,他用文字、精神和灵魂,赋予这一系列文学场景以历史的、当下的和人间的气息,并从中穿透或者折射了更多层面的生存、生命生态及景象,乃至"性格迥异"的文学精神。具体到作者杨献平,大致是从20世纪90年代中后期,我从诗歌当中知道他,那时候,几乎是一夜之间,以高歌猛进的态势,逼进当代军旅诗坛。新世纪以来,杨献平转向散文,兼及各门类文学批评及小说写作。不过十年,杨献平陆续推出《中国的匈奴》、《巴丹吉林的个人生活》、《南太行乡村生活》、《灰故事:聆听者的黄昏》等系列长卷散文。作为一个具有丰沛文化底蕴和独立意识的青年作家,他的文字常常可以轻松地绕开纯粹的感性表述,直逼事象的本真部位,并由此展开属于自己的理性演绎。这种融历史文化、人生体验和生命思考于一体的审美追求,在他的这些系列长卷散文中,都获得了充分彰显,也使他的散文创作洋溢着强烈的个性风格和审美追求。

　　西北之地,因其强悍、刚烈的生命个性和内在血性,显示深邃无边的历史伤痛和苍凉凝重的人文气息。从《巴丹吉林的个人生活》、《南太行乡村生活》开始,一直到《沙漠的深度》、《中国的匈奴》等,杨献平的散文创作无不充溢着沉郁旷远的诗性之意,这是创作主体与大自然之间的深情对白,是一个人在大地两隅之间的行走与奔突,也是一个敏感的写作者在斑驳人世之间有意无意的体验与发现、思想的结晶,是一个写作者用文字筑垒起来的个人精神与灵魂宫殿,不在于它能覆盖多远,而在于它的根基有多深,光亮是不是锋利而辽阔。

　　《中国的匈奴》(花城出版社)一书,以东方匈奴起源入手,既写早期匈奴传说，又深刻解读了匈奴后期的权利纷争；既描述了匈奴民族在蒙古高原的历史活动，又在其中隐喻了历史所独有的诡秘的悲剧色彩。其中，杨献平对汉武帝、卫青、霍去病、张骞、李广、苏武、李陵、李广利、赵破奴、路博德以及细君公主、王昭君、中行说、解忧公主、陈汤、甘延寿等人的内心刻画乃至情景再现式的解读，是深有意味，且又与众不同的。他搁置了传统意义上"家国为重"、"政治挂帅"，而是从人物的具体境遇、内心及当时的政治气氛、所处环境出发，挖掘出一些非常新鲜爽目的东西，如张骞"凿空西域"之外的儿女情长，苏武气节与李陵的情谊，李广悲剧性的职业军人素质及其对命运的身体力行式的诠释，还有对霍去病在击逐匈奴"武功"的质疑，还有对赵武灵王、李牧、蒙恬和匈奴淳维、头曼、冒顿、呼韩邪、郅支骨都侯、妹喜、颛渠阏氏等人细节性刻画，都显得独具匠心，既超出了传统意义上政治赋予，又使得历史及其主要人物血肉丰满。

从这一部散文长卷当中，我们不仅可以洞悉匈奴的历史沿革及其文化变迁轨迹，还能从这一民族隐秘而彪悍的生存状态中，跟随杨献平的笔触，领略到成吉思汗之前的草原文明及早期游牧部族的生存及精神风貌，可以通过众多的历史事件和众多的人物命运，真切地触摸到消失者的现场演出般的惟妙惟肖。在杨献平笔下，匈奴民族至少不再是大家所说的异族和敌对者，而是出自华夏民族大家庭，为了生存而不得不"以战止战""以战养生"的"本族人"，是蒙古高原上第一道闪电，是对中国文化及欧亚大陆民族及文明产生过巨大影响的非凡汗国与武装集团。这种首尾相连、上下衔接的写作方式，至少是其他文化大散文所不具备的，它其中采用的情景复原、史评与小说手法，使得整部作品气韵浑然，既有大的历史脉络，又有生动鲜活的具体场景；既有神幻的离奇，又有历史的苍凉与凝重。

这就是杨献平所要展现的历史，或者说是历史另一种写法。我想，《中国的匈奴》一书，在当代散文界，应当是独特的一例，至少在我印象中没有过。

《沙漠的深度》，原为杨献平这些年来一直在断续创作的系列散文作品《巴丹吉林个人生活》的另一个名称。这一组作品，我相信，这是杨献平迄今为止最好的散文作品之一。至少，在杨献平之前，没有人这么密集、细致、深切地写过沙漠，三毛的沙漠是一种游历，是小说式的拼贴和杜撰。三毛注重了沙漠的趣味性和故事性，而杨献平则是在书写和具体生活中，完成了一个由客居者到土著的角色转换。在书写中，杨献平绕开了那些人所共知的印象式的"西北"，自觉回避那些被不断符号化了的西北表象，而以严谨的史识为依托，以浓郁的人文情怀为基调，用包含张力的语言，在静静地体悟西北历史与现实的过程中，不断寻找这片土地上另一种生命情态，重新审度人们对

于西北的文化定位，也使我们从中掂量出西北的丰厚与深邃、沉重与悲凉。

值得注意的是，不论是对历史的深度挖掘，还是对个人乃至周遭现实的细致描摹，杨献平并不满足于对历史人物、事件和某种人所共知的"变迁"，而是将它们作为一种审视西北文化的历史通道。沿着这条通道，杨献平与一个个历史人物进行潜心的生命晤对，对一处处民俗风情进行纵横古今，不仅传达了作家对西北历史上的有关事件、人物、风情的重新审视与评述的勇气，而且展示了他对历史文化角色及其历史使命的深度追问，尤其是对巴丹吉林沙漠、阿拉善高原、河西走廊等大片区域的独特考察、体验、感悟与认知，时时处处都充满了一种"出乎于心"的悲悯情怀与自省意识。所以，读杨献平散文，我每每都能体会到作者字里行间蕴含的那种沉郁感伤的情感力量，品味出他那殊异的思想锋芒。特别是他写自己在沙漠生活的篇章，小到个人，再微小到一朵花、一株草或者一片名不见经传的"荒野"，我觉得是最能体现一个人素质与秉性的。也就是说，杨献平在文章当中遍布的忧伤和诘问、痛苦和愉悦、孤傲与狂妄，都是那么的具体、灵动、周至、雍容、自由。

因此，对杨献平书写西北（沙漠、丝绸之路、雪山、河流、村落、个人）的篇章，我不敢说篇篇珠玑，但每篇都有它特殊的分量，都具有罕见的深度思考。它们或从某个角度，或沿着某个方面，在不动声色的叙述中，缓缓地沉入西北的精神底部，演绎它那特殊的文化底色，展示它那特有的人文品格。

在阅读当中，我还发现，杨献平在文章当中显示出了人的复杂性、多变性和分裂性。或者可以这样说，在杨献平身上，一方面，有着不妥协的求索精神和自然主义倾向；另一方面，还保持了极强的忧患意识和浪漫主义品质。不论是《沙漠的深度》，还是《南太行乡村生活》，其最动人或者明显的有三点：一是平民或者平等意识。在他笔下，自然风物、小人物的存在状态和命运占据了绝对比重，他好像从不俯视，姿态始终是平等的，有时候还会放得更低。如他的《巴丹吉林以西》、《巴丹吉林的写实主义》、《巴丹吉林的个人生活》、《南太行乡村哲学》、《南太行乡村暴力》、《南太行山脉与河流》、《南太行乡村世界》等等，就是最好的例证。二是这是一个在乡村与沙漠之间不停游走的人。对于杨献平来说，生身并长大的南太行始终埋着自己先祖与胞衣，而黄沙浩荡的巴丹吉林沙漠，则是他多年从戎并生存的地方，两者他都难以割舍，并深深地用心爱着。他在沙漠进行着现实的张望，用回忆与断续的回乡经历作为出发点，书写它熟悉的，甚至正在变迁的南太行村庄。同时，他也以真切的态度，在西北浩瀚沙漠拔剑四顾，在遗迹、传说、现实之间做一些声如流沙的喟叹、思想和发现。三是他对自己的不满及某种始终不渝的反抗。如《西门外》对一片草滩和荒滩变迁的客观陈述，《苍天般的额济纳》以牧民和土著身份对

一种地域传统文化的强烈认同,《我的乡村我的痛》当中对乡村人群命运及坏境的忧患与焦灼。

而《自己的英雄》、《三千步》、《霸王别姬》、《兰若寺:梦境的忧伤》等篇则是多种因素及情怀交织的,既有爱情的隐晦表达,还有对某种强大之物的质疑与反抗。在我看来,这些作品不仅仅是一种自我书写,还是对散文的一种实验和探索。因此,杨献平往往在经历了与历史的对话、与现实纠结的胶着状态之后,往往会把自己放逐于辽阔的自然之中。但是,他也很清楚,人类的存在及其时刻遭遇的种种困境,将是每一个写作者无法绕过的命题。唯因如此,杨献平面对那些自然之美的丧失,在抒写自我内心深处的忧伤与无奈时,总是不自觉地逃离那些纯粹自我的情感宣泄,远离了那些尖锐的孤愤,而将自己的生命融进自然的本体之中,在心灵漫游中缓缓地释放和参悟。如他的《我的古日乃,我的蒙根沁乐》、《秋风帖》、《能不能在传说中找到你的名字》、《有一些忧伤,有一些浪漫》、《花朵上的沙尘暴》等作品,在沉稳甚至异常冷静的叙述当中,使我们不仅看到了大自然的内心深处那无边无际的隐痛,还有一种基于个人生存乃至生命深处的惋惜、伤怀和渴望。

对南太行乡村,杨献平始终带着一种感恩式的情怀,讲述了自己对故乡的种种风土人情、成长经历、家族沿袭以及种种伦理亲情。虽然我还不清楚,作者的出生地究竟坐落在太行山脉的哪一个角落,但它肯定和中国的很多乡村一样,带着最为质朴的生存底色,还有更多的人群俗世形态,正是它们,构成了作者生命中的厚重记忆。所以,在他的书写中,我们可以看到,它既有贫乏、闭塞的一面,也有满怀憧憬的理想气质;它既有凝重、苍凉的现实景象,又有不屈、内敛的精神禀赋。对杨献平来说,南太行乡村既是中国传统文化熔铸下的一个乡土缩影,又是一个喂养我们又放逐我们的生命之泉。但让我感动的是,长卷《南太行乡村生活》中的文章,几乎篇篇都渗透了作者对故乡特殊而复杂的情感。它看似在怀旧,可怀旧之中却洋溢着温馨的气息。它看似在缱绻,可缱绻之中却不时地露出理性的拷问……它让你无法用准确的理性标尺获得全面的认同。这种情感,既灌注了很多的理性思考,又融汇了大量的人生经验。这注定了它将无法让人在从容的阅读中获得轻松。

因此,杨献平对故乡的叙述,给予了应有的敬重、眷念和力所能及的文化检视,因为它早已成为杨献平灵魂漂泊的一个重要归宿。《南太行乡村生活》让我品味出一个游子对故乡的感恩之情——那是对大地的一种尊重,对养育的一种尊重,当然,这也是对生命自身的一种尊重。如果再从这一层面来考察他的《灰故事:聆听者的黄昏》,其中的意味就更丰富了一些。这本书被杨献平自号成"中国的《凯尔特的薄暮》,当代之《阅微草堂笔记》",我觉得比较

贴切。这本书写的是想见的传说、是一种对乡村神秘文化及现实生存的另类记录,其中的妖精人怪、奇地异事、风俗信仰,都根植于源流深长的中国乡村传统。杨献平所作的,不仅仅是转述和记录,而是要从那些神奇的故事当中,找到人性和人心,还有正在消失的美德、信仰及风习。因此,《灰故事:聆听者的黄昏》的意义是超出其文本的。

杨献平的散文版图,一边是他长期生活的西北,一边是生他的南太行。穿越这些用生命书写的地理,他用自己的笔造就了这块地域异常繁复的物质景观,也形成了它那丰沛而深邃的人文内涵。无论是西北,还是生命的故乡,都可以在这里找到悠远的历史记忆,都可以在这里发掘广袤的文化因子。因此,读杨献平的散文,一种潜在的思维定势始终牢牢地将我占据在某些文化的氛围里——它是民间的,又是历史的;它有静态的沧桑之境,又有动态的灵性之气;它既呈现出那种生命深处的生存形态,又隐含着百折不挠的韧性精神。事实上,当我读完杨献平的系列长卷散文时,一种潜在的思维定势一直都不曾被颠覆。或许,作者在创作这些散文时,也正是带着如我一样的历史情怀,也因袭了无数前人的文化记忆。我以为,这并没有什么不好。其理由之一是:在我们所形成的这种思维定势里,其实就包含了某种地域文化的突出特征,而作为带有明确文化指向的散文,将不可能轻易绕开这种地域精神。所以,在我看来,杨献平的这些散文,并非是简单的地理散文,而是融历史、文化、人性和生命于一体的精神性叙事。作者试图通过一个个跌宕起伏的故事,使书写对象的精神与人的个性达成内在的统一,由独特的人性风貌来再现书写对象的人文内涵。

但我更感兴趣的是,是杨献平文中人物、细节描写、张力的语言,以及他在西北的悲悯与辽阔因素,与我形成了一种精神共振。我觉得,这才是它真正意义上的审美核心所在,也是作者试图彰显的一种生命情怀和人性品质。雄浑西北与巍峨太行,一直被赋予异常坚韧的品格,一种百折不挠的个性禀赋。透过杨献平的书写,我们分明地感受到人物内心深处的韧性品质。正是这种人物之间的精神契合,显示了特有的审美趣味,也使这些散文超越了一般的叙事状物,进而成为一种文化的和艺术的探寻和建立。它既叩问了历史中包蕴的精神指向,又叩问了生命执著中所拥裹的不屈品性。这种双重叩问,可谓彼此呼应,相映成趣,既延伸到深远的历史之境,又渗透到人物的精神血脉之中。

"土为人之本。"杨献平散文中所彰显的生命情感,也是一部人类文明史中贯穿始终的隐秘主线。从某种意义上讲,两个不同的地理坐标,有相通的血脉。于此,杨献平不仅看似轻松地克服了写作难度,而且正以极具个性化

的语言、思想、体验,及其多年以来在文字积累或营造的丰沛的意蕴,使得他的这些作品异常厚实、精确与独特。大部分篇章,确实彰显或者说身体力行地实践了他所提出的"大地原声与现场意识,人间烟火和众生关怀"为主旨和关键词的原生态散文写作理念。我也可以说,这些作品是优秀的和新鲜的,因为,杨献平没有因循,没有依附,没有跟风,他就是他,他就是这些作品的唯一作者,其他任何人都不会与之雷同。尽管在书写当中,杨献平对叙事节奏的控制或者说对情节的设置还稍显笨拙,有些篇章琐碎、拉杂了一些。著名评论家王兆胜先生所言:"……在新世纪势头正旺的……杨献平……等人。这些作家因各方面的原因,散文风格各不相同甚至差异很大,但在与这个世界的疏离感、反叛的精神、心灵的透视、诗意的追求、感觉的敏锐、对琐屑的偏爱,以及执著于语言的个性表达等方面,却是相通、相似至少是相近的。"(《坚守与突围:新时期散文三十年》)但是,在总体上看,杨献平这一系列的散文长卷,因其具有某种独特的文化审美价值,特别是极强的自我创新和探索精神,堪为近年来中国散文创作的重要收获。

　　额济纳旗府所在地达来库布镇很小,走在里面,有一种空旷的感觉——没有更大的商店,有时走完一条街道碰不到一个人。沿途的红柳拥簇着稀少的村落,蔓延的胡杨在田地之外形成庞大的绿荫。穿越一面戈壁,在与外蒙古毗邻的地方,是深陷土山之中的居延海。

后记

　　居延海，祁连山，裕固族，土尔扈特人，广阔壮美的西部地理和人文历史，逐渐形成了一种烟雾缭绕的氛围，和窗外灯火相互交融，一起弥漫，温暖而诡异。无意间，酒过数巡……

　　这时，我们再次举起了酒杯。

　　这时，我发现杨献平早已泪流满面。

后记

　　我是其中漂浮着的一个。在沙漠,戈壁只是过渡。四万平方公里的无人地带,无数黄沙铺散蔓延,汹涌浩荡,有的堆成沙丘,随风位移;有的匍匐层叠,日积月累。双脚踩在上面,松软而结实,但有一种身不由己的陷落,与此同时,也会觉得轻微的晕眩。随之而来的是恐惧。由此,我想到,一个人,其实就是这千万沙子当中的某一粒,所有的失败和胜利,现实和梦想,再怎么惨烈和宏大,也都建立其上,最终也会瞬间倾倒,像这些沙子一样崩散和逃亡。

　　后来我才懂得,沙漠与密林,还有幽深雪域、辽阔草原,是这个世界上最适宜隐居、安妥灵魂的地方。沙子与人,微末和具象,其本质相同。多年来,我反对那些一提到沙漠鼻孔就发出轻蔑哼声的人,我以为他们在某种程度上忽视了"自己",一个人和一粒沙子,沉静的和喧哗的,奔跑的和静默的,其实都不过是在某个生命在他者眼里的一种"姿态"。

　　进入巴丹吉林,迎面的地域无限伸展,铁青色的戈壁上摇动着满身白土的植物,席卷长风中,坚硬的雪粒能把人的脸颊和手背打疼。那一刻,我觉得了荒芜沙漠与故乡山峦翠草的不同。植被繁茂的地方,生命必然拥挤,哪怕翻开一块石头,也会看到弯曲小草、奔跑甲虫甚至正在萌芽的种子。

　　而在荒芜之地,"看到即存在"虽然不尽正确,但至少说明——裸露才是存在。稀疏甚至有些憔悴和孤独的骆驼草、沙蓬、红柳、芨芨草乃至沙枣树、梭梭木是在戈壁表面上的最强大的生存群体和舞蹈家。对它们来说,风沙是开始,但不是最终。被植被和沙丘掩藏和保护的野兔、沙鸡乃至骆驼、狐狸和黄羊,只是一种血肉与移动的存在。黄沙深处的四脚蛇、黑蚂蚁、蝎子乃至在梭梭和沙枣树间张网捕捉的红蜘蛛,是被忽略了的隐秘者。

　　我每年都要穿过戈壁,到沙漠去几次,在它的外围和内里,走走停停,那些与我遭遇的物事及景观、姿态不同,但本质类似。走在戈壁上,裤管上沾满细若面粉的灰土,这些细碎的粉末,是沙子在一次次飞行中自行磨损的,长时间漂浮,最终落在地面及耸立的动植物上。

　　巴丹吉林春夏的阳光最为暴烈,是一种攫取性的掠夺与杀伐。所有植物的躯干都显得干硬和僵直。其中,骆驼草较为常见,在戈壁和沙海深处,它们的生长和存在是对荒芜的柔弱抵抗,是卑微之物向着汹涌的灾难示威性的抗击和挑衅。但在形体上,骆驼草并不像众人所言的那样"坚韧",反而有些虚

195

怜。春夏两季,骆驼草身披微薄绿色,叶子小,微圆,白昼贴在枝茎上,向内打卷,就像一个个抱着自己哭泣的孩子,把所有的心事都收缩进去,连一点秘密都不留给窥探的人。傍晚才全部舒展开来,举着高挑而多枝的身体,像树一样站立。

与骆驼草近亲的沙蓬似乎大胆些,努力把所有茎秆都举起来,在头顶织成一个足以安妥自己肉体和灵魂的庞大冠盖。沙蓬根部,大都被沙鸡占据,这些总也飞不高的动物,用稀疏的草籽和为数不多的昆虫养活自己。在沙蓬庇护下,它们繁衍、衰老和死亡,用简单翅膀和迟钝触觉,躲避苍狼、红狐、鹰隼的袭击。

芨芨草长势"开放",根部很粗,无数根须抓紧每一粒土,并从中汲取稀薄的水分和养分。叶子无限散开,朝各个方向,其中表皮发嫩的"芯"直冲天空,以至于周边散开的茎秆成为它的坚强拥护者。秋后,芨芨草逐渐变黄,颜色如同黄沙,呈白色,但在朝霞和落日中,会变得妖艳、轻佻,有时则显得格外孤绝、纤美。

在戈壁间或生长的沙枣树是一种反叛,始终保持宁死不屈的硬汉形象。沙漠的"利器"是无尽的风沙,不妥协的吹袭使得沙枣树身体扭曲,面目狰狞,皲裂的皮肤褪了一层又一层,表皮薄处,泛着一抹红色,像血,但从不流出。沙枣树总是朝着炽烈的太阳和深邃的天空,挥着手臂,把头抬得更高。

沙枣树其实也是有梦想的,尽管这种梦想总是被现实击碎。每年春天末尾,接连盛开的沙枣花散发出巴丹吉林沙漠最纯正和隆重的香味,其形类似黄米粒,几十、几百个挂在一起,但不显得拥挤,更不相互遮盖。最热烈时,隔着一堵高墙或者几百米都能嗅到。闻久了,会醉倒,身体轻盈,犹如空中盘旋而落的羽毛,也会在闭眼狠嗅的同时,发出赞美,并对世界和生命的美好心生贪恋和感恩。

与沙枣树截然相反的是一种红色灌木,叫红柳。一丛丛挤在一起生长,根须相连,肢体相互纠缠。这一株和那一株,枝条抽空插入,占据对方空间。春季,它们开红花,和红得发紫的枝条一起,似乎一盘盘紫红色的花坛。可是,红柳花儿并没有太多的香气,尾部发黑的大黄蜂经常光顾。

当然,它们的根部,通常也是蜥蜴、蚂蚁、野兔和沙鸡的理想巢穴。牧人们休息的时候,也会钻到他们下面,好遮住风和阳光。

如果细心,肯定会在这些沙漠植物下面找到红蜘蛛。还有善跑的恐龙后裔蜥蜴,从这里"窜"到那里,再停下来,举着扁平而尖的脑袋四处看看,然后再跑一段,再停下,再看看。蜥蜴和红蜘蛛争夺食物,太多的甲虫、蚊子和苍

蝇成为它们的生活必需品。红蜘蛛似乎悠闲些,一张大网,便可网出全部生活。瑞典斯文·赫定《沙漠戈壁之谜》说:"帐篷内外,有毒的大蜘蛛会突然袭击人。人们必须留心。这些蜘蛛被捉住后,被放入装有蝎子和其他爬行动物的烈酒罐中。"

这种大蜘蛛和沙漠中的蝎子、四脚蛇脾性相同,一方面用肤色与戈壁植物相混淆,一方面用"毒"捕猎和自卫。两相比较,由骆驼和羊只粪便、腐烂尸骨而生的苍蝇以及在海子边芦苇丛中繁衍的蚊子是最无力的抵抗者。

每一个生命都会在人之外找到自己的生存位置及生命方式。饲养与被饲养,在原始至今仍旧强大的"食物链"中,这种残酷的运行在巴丹吉林沙漠照样进行得有条不紊。

戈壁与沙漠是这些动植物天造地设的疆场,它们因荒凉而生,也因荒凉而与众不同。少雨的沙漠,也会在每年的春夏时节蒙受少量"恩惠",化生万物的雨水,在巴丹吉林,绝对是上苍悲悯精神的体现。与之相辅相成的是源自祁连山的弱水河,这条冰凉刺骨的雪水河,于沙漠及其生灵而言,似乎更具有"众生皆同"的普世意味。

弱水河一名出自《山海经·海内西经》,诗意得让人心生涟漪。司马迁《史记·夏本纪》载:"(大禹)导弱水至于合黎,余波入于流沙。"与梭梭林中的菌类植物肉苁蓉、锁阳一样,富有传奇色彩。《本草纲目》说肉苁蓉以并州(太原)为最优,河套及阿拉善次之。据说,这种具有"温胃"和"壮阳"功效的名贵药材乃野马精液落地而生,通常俯在梭梭木根部,身长丈余者最好。锁阳如其名,春天冒出地面,昂昂乎犹如勃起之阳物,颜色紫红,根部有两个圆形的连体肉球。其主要功效为"固精"、"疗治阳痿"。

额济纳出自匈奴语。这些年来,在这里生存的人时常到荒漠间独立成片的梭梭林中采挖苁蓉和锁阳,卖给药材贩子,也会留一点泡制药酒。在漠风不断的古日乃和额济纳,酒是肉食、蔬菜、茶叶和盐粒之外最好的东西,那些在马背和摩托车上穿越戈壁沙漠的人,时常趁着酒意舞蹈,唱我听不懂的歌谣。

这些牧人绝大多数是蒙古土尔扈特部后裔,他们在戈壁放牧,任由满身尘土的双峰驼和羊群,以及为数不多的驴子满戈壁跑。芦苇是最丰盛的草,四边的堆积的黄沙日日推进,被掩埋的青草与先前战死的将士及其尸骨一样,成为巴丹吉林沙漠中寂寞的亡灵。有几次去古日乃草原,为数不多的牧民虽然保留了些许"逐水草而居"的民族习俗,但也在各个驻牧地和久居处修建了砖瓦房或土坯房。

古日乃草场的朝霞和落日都是在芦苇尖上完成的。朝霞在东,落日向西。正午才在正头顶上。朝霞的美仍旧是中世纪甚至"历史黎明"时期的,红色的太阳将云彩烧红,在黑色云边镶上黄金。落在梭梭林和草原上的光亮呈暗红色,连同无数各色卵石铺成的黑色戈壁滩,微醺如醉酒的骑手。更远处的沙丘由红而黄,锋利的边刃一边黝黑,一边明亮。无数沙丘组成汹涌的乳房,爆发着最壮观的景象。

我觉得,这些沙丘构成的乳房喂养的是整个天空,长驱的风实际上是一种清洗。来自祁连山的鹰隼在高空盘旋,很容易让人想起骏马与长刀、木车与篝火的远古游牧时代。地面上的沙鸡和野兔,乃至驼羔、羊羔正在吃草,忽然一片疾驰的阴影,闪电一样袭击而来——奔逃已经失去效用,哀怜的嘶鸣在空中渐去渐远。鹰隼是戈壁沙漠上空,乃至人类内心最骄傲、自由和勇猛的精神向往与灵魂的最终形态。

由古日乃到额济纳,有三条道路。一是从狼心山穿越,一是沿弱水河直达,三是由古日乃经由大戈壁去到。居延海是弱水河的尽头。唐代,这里到处都是水,蒿草蔓延,天鹅和野鸭在胡杨树下栖息和游弋。骑马的将军和徒步的士兵四处逡巡,马鞭像牧歌一样卷动云梢,长刀和弓箭发出耀眼的光。王维在这里写下"大漠孤烟直,长河落日圆"。20世纪初,瑞典斯文·赫定、俄国科兹洛夫和法国伯希和等人在此发掘并带走数万枚(件)的"居延汉简"和西夏文物。

现在的额济纳,四周都是胡杨树。这一古老的柳科树种,在中世纪从地中海一直蔓延到弱水河畔。而今,许多都死了——在西夏古城哈拉浩特附近,有一座胡杨墓地,上千棵死难千年而不朽的胡杨树桩形成"惨烈的古战场",那些死而不倒的将士与匍匐在地的尸体仍旧保持了战时模样。朝阳与落日映照其上,到处都是鲜血,残肢碎尸,森森然、幢幢然,令人身心冰冷,毫发直竖。

仍旧活着的为数不多的胡杨树大抵是幸运的,在弱水河畔,安静伫立。在骆驼和羊只的鸣声中,春夏摇着满身绿叶,哗哗作响。暮秋时叶子变红,再变黄色。在星星聚集的夜晚,就像是无数金片,在风中相互击打,发出脆响。艳阳当空,整个胡杨树林俨然就是一座金碧辉煌的宫殿,里面的每一株草,都若金丝一般,就连奔跑的蜥蜴、黑色的甲虫,也都是滚动的黄金。

我有时喜欢把秋天的胡杨林当成纪元前匈奴的黄金甲帐,甚至上天在大地上的堂皇居所。

从额济纳旗府达来库布镇向北,沿途的红柳拥簇着稀少的村落,蔓延的胡杨在田地之外形成庞大的绿荫。穿越一面戈壁,在与外蒙毗邻的地方,是深陷土山之中的居延海。像一个隐秘的梦境,碧水把整个天空纳入胸中,芦苇围着松软堤岸,依稀可以看到淤泥中深陷的根。飞翔的鹭鸟在空中划出洁白的弧线,黛黑的野鸭卧在湖心,呱呱交谈。土黄色的淡水鱼时而跃出,在水面吐一个响亮的气泡,就又潜回水底。

有风的时候,沙土像是席卷的军团,从四面山坡奔腾而下,到湖边,却又销声匿迹。

仰望的天空似乎是另一个居延海,若是没有云彩,到处澄澈。我想,居延海绝对是修身养性的最佳住处。可惜,以前在此牧马的人早已灰飞烟灭,现代的人,只是来此匆匆一游。白昼的鲜衣靓车转瞬即逝。到深夜,一个人也没有,只有山顶上孤立的敖包与海里的鱼,在幽深空旷之地,猎猎呼号。

从居延海向南,横亘千年的祁连山遥不可及,洁白得像是超拔的诗歌意境。行驶在大戈壁中,四边枯寂,会明显觉得绝望。沙漠始终以埋葬的表情,将所有已有和进入的事物当做最好的收藏品。挖开土石,往往会看到白骨、生铁器具乃至至今不肯腐烂的绳索,还有布作的靴子及碎裂的瓷片。这些肯定是"他们"的遗物,是时间在巴丹吉林沙漠肉体丧失之后灵魂漂浮的见证。

弱水河无声流淌,岸边的红柳和芦苇是一种昭示。从地质结构看,巴丹吉林沙漠绝对是第二次造山运动的产物,海底升起,大水激荡,裸露出的与隐藏的同样神秘。山顶的岩石严重风化,层层裂开,有的成为齑粉,但仍旧保持着石头的姿势。背阴处,生长着发菜及沙葱。前者是名贵的菜肴,这些年来,宁夏、河南、陕西、甘肃等地的人时常采挖换钱;后者是一种草本植物,类似于韭菜,煮着和炒着吃,有着滋阴、平肝等功效。

当地人说,早些年间,这山里有红狐和白狐。有些人用铁套捕捉,剥皮出卖。有些人说,红狐和白狐不能捕猎,它们都已成仙,比人还聪明。谁要是祸害它们,它们的后代会复仇。并举例说,民国年间,村里一个名叫虎贵的年轻人,打了一只怀孕的红狐。许多年后,却发现一个人死在山里,一堆石头压在身上。家人四处查看,也不知道那些石头是从哪里飞来的。

河外的高丘上,每距五华里,就会有一座烽燧。大抵是西汉路博德将军带兵修筑的,有的残破不堪,有的尚还完好。尤其是天仓乡政府背后的那座。高有三丈,哨门、垛口仍旧完好,背后的兵营已经坍塌。

这黄土夯筑的烽燧,中间插着木板,用芦苇秸秆一层隔一层浇筑起来。站在其上,戈壁骤然放低,漠野无际,即使无风天气,也劲风呼啸,如雷激荡,稍不留心,就会被卷掉下来。

路过的肩水金关城墙尽毁,只剩下一座三米高的土台子。可能用以瞭望、监督训练和点将布阵。站在上面,依稀可见四边城墙的痕迹,以前巍峨坚固的,而今在时间中成为废墟。早些年,我在诗歌中表述了这样一种对沙漠遗迹的情绪:"我们爱着的,总是被风吹远/在时间的遗迹上,一条腐烂的马缰/与一座城池,一个人及其命运/都会是一把松散的黄沙,在梦境聚集/在白昼和黎明,肉体般短暂,又灵魂般遥不可及。"

弱水河在巴丹吉林沙漠另一处绿洲,从前叫毛目。南北两面均是大戈壁,在古代,是躲避屠杀与隐藏行迹的最佳去处。民国时为毛目县政府所在地,配有政府及警察、税务和小型军队,还有妓院。斯文·赫定记录了他和毛目邮局局长商议信件传递与接收事宜的经过,还说:"从额济纳到毛目县城,骑快马需要六天。到肃州(酒泉)要八天。"

村庄在绿树及灌木、少许的草滩和海子间坐落,人围着田地和果树,从地下淘出刺人骨头的水。麦子在五月乍起金黄色麦芒,棉花在秋末烧白大地。大片的苜蓿是马匹、兔子及羊只的最爱。燕子四月返回,从泥塘衔泥,在屋梁上修补旧巢。宽阔渠水当中时常裹挟着泥沙、草屑和鱼虾。家家户户门前屋后的葡萄、李广杏、李广桃、大枣和苹果梨饱含水分,质脆肉甜。

从这里向东的一条路,穿过200甚至300公里的戈壁,可以到达甘州、山丹及阿拉善右旗。由于近年来频仍的沙尘暴,阿拉善才为人熟知。而甘州,霍去病的"张掖",隋炀帝主持"万国博览会"的地方,马可·波罗在他的游记中把它的风俗说得叫人惊异:"甘州是唐古特省的省府城市,颇为宏大。""大多数居民是偶像崇拜者,但也有基督徒和回教徒。""偶像的祭司,所过的生活比其他人都要高尚,他们不吃肉,不结婚。这里的居民并不把不守礼法的通奸看成严重的罪恶。""普通人可以娶二、三房妻室……因为他们不仅得不到女方的嫁妆,而且还必须将牲畜、奴隶和金钱分给自己的妻子。结发妻子在家中享有一种优越的地位。丈夫如果发现某个妻子有对不起自己的行为,或不被自己所喜欢,可以把她休回家去。他们可娶表姐妹为妻,甚至可择岳母为配偶。"(梁生智译)

山丹是大月氏和匈奴故地,焉支山是历代皇家马场。和张掖一样,酒泉也处在祁连山下,背靠巍峨,在积雪映照中,原居民寥寥无几,从汉至清一直到现在。外来者仍旧占有相当比重。另一点,它也和张掖一样,市中心的鼓楼不约而同地建于明代,以前的名字叫镇远楼,当地居民们习惯称作鼓楼。上面悬着一口铜钟,还有明清官要及文人们的笔墨。

贯通古西域的兰新铁路将河西走廊串联起来,大小城市横在古丝绸之路上,在全球化进程中步速缓慢。很多地方我都去过,包括祁连山中的裕固族

聚居地肃南、祁连县及卓玛山、猪心山和鄂博岭、窟窿峡。还有马匹奔腾的焉支山、皇城草原及丹霞地貌。——其中，在青海的祁连山的 3500 米的高度，我觉得了一种净，从里到外都净的净，净到了乌有，无所谓尘世与天堂。

可是，短暂的游历总是浮光掠影。回到巴丹吉林，我才觉得了自己的轻薄。也才知道，作为一个过客，这一生，我不可能兼顾更多。我热爱的，或许只是一个宏阔的概念，它们庞大而遥远，与我息息相关，却又无法介入。剩下的那一些，在身边长期厮守的，或许才真的和我构成紧密关系，我们之间所有的爱与痛，都是相互的也都是隐秘的。沙尘暴暴虐的季节，是春秋两季，大风在窗外吹奏悲怆的战争，飞行的沙子把窗玻璃打碎。细尘从窗缝苍蝇一样挤进来，满世界都是土腥味，我只好用被子蒙住脑袋，在稀薄的空气中想心事，不知不觉睡去。有时候做梦，光怪陆离，但都与我内心及灵魂紧密相关。

有些晚上，月光把巴丹吉林照成天堂，把黑色戈壁幻化成海市蜃楼。头顶青天，在夏天的细风中抽烟，喝啤酒；在寂静中听到蜥蜴奔跑及沙鸡的咯咯声。晚上，一个人躺在房间，看小跳鼠在地面蹦来跳去，这是只给我一个人观赏的舞蹈。我会笑出声来。可笑声没落，小跳鼠就仓皇逃走了。我沮丧，看着落满细尘的窗帘，久久不愿翻身。

在巴丹吉林，我的个人生活始终平凡（平淡、卑微、孤独），每天，在尘土中来去，像受伤之兽一样掩面行走，在蓝天阳光下，像羊只一样温驯。这些年间，我彻底变了一个模样，再不是南太行乡村的那个没长胡子的小伙子了，外表的粗砺和内在的柔软，情感的脆弱和对生命的深刻体验，乃至梦想的轻盈和现实的羁绊，自由与规矩的冲突，都在我一个人身上发生。而同在的人，有时候我觉得他们身心当中都存在或者遵循着某一种必须的惯性。……有些人厌倦这里的荒芜、偏僻和萧条，采取多种方式离开，而我却一直有着两种渴望，一种是绝对个人独享的美艳无度，一种是空壁单衣式的清教徒生活。

但不可置疑的是，地域对生长和附着其上的所有事物有一种无与伦比的控制权，那种力量是深入肌理的，像温柔的陷阱，像爱情的浸入。尽管，在到来之初，这里干燥的气候让我多次流鼻血，喉咙发炎，嘴唇开裂……现在的巴丹吉林沙漠，雨水和雪逐渐增多，大致从 2006 年开始，每年夏天都会连续下一个星期或者更多的雨，冬天，雪漫空飘落，连续多次，遮住了稀疏的骆驼草，也遮住了铁青色的戈壁和焦黄的沙漠。

在少有的闲暇时刻，我一个人，或和朋友，在巴丹吉林内里及其周边的荒野、遗迹、河流和村庄间游走，在沙漠、雪山及河流当中情绪低沉或激越。每到一个地方，浏览一番，总觉得自己来过了，自然也得知了，但不久，又觉得自己那些经验和发现似是而非，甚至浅薄低劣，远远没有抵达它们的核心和本质。我只能笼统地对自己说，这是一片宽阔的地域，你的目力有多远，就能看多远，脚步有多长，沙漠就有多长，梦想有多大，沙漠就有多大，心有多深，沙漠就有多深。

大致是从2000年开始，我断断续续地以《巴丹吉林的个人生活》(即《沙漠的深度》)为总题或类似题目写过一些文字，其中一些，还得到了他们的好评，但对于自己来说，却总是遗憾，抒情或者矫情一直是一种疾病。我最大的梦想是写出个人在沙漠当中的生存经验，并努力对这片高地的自然权利及其历史、现世情境等方面进行较为真切的展示、发现和叙述，此外，我还想发掘和展示以巴丹吉林沙漠为轴心，阿拉善及河西走廊城乡居民的真实生活状态、精神风俗及思维观念，使之能够充分而艺术地具有资料文献、时代下的个人生活与精神史及地理文化研究等多重功能。

但这种努力似乎是失败的，唯一欣慰的是，相对于同类别或者当下这个文学环境，这本书具有一定的独立性，绝不雷同和刻意模仿，也绝不自以为是、随声附和、钻营攀附。这些文字几乎贯穿了我在巴丹吉林沙漠乃至迄今为止的人生历程，是另一个我，或者说我和一片地域、一种自然和人生境遇当中的低语与告知，她们基本上都是我在巴丹吉林沙漠边缘个人生活的一些碎影，一些幽闭的，忧伤和沉郁的内心诉说。是广阔和卑微的，也是细微和隐秘的，有确切的目击和个己的经验，也有内心的美和痛楚，如《红与灰，或我的沙漠故事》、《苍天般的额济纳》、《西门外》、《巴丹吉林的个人生活》、《秋风帖》。当然，还有某种意义上的一些"叛逆"与"试验"，如《自己的英雄》、《三千步》、《霸王别姬》、《兰若寺：梦境的忧伤》，应当是建立在内心经验和梦想之中的某种渴望，当然，也是一种特定的自我倾诉和表达。但在这里，我不知道应当怎样说出，铭记无疑是其中有效方法之一。

伯兰特·罗素说："只有在真理和梦想，现实和勇气的构建中，只有在坚定的绝望的基础上，灵魂的居所才能够安全地建立起来。"很多时候，我在想，我的这些文字，不管永久还是速朽，通行证还是墓志铭，都是一种爱着的过程。在多次的复读过程中，我不感到汗颜，它的成败都不重要，重要的是，我经历并看到了，梦想了，而勇气还在，尊严还在，这是一个美妙而丰富的过程——其中的一些作品，限于篇幅或者其他方面的原因，不得不忍痛割爱，只保留了其中一部分，相对而言，这些作品或许可以代表，或者不可以，但她们毕竟是我的，若要狂妄一点，可引王国维先生此言："余自谓才不若古人，但力争第一义处，古人亦不如我用意耳。"(《人间词话》)唯一觉得遗憾的是，本书或我的沙漠文字当中，有些地方是重复的，场景、事件、感受及幻想，有些不止

一次。这足以暴露我生活面的狭窄、思想的顽固和对某种人事的不遗余力的喜好与偏见。

　　这本书的出版,得益于中国作家协会对本书的扶持(原为《沙场——从阿拉善到河西走廊》)。感谢我多年以来的每一位亲人和师友,是他们,促成了我许多想和要做的一些事情。感谢东元老师写我的印象记,他是理解我、洞彻我的第一人,也是我多年来最可信任的兄长。感谢为我散文作评的诗人、散文家蒋蓝、大兵先生,当然,更多的人在内心镶嵌,但不宜此时说出,每一位,我都铭记。感谢天津人民出版社及我多年来亲爱的兄弟伍绍东。是他们,让我不断学会忍耐、感恩、坚持、独立、宁静和宽容;在孤独和偏远中,以坦率抑或狂妄,博大而又逼仄的姿势,获取温暖和爱,梦想与动力。

杨献平
于流沙之处居延以南弱水河畔

　　为数不多的林木间,盛放着一面面镜子一般的海子,悠闲的马、驴子和牛投在水面上的影子,不时被跳跃的鱼儿打碎。附近的田地里长起枝叶高挑的棉花和玉米,五月的麦子在暴裂的日光下一片金黄。满地苜蓿,像是无边的青草,青翠得心疼,在四边焦白盐碱地及寸草不生的戈壁滩之间,显得格外醒目。